신장기룡

최약무패의

바하무트

룩스는 가림막쪽으로 다가온 소녀와
눈이 마주치고 말았다.
이미 교복 위아래를 벗어던진 채,
속옷만 걸치고 있던 크루루시퍼와.

"⋯⋯엣?"

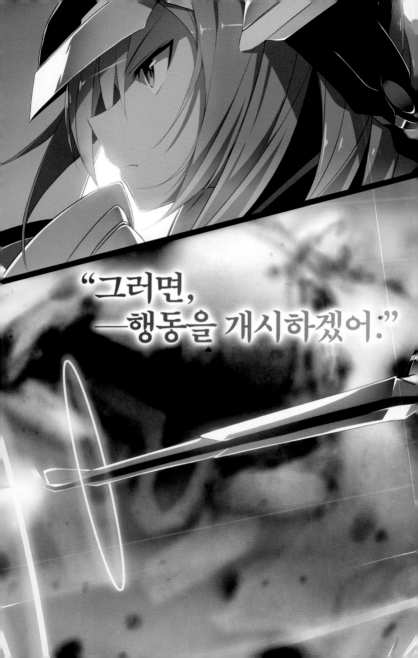

프리징 캐논
《동식투사(凍息投射)》

그리고— 신장
와이즈 블러드
《재화(財禍)의 예지(叡智)》

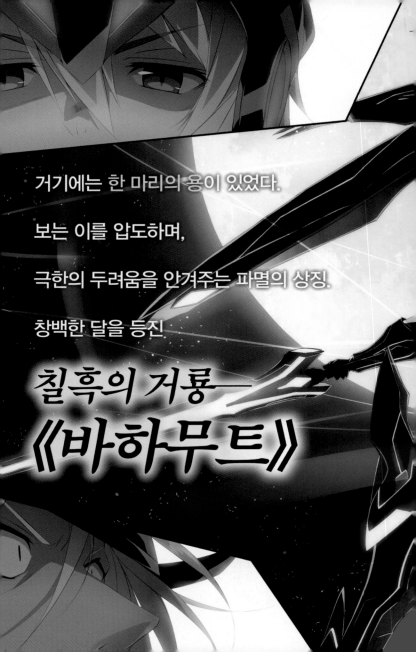

거기에는 한 마리의 용이 있었다.

보는 이를 압도하며,

극한의 두려움을 안겨주는 파멸의 상징.

창백한 달을 등진

칠흑의 거룡——
《바하무트》

© 2013 Ayumu Kasuga

CONTENTS

UNDEFEATED
BAHAMUT
CHRONICLE

© 2013 Ayumu Kasuga

최약무패의

신장기룡

바하무트

2

아카츠키 센리 지음

카스가 아유무 일러스트

원성민 옮김

Character

룩스 아카디아

멸망한 아카디아 제국의 왕자.
『무패의 최약』이라고 불리는 기룡사.

리즈샤르테 아티스마타

아티스마타 신왕국의 왕녀. 붉은 전희(戰姬)라고 불린다.
신장기룡《티아마트》의 파일럿.

피르히 아인그람

아인그람 재벌의 차녀. 룩스의 소꿉친구이며 학원장의 여동생.
신장기룡《티폰》의 파일럿.

크루루시퍼 에인폴크

북쪽의 대국, 유미르 교국에서 온 유학생 클래스메이트
신장기룡《파프니르》의 파일럿.

아이리 아카디아

구제국 황족의 생존자.
1학년이며 룩스의 친여동생.

녹트 리플렛

아이리의 룸메이트 소녀. 1학년.
학원의 명물 삼인조인 『삼화음(三和音)』의 일원.

샤리스 발트시프트

학원의 유명한 삼인조 『삼화음』의 리더.
부친은 신왕국군의 부사령관을 맡고 있다.

렐리 아인그람

왕립 사관 학원의 학원장. 피르히의 언니.

World

장갑기룡《드래곤 라이드》

유적에서 발굴된 고대병기.
그중에서도 희소종이며, 높은 성능을 보유한 것은 신장기룡이라고 부른다.
또한, 장갑기룡의 파일럿은 기룡사《드래곤 나이트》라고 부른다.

성채도시《크로스 피드》

아티스마타 신왕국의 방위거점으로서 왕도와 유적《루인》의 사이에 있는 도시.

왕립 사관 학원《아카데미》

성채도시에 있는 기룡사《드래곤 나이트》사관후보생의 학원.
귀족 자녀들이 다닌다.

유적《루인》

전 세계에서 발견된 일곱 개의 고대유적. 장갑기룡《드래곤 라이드》이 발굴된 이후, 국력을 좌우하는 중요한 거점으로써 각국 간에 세력 다툼이 일어나고 있다.

환신수《어비스》

유적에서 나타나는 수수께끼의 환수. 인류를 위협하는 존재이며, 기룡사만이 대항할 수 있다.

『검은 영웅』

정체불명의 장갑기룡《드래곤 라이드》을 사용하여 단신으로 약 1,200기에 달하는 제국 장갑기룡을 쓰러뜨렸다고 하는 전설의 영웅.

아티스마타 신왕국

리즈샤르테의 아버지인 아티스마타 백작이 아카디아 제국에 대항하여 일으킨 쿠데타에 의해 5년 전에 건국된 나라.

아카디아 구제국

세계의 5분의 1을 지배했던 대국. 세계최강이라고 일컬어지던 압도적인 군사력을 바탕으로 압정을 펼쳤으나, 쿠데타로 인해 멸망하였다.
룩스와 아이리는, 이 제국 황족의 생존자.

"하아…… 하아……!"

룩스는 아직 해가 저물지 않은 방과 후의 교사(校舍) 안을 달리고 있었다.

보이지 않는 포식자에게 쫓기기라도 하는 것처럼.

혹은, 멈출 수 없는 가파른 언덕을 뛰어 내려오는 것처럼 가쁜 숨을 몰아쉬며 달리고 있었다.

이 상황에서, 주변 사람들은 모두 다 적.

압도적으로 불리한 상황 속에서 룩스는 끊임없이 도망치고 있었다.

학원장실에서 뛰쳐나와 익숙한 복도를 지나서 계단을 올라간다.

어딘가 숨을 곳이 없을까?

머리 한구석에서 그렇게 생각해봤지만, 이내 안심할 수 있는 장소는 없다는 것을 깨달았다.

그래서 룩스는 계속해서 달려야만 했다.

"후우……. 일단 어떻게든 따돌리긴 했나—."

깔끔하게 손질된 녹색 안뜰이 창밖으로 보이는 교사 3층

복도.

주변에서 인기척이 느껴지지 않자, 룩스는 휴우 한숨을 쉬며 걸음을 멈췄다.

그 순간.

"아! 찾았다~!"

복도 모퉁이에서 나타난 여학생이 룩스를 보고 소리쳤다.

"여기야 여기! 다들 잡는 것 좀 도와줘~!"

"잠깐?! 3학년은 부르면 안돼! 독점 당할 거라구!"

그 직후, 줄줄이 떼를 지은 여학생 몇 명이 눈앞에 나타났다.

"저기요……?!"

게다가 손에는 온갖 도구까지.

호신용 곤봉^{스태프}, 포박용 로프.

심지어 거대한 투망, 수갑에 목줄까지 준비하고 있었다.

'도대체 뭘 잡으러 갈 생각입니까……?!'

무심결에 그렇게 따지고 싶어졌다.

"후후후. 드디어 궁지로 몰아넣었네. 얌전히 붙잡혀달라구."

"맞아맞아. 평소에는 공주님과 그 동료들에게 독점 당하고 있잖아. 가끔은 우리들의 장난감……이 아니지 참. 제대로 잡일을 맡아주지 않는다면—"

"얘, 침이나 좀 닦으면서 말해."

목줄을 든 소녀의 혼잣말에, 옆에 있는 소녀가 딴죽을 걸었다.

룩스는 반사적으로 뒤로 물러났지만, 어느새 그 뒤에도 다른 여학생들이 벽을 만들어둔 상태였다.

"맙소사?!"

완벽한— 샌드위치 상태가 되고 말았다.

"더 도망갈 곳은 없어. 그만 단념하라구."

수많은 소녀들도 승리를 확신하는 미소를 지었다.

이제부터는 이제 룩스와 그녀들 간의 대결이 아니다.

승리의 보상을 얻게 될 사람을 가리는 소녀들 간의 싸움.

그렇게 상황이 변화하며 생긴 실낱같은 틈을 놓치지 않고, 룩스는 즉시 옆쪽 창문에 손을 댔다.

"자, 잠깐 기다려봐?! 여긴 3층인데?!"

그를 궁지로 몰아넣은 여학생들의 눈이 놀라움으로 휘둥그레졌다.

"죄송해요. 잡혔다간 무슨 짓을 당할지 모르는 상황이다 보니."

그 직후, 룩스는 열려있던 창문을 통해 교사 밖으로 뛰어내렸다.

"아앗?!"

그 자리에 있던 소녀들 사이에서 작은 비명이 터져 나왔다.

룩스는 낙하 도중에 외벽을 박차고 건너편 나뭇가지를 순간적으로 붙잡아 낙하 기세를 죽이면서 착지했다.

"큭, 으……?! 여, 역시 3층은 좀 오버였나……."

낙하 충격을 상당히 죽이긴 했지만, 그래도 두 다리 뒤쪽에서 느껴지는 강렬한 저릿함이 신체를 관통했다.

"그래도 뭐, 이걸로 어느 정도 시간 벌이를—."

룩스가 그렇게 안도의 한숨을 내쉰 순간.

"찾았어! 여기야!"

요란한 소리를 들은 여학생들이 다시 사방에서 모여들었다.

"……아까보다 더 많아졌잖아?! 다들 너무 무자비한 거 아닙니까?! 막 뛰어내린 참이라 다리도 아파 죽겠는데!"

허둥지둥 도주를 재개하는 한편 룩스는 머리 한구석에서 생각했다.

'어, 어쩌다가 내가 이런 꼴을—!'

이 축제의 발단은 몇십 분 전으로 거슬러 올라간다—.

†

"룩스 군. 학원 생활은 좀 어떤가요?"

5월이 된 방과 후의 어느 날.

학원장, 렐리 아인그람은 룩스를 자기 방으로 불러들였다.

성채 도시 크로스 피드 1번 지구에 존재하는 기룡사의 왕립 사관 학원.

어떤 사건을 계기로 구제국의 왕자인 룩스가 이곳에 편입하게 된 것은 고작 2주 정도 전의 일이다.

신왕국의 왕녀, 리즈샤르테의 강한 요망과 학원장인 렐리의 동의 덕분에 이루어진 이례적인 편입.

추후 남녀 공학화가 될 것을 검토하는 차원에서 현재 유일한 남학생으로 그 존재를 인정받은 룩스. 하지만 공동생활 측면에서는 온갖 고민이나 문제점이 끝없이 나올 것이다.

그래서 렐리는, 이렇게 이야기를 들어보기 위해 그를 호출했다.

"그럭저럭 잘 헤쳐나가고 있다고 생각합니다. 처음에는 어떻게 되려나 걱정했지만요."

그 대답은 룩스의 본심이었다.

본디 적대해야 할 관계인 신왕국 공주 리즈샤르테와 이 학원에 있는 여학생 대부분은 룩스를 호의적으로 받아들여 주었다.

연습을 마치고 왕도에서 돌아온 3학년들도 룩스의 존재에 놀라기는 했지만, 결투에서 리샤와 호각의 실력을 보여주었다는 것과 습격해온 환신수^{어비스}로부터 학생들을 지켜주었다는 이야기를 전해 듣고 룩스의 편입에 이의를 제기하는 사람은 나오지 않았다.

일단은 상황을 지켜보겠다— 그런 방침인 것 같았다.

"뭐어, 세리스 양의 귀환이 늦어진 덕분일지도 모르겠네요."

피식 웃으며 렐리는 마지막에 그렇게 덧붙였다.

3학년의 정점이며 학원 최강으로 이름 높은 공작가의 영애,

세리스티아 라르그리스.

사대귀족의 일원이며 남성 혐오로 유명한 그녀는 왕도에서 발견된 역적을 토벌하기 위해 당분간 더 그쪽에 남아있게 되었다고 했다.

덕분에 아직은 평화로운 학원 생활을 영위할 수 있었지만—.

"하지만 룩스 군. 지금 당신에 대한 학생들의 불만사항이 제 쪽에 잔뜩 쌓여있는 상황이랍니다?"

"네……?"

렐리는 갑자기 고민하는 표정으로 한숨을 쉬었다.

내가 무슨 사고라도 쳤었나?

아니면, 역시 3학년이 내가 재학하는 것에 대해 불평이라도—.

그런 불안감이 룩스의 가슴을 스쳐 지나갔을 때.

"짠~! 자, 이겁니다!"

탕—!

렐리는 미소 가득한 얼굴로 책상 위에 두꺼운 종이 다발을 내리쳤다.

대충 보기만 해도 백 장 이상은 되는 것 같았다.

"저기……. 이건, 설마—."

구제국의 왕자였던 죄인 룩스는, 신왕국의 은사를 받아 석방됨과 동시에 어떤 계약을 맺었다.

모든 국민에게 허드렛일 의뢰를 받아 해결해야 하는 『날품 팔이 왕자』로서의 의무를.

현재 그 의무는 『학생을 포함한 본 학원 관계자의 의뢰를 처리한다.』라는 형식으로 수행하는 중이었지만―.

"당신 앞으로 들어온 잡일 의뢰가 너무 많다는 건 알아요…… 그래서 우선도가 높은 의뢰를 당신이 직접 골라서 해결하기로 했죠. 하지만 이렇게 쌓이면…… 무슨 소린지 알죠?"

"……."

룩스가 설명하기 힘든 표정으로 굳어있자, 렐리는 씨익 장난기 섞인 미소를 지었다.

뭐, 뭔가 위험해…….

과거의 경험상 이런 표정을 짓는 렐리는 썩 좋지 않은 일을 꾸미곤 했다.

"하, 하지만, 그건 불가항력적인―."

룩스가 황급히 변명하려 했을 때, 어디선가 여학생들의 환호성이 들려왔다.

"……?"

소리의 출처는 교실이나 학원 부지 안쪽인 것 같았지만―.

"알고 있답니다. 그래서 지금 학생들에게 설명하고 있는 거예요. 제가 기획한 이벤트―『룩스 군 쟁탈전』을요."

"……네?"

룩스가 생소한 명칭에 고개를 갸웃하자, 렐리는 빨간 종이에 작성한 의뢰서 한 장을 책상 위에 펼쳐 보여주었다.

"의뢰를 수락받지 못한 학생들을 위한 불만 해소 이벤트입니다. 『단 일주일간 룩스 군에게 우선적으로 의뢰할 수 있는 특별 의뢰서』—. 쉽게 말해서, 제한시간 내에 당신에게서 이 것을 빼앗는 사람이 당신을 일주일 동안 독점할 수 있다고 생각하면 됩니다."

"노, 농담이시죠?! 설마, 진심으로—."

룩스의 얼굴이 무심결에 굳어졌다.

렐리는 그 질문에 대답하는 대신 만면에 미소를 띄워 보였다.

"게임 시간은 지금부터 한 시간. 당신에게 이 의뢰서를 맡긴 직후부터 지정된 시간까지 무사히 피해 다닌다면 누구의 명령도 듣지 않아도 됩니다. 아, 장갑기룡_{드래곤 라이드} 장착은 전원 금지 했으니까, 행여나 아가씨들이 다치지 않도록 조심하세요."

"자, 잠시만요?! 갑자기, 그런 짓을—."

아무리 그래도 이건 말도 안되는 조치다.

룩스가 그렇게 반박하려는 순간, 학원장실 밖에서 땅이 울리는 듯한 소리가 들려왔다.

"어머나? 다들 벌써 도착한 모양이네요. 빨리 달아나지 않으면 금방 잡혀버릴지도 모릅니다?"

"대체 무슨 생각을 하고 계시는 겁니까, 정말!"

말이 끝나기가 무섭게 룩스는 학원장실을 뛰쳐나가 달리기 시작했다.

그 직후, 교사 계단을 올라온 여학생들 사이에서 함성이 터져 나왔다.

이렇게 렐리 학원장이 기획한 『룩스 군 쟁탈전』이 시작되었다.

†

그렇게 시작한 이후로 40분가량 부지 내를 정신없이 돌아다니다가 결국 교사 복도에서 포위당해 밖으로 뛰어내렸고―.

더욱 많이 몰려든 여학생들을 따돌리며 룩스는 도망쳤다.

아예 학원 밖으로 나가는 것은 규칙 위반인 것 같았으니, 위험은 늘 따라다녔다.

"허억…… 허억……!"

간신히 궁지에서 빠져나온 것은 좋았지만, 역시 호흡이 흐트러지기 시작했다.

예전부터 잡일을 해온 덕분에 체력이 붙었다고는 해도 학원 내 여학생들의 표적이 되니 여간 힘든 게 아니었다.

차라리 자진해서 붙잡히고 의뢰서를 건네주는 것도 한 방법이었지만, 축제 기분에 젖은 소녀들을 보니 터무니없는 의뢰를 시킬까봐 불안해서 차마 그럴 수도 없었다.

"……윽?! 저건―."

낯익은 소녀를 발견한 룩스는 순간적으로 풀숲 그늘에 숨었다.

"……훗."

그녀는 숨어있는 룩스를 힐끔 보며 가볍게 윙크한 뒤, 그대로 교사와는 다른 건물로 들어갔다.

'저기는—.'

"……."

소녀의 눈짓을 신호로 받아들인 룩스는 자신을 쫓는 주위의 시선을 교묘하게 피하며 천천히 걸어갔다.

그리고 그녀가 들어간 커다란 건물 안으로 도망쳤다.

금속과 기름 냄새가 감도는 돌로 만들어진 넓은 공간.

중앙 작업대 앞에 흰 가운을 걸친 작달막한 소녀가 미소를 머금고 앉아 있었다.

"여어."

건물 주인이 한쪽 손을 들어 올리며 인사했다.

리즈샤르테 아티스마타.

신왕국의 공주이며 천재 장갑기룡 기술자인^{엔지니어} 소녀는, 들어온 룩스를 보며 친애의 미소를 보여주었다.

"저기…… 그게."

"그렇게 무서워하지 마라. 도와줬으면 하지? 좋다. 여기에 잠시 숨어있어도."

리샤는 그렇게 말하며 다시 작업대 쪽으로 시선을 옮겼다.

"가, 감사합니다. 그렇다면— 기꺼이……."

안도의 한숨을 내쉬며 룩스는 근처 소파에 앉았다.

기룡개발 공방은^{아틀리에} 소장인 리샤의 권한으로 관계없는 다른 학생들은 무단으로 들어올 수 없었다.

다시 말해, 온 학원 내에서 『룩스 군 쟁탈전』이 진행 중인 지금 상황에서는 가장 안전한 장소라 할 수 있었다.

물론 칼자루를 쥐고 있는 리샤 본인이 무언가를 요구하지 않는다는 전제하에—.

'뭐, 평소에도 함께 지낼 때가 많은 리샤 님께서 굳이 이 쟁탈전^{게임}에 참가하실 리는 없겠지만—.'

그렇게 생각한 룩스는 온몸에서 힘을 빼며 자세를 약간 편하게 고쳤다.

"또 뭔가 만들고 계시나요?"

리샤 앞의 작업대에는 분해된 녹색 장갑기룡이 올라가 있었다.

"아아, 이건 새로운 실험이다."

작은 몸집에 비해 큰 가슴을 쭉 펴며 리샤는 그렇게 대답했다.

"……실험이요?"

"그래. 살짝 보여줄까?"

리샤는 별안간 입가에 웃음을 드리우더니 옆에 있던 기공각검^{소드 디바이스}을 쥐었다.

그 순간, 도신 표면을 달리는 은색 선이 희미한 빛을 띠었다.

"포획하라! 《암즈 와이엄》!"

"엑……?"

철컹!

룩스가 고개를 갸웃한 순간 작업대 위에 있던 장갑기룡이

거대한 팔 형태로 변화하여 그의 몸을 덥석 움켜쥐었다.

전혀 예상치 못한 일에 룩스는 눈을 동그랗게 떴고.

"홋. 걸렸구나, 날품팔이 왕자. 넌 역시 사람이 너무 좋아."

리샤는 못된 장난을 성공한 아이처럼 천진난만하게 웃었다.

그리고 공중에 들어 올려진 룩스의 허리를 손가락으로 쿡쿡 찔러댔다.

"뭐, 뭡니까 이게?! 이 기룡은— 아니 그보다, 설마 저를 붙잡으시려고……?!"

"그런 셈이지. 정공법으로 너를 쫓아봐야 잡을 수 있을 것 같지 않았거든. 그래서 마침 연구 중이던, 장갑기룡을 장착하지 않아도 어느 정도 조작을 가능케 하는 기술을 활용해보았다."

"장갑기룡은…… 이번 규칙에서는 금지되지 않았었나요?"

"응. 그래서 너도 보다시피 장착하지 않았잖느냐."

'소, 소박하게 치사한 방법이네……!'

그것이 공주님이 할만한 발상이냐고 한소리 하고 싶었지만, 이렇게 장갑기룡에 포획 당한 이상 어쩔 도리가 없었다.

"저기, 그런데 굳이 『쟁탈전』 따위에 참가 안하셔도 지금까지 리샤 님의 의뢰는 꼬박꼬박 맡아서 해드렸잖아요?!"

룩스가 그렇게 말하며 설득하려 하자—.

"따, 딱히 그렇지도 않다고 본다만? 나, 나 역시 이래봬도, 평소에는 참고 있는 편이고……. 게다가 앞으로의 일도 생각해야 하니, 다른 녀석들에게 너를 넘길 수는—"

© 2013 Ayumu Kasuga

뺨이 빨갛게 달아오른 리샤가 소극적인 태도로 양쪽 손가락을 배배 꼬며 중얼거렸다.

"하, 하여간 그렇게 됐으니, 단념해라. 아무리 너라도 맨몸으로 기룡의 구속에서 빠져나갈 수는 없겠지."

리샤는 룩스의 옷에 손을 찔러넣고 뒤적대기 시작했다.

"어디 보자. 문제의 의뢰서는 어디에—."

"자, 잠깐만요, 그러지 마시라니깐요……?! 으, 항복할 테니까!"

작고 매끄러운 손이 교복 안을 돌아다니는 감각에 룩스는 묘한 기분이 들었지만, 가까스로 참으며 애원했다.

"의뢰서는, 기룡 손에 가려진 상의 안쪽에 있으니까—."

"그러냐. 좋아, 알았다."

리샤는 기공각검을 들고 사념을 이용하여 정신 조작을 실행했다.

룩스의 몸을 붙잡고 있던 《암즈 와이엄》의 구속이 살짝 느슨해진 순간.

"죄송합니다. 리샤 님—."

"……아닛?!"

아주 약간 생긴 빈틈. 룩스는 그것을 놓치지 않고 기룡의 손에서 빠져나왔다.

착지와 동시에 석재 바닥을 박차고 몸을 날려서 잽싸게 공방 밖으로 탈출했다.

"치사하다, 룩스! 거기 서라아아!"

"피차일반입니다!"

울먹이는 눈으로 쫓아오는 리샤를 따돌리기 위해 룩스는 달렸다.

바깥에 있던 여학생들의 추격을 뿌리치고, 간신히 초목 덤불과 기룡 격납고의 벽 사이에 숨으려고 하는데—.

"……아, 루우다."

"우왁?!"

벽돌로 된 벽 옆에 한 소녀가 서 있었다.

"엇, 피르히?! 왜 여기에—?"

늘 말랑하고 느긋한 분위기를 풍기는 룩스의 소꿉친구, 피르히 아인그람.

분홍색 머리카락과 풍만한 가슴이 인상적인 소녀는, 간식으로 보이는 러스크를 오물거리고 있었다.

"피이라고, 부르랬잖아?"

뜻밖의 장소에서 만나는 바람에 룩스가 자기도 모르게 멈춰 서자, 피르히는 무표정 속에 약간 불만스러운 뉘앙스를 섞어서 대답했다.

그녀는 친밀한 사람과는 서로 애칭으로 부르는 관계를 요구한다.

지금이야 사람들의 눈길이 없으니 망정이지, 교실에서도 그러기를 강요하는 통에 여간 쑥스러운게 아니었다.

"미, 미안해. ……하지만 피이. 도대체 왜, 이런 곳에—?"

피르히는 좋은 의미로든 나쁜 의미로든 자기 스타일대로 움직이는 성격이라, 이번 이벤트에 참가했다고 생각하긴 어렵다.

고개를 갸우뚱하며 룩스가 묻자―.

"케이크를 위해서. 냐암……."

"……응?"

피르히는 러스크를 삼키면서 영문 모를 대답을 돌려주었다.

"루우를 잡으면 케이크를 주겠다고, 언니가 그랬거든."

"그, 그 사람은 대체, 무슨 생각을 하는 거냐고……?!"

피르히의 나지막한 대답에 룩스는 곤란함을 느꼈다.

자기 여동생까지 꼬드기다니, 정말 학원장이 맞기는 한 걸까.

'……아니, 케이크 하나에 넘어간 피르히도 피르히지만.'

"그렇게 됐으니까, 간다?"

피르히는 느긋한 움직임으로 자세를 잡았다.

왕립 사관 학원에서는 기룡사에게 필요한 조종술만이 아니라 호신용 체술이나 검술도 함께 가르친다.

룩스는 피르히가 싸우는 모습을 제대로 본 적이 없었지만―.

'피르히는 여자애에 운동엔 소질이 없어 보이니까, 내 다리 정도면 빠져나갈 수 있을 거야.'

그렇게 생각하며 룩스는 정면돌파를 꾀했다.

너무 요란하게 움직이면 다른 학생들에게 들킬 위험이 있으니, 피르히 옆을 억지로 비집고 나갈 생각이었다.

"피이. 위험하니까, 조심해야 해?"

"응. 알았어."

그녀에게 주의를 준 다음, 룩스는 달려나갔다.

단단한 지면을 걷어차 궤도를 바꾸고, 피르히의 옆을 통과하려는 순간—.

"루우가 다치지 않도록, 조심할게."

"엥—?"

귓가에 들려온 속삭임에, 룩스는 처음으로 깨달았다.

달려나가려던 자신의 손목을 붙잡고, 피르히가 등 뒤에서 관절을 꺾고 있다는 것을.

게다가 다른 한 손을 민첩하게 움직여서 나머지 한쪽 팔을 붙잡은 뒤, 한쪽 다리는 룩스의 다리에 얽었다.

룩스의 움직임은 눈 깜빡할 사이에 완전히 봉쇄되고 말았다.

'뭐, 뭐야? 이 움직임은—?!'

피르히의 움직임은 절대 빠르지는 않았다.

오히려 느리다고 할만한 동작이었건만, 룩스는 전혀 피할 수 없었다.

불필요한 동작을 찾아볼 수 없는, 흐르는 물이나 하늘에서 나부끼는 깃털처럼 매끄러운 움직임.

그 아름다운 체술로 룩스를 어렵지 않게 붙잡아버린 것이다.

"큭……?! —이게 무슨, 아예 꼼짝도 못 하겠잖아?!"

소꿉친구 소녀가 상대인 만큼 처음에는 될 수 있으면 날뛰지 않을 생각이었다.

그러나 힘으로 구속을 풀어내려고 전력을 다했음에도, 룩스는 미동조차 할 수 없었다.

"일단, 7년 정도려나? 무술을 조금 배웠거든."

피르히는 담담한 말투로 속삭였다.

"그, 그랬었어?!"

뜻밖의 사실을 알게 된 룩스는 깜짝 놀랐다.

하지만 세련된 체술은 그렇다 쳐도, 이 괴력은 타고난 걸까?

그렇게 힘을 세게 준 것 같지도 않은데, 전혀 움직일 수 없다.

마치 어른과 아이 정도의 차이가 있는 것처럼.

"잘됐다. 이걸로 루우도 같이, 케이크 먹을 수 있겠네."

룩스의 온몸을 제압한 상태로, 피르히는 어쩐지 기쁜 것처럼 미소 지었다.

등 뒤에서 밀어대는 피르히의 풍만한 가슴이, 감미로운 감촉과 함께 짓눌렸다.

'여, 역시 피르히는, 엄청 크구나……!'

포동포동 알차게 느껴지는 두 개의 탄력 있는 질감에 룩스는 고동이 빨라지는 것을 느꼈다.

어떤 의미로는 이대로 쭉 있고 싶은 상황이었지만―.

"아, 의뢰서……."

그 순간 룩스의 품속에서 빨간 의뢰서가 떨어졌다.

피르히는 반사적으로 그것을 주우려고 손을 뻗었고―.

"아……."

덕분에 구속이 풀려서 룩스는 탈출에 성공했다.

"미안해, 피르히!"

그대로 잽싸게 의뢰서를 회수한 룩스는 기룡 격납고 그늘에서 빠져나왔다.

"하아, 하아……. 스, 슬슬 쓰러질 것 같은데……!"

어찌어찌 피르히의 손에서 도망치긴 했지만, 룩스의 체력은 이미 한계였다.

여전히 자신을 찾아다니는 여학생들의 감시망에서 몸을 숨기며 연습장 대기실로 향했다.

'그래— 수업이 끝난 지금이라면, 아무도 없을 거야!'

그렇게 생각한 룩스는 살그머니 대기실에 숨어들었다.

예상대로 그 넓은 공간에는 아무도 없었다.

"……좋아."

발각당하지 않도록, 만일을 위해서 탈의실 칸막이 반대편으로 이동했다.

"하아아……!"

나무로 된 바닥에 앉아 몸을 숨긴 룩스는 긴 한숨을 내쉬었다.

이대로 10분 정도만 버티면 게임은 끝난다.

룩스가 그렇게 생각한 순간 철컥, 문이 열리는 소리가 들렸다.

"———."

룩스는 즉시 숨을 참고 기척을 죽였다.

지금 이곳에 여학생이 들어오다니, 모종의 착오가 발생한 모양이라고 생각했지만—.

"하아, 싫다 정말. 모처럼 룩스 군을 독점할 기회가 찾아왔는데—."

"아하하. 어쩔 수 없지 뭐. 장갑기룡 수리가 끝났으니까, 제대로 시운전을 해 봐야—."

목소리를 통해 판단하건대, 들어온 인원은 대여섯 명 정도. 학원의 유격부대, 『기사단』^{시바레스} 소속 여학생들인 것 같았다.

아무래도 예정에 없었던 기룡 시운전이 갑작스럽게 잡힌 모양이었다.

'어, 어쩌지? 이대로는—.'

불행하게도 창문이나 문은 칸막이에서 멀리 떨어져 있었기 때문에, 소녀들 앞에 모습을 드러내지 않고서는 밖으로 나갈 길이 없었다.

'여기에 숨어있어도, 장의(裝衣)로 갈아입으려면 결국 칸막이 쪽으로 올 텐데. 숨는 건 포기할 수밖에—.'

룩스가 각오한 순간.

스르륵, 옷이 스치는 소리가 들렸다.

'어……? 어어어어어억……?!'

"와, 그 속옷 예쁘다. 어디서 샀어? 탐나는 걸—."

"너, 너무 그렇게 보지 마……. 창피하잖아—."

"어머? 얘 좀 봐. 나랑 다르게 이렇게 훌륭한 걸 갖고 있으면서~."

여학생들의 때 묻지 않은 목소리에 두근, 룩스의 심장이

크게 뛰었다.

설마 진짜로 그럴까 싶은 생각에—.

룩스는 칸막이 그림자 뒤에 숨어서, 살그머니 그쪽을 살폈다.

"……윽?!"

거기에는 천국 같은 광경이 펼쳐져 있었다.

낯익은 『기사단』 여학생들. 그리고 처음 보는, 아마도 3학년 멤버.

그 모두가 교복을 벗고서 속옷 차림으로 까르륵거리고 있었다.

'……대, 대체 왜?! 왜 거기서 갈아입는 건데?!'

머릿속이 하얗게 비어버린 룩스는, 간신히 그 이유를 깨달았다.

기본적으로 여학생밖에 없었던 이 학원에서 굳이 칸막이 뒤에 숨어서 옷을 갈아입는 인원은 소수에 지나지 않는다는 것을.

게다가 유일한 남학생인 룩스는 아직 정식으로 『기사단』에 입단하지 않은 몸이다.

방과 후에는 『기사단』 멤버만이 대기실을 사용하니, 이렇게 되는 것은 필연이었다.

'어, 어쩌지……?! 여기서 나갈 수가 없잖아……!'

만약 변덕을 부려서 칸막이 쪽으로 오는 학생이 있다면—.

"—그러고 보니, 소문의 그 남자. 룩스 아카디아라고 했나? 정말로 그를 이 학원에 입학시켜도 괜찮은 걸까?"

갑자기 3학년으로 보이는 여학생의 목소리가 들려왔다.

분노나 불편한 기색은 없었지만, 경계심이 느껴지는 말투.

5년 전까지만 해도 제국의 압정과 차별을 받아왔으며, 룩스에 대해 잘 모르는 3학년으로서는 당연한 발언이었지만—.

"으음, 그게 얘기를 좀 해봤는데, 꽤 겸손하고 괜찮은 사람이에요. 기룡사로서도 제법 실력이 뛰어나고—."

"네, 그리고 전직 왕자님인 만큼, 생긴 것도 귀엽고요—."

"흐음. 하지만 치한 행위를 한다거나 엿보지나 않을까 몰라. 징그러운 눈초리로 볼지도 모르지. 결국— 이 나라의 『남자』 따위는, 거의 다 그런 생물이잖아?"

룩스를 칭찬하는 이야기가 나오자, 역시나 3학년으로 보이는 다른 소녀가 반론을 펼쳤다.

그러나.

"아뇨, 룩스 군 만큼은 예외예요! 그는, 그런 비겁한 짓은 하지 않을 거예요!"

"네—. 룩스 군이 싸우는 모습을 본 저희는, 그를 믿어요."

2학년 멤버들이 옹호해주는 것은 정말 기뻤지만.

'어째 상황이 점점 들키면 안 되는 쪽으로 발전하고 있잖아……!'

예기치 못한 일이라곤 하나, 그녀들의 속옷 차림을 보고 말았다는 사실에 죄악감을 느끼고 있던 룩스는—.

"아, 크루루시퍼 양. 안녕하세요."

옷을 갈아입던 여학생에게서 나온 밝은 목소리에, 흠칫 놀라며 몸을 움츠렸다.

크루루시퍼 에인폴크.

북쪽의 대국, 유미르 교국 백작가의 영애이자 학원의 유학생.

완벽한 미모와 실력을 겸비한 수수께끼의 소녀.

자신과 같은 반의 소녀까지 나타나자 룩스의 마음은 더욱 조급해졌다.

'망했다! 어떻게든 여기서 빨리 빠져나가야—.'

그러나 결국 무사히 달아날 방법은 떠오르지 않았고, 속절없이 시간만 흘러갔다.

"그러고 보니 크루루시퍼 양. 혹시 장갑기룡 설명서, 어디 있는지 못 봤어? 분명히 이 방에 몇 권 있었을 텐데—."

"응…… 책은 햇빛에 닿으면 상하니까, 확실히 여기에 놓아두었을—."

그런 목소리가 들려온 직후.

"—엣?"

"앗……?!"

룩스는 칸막이 쪽으로 다가온 소녀와 눈이 마주치고 말았다.

이미 교복 상하의를 벗어던진 채, 속옷만 걸치고 있던 크루루시퍼와.

"……윽?!"

크루루시퍼는 한순간 의표를 찔린 듯한 얼굴로 룩스를 보았다.

언제나 냉정한 소녀의 볼에는 수치심으로 인한 희미한 홍조가 떠올랐다.

마찬가지로 목소리도 나오지 않을 정도로 당황한 룩스는 그녀에게서 눈을 떼지 못했다.

군더더기가 전혀 없는 슬렌더한 몸매.

하지만, 역시나 여성적인 생생함을 느끼게 하는 가슴과 엉덩이의 살집.

요염함이 느껴지는 새하얀 눈 같은 피부와 아련하게 감도는 향수의 달콤한 향기.

처음으로 본 크루루시퍼의 속옷 차림은 말 못할 정도로 매력적이었으며, 아름다웠다.

그러나.

'―끝장이다.'

그 직후 룩스의 얼굴에서 핏기가 싹 가셨다.

이대로 룩스는 엿보기꾼으로 끌려 나가고, 학원에서 퇴학.

소녀들의 신뢰를 배반한 범죄자로서, 그대로 감옥으로―.

"크루루시퍼 양. 왜 그래? 무슨 일 있어?"

그런 절망적인 광경이 뇌리를 스친 순간, 칸막이 반대편에서 여학생의 목소리가 들려왔다.

룩스는 곧바로 각오를 굳히고 고개를 숙였지만―.

"―아무것도 아니야. 설명서라면 찾았어."

크루루시퍼는, 얼굴에 여느 때처럼 서늘한 미소를 되돌리면서 룩스 곁으로 걸어갔다.

그리고 근처에 놓여 있던 책을 들고, 아무 일도 없었던 것처럼 칸막이 반대편으로 돌아갔다.

'어……?'

"난 역시 오늘 훈련은 빠져야 할 것 같아. 생각해보니 《파프니르》의 정비가 아직 덜 끝났네—."

"그래? 그럼 우린 이만 가볼게."

크루루시퍼가 그렇게 말한 뒤, 떠들썩한 목소리와 함께 대기실에서 기척이 사라졌다.

안에 있던 다른 여학생들은 그대로 연습장으로 가버린 것 같았다.

"저기—."

룩스가 겁먹은 모습으로 칸막이에서 얼굴을 내밀자—.

"이젠 나와도 돼. 귀여운 엿보기꾼 소년."

크루루시퍼는 다시 교복을 입고 테이블 앞에서 책을 읽는 중이었다.

입가에 작은 미소를 걸고서, 룩스를 향해 살짝 눈길을 보냈다.

그 행동을 통해 그녀의 의도를 파악할 수 있었다.

"……저기, 감사합니다."

"그렇게 마음에 들었다니, 부끄러운 행동을 한 보람이 있네."

자신을 도와준 것에 대해 감사의 말을 건네는 룩스에게 크루루시퍼는 피식 웃으며 장난스럽게 대꾸했고, 룩스의 뺨이 달아올랐다.

"그, 그런 뜻으로 감사하다는 게 아니라, 그러니까—."

"어머나? 내 알몸에는 별 흥미가 없었나 보구나. 그런 것치고는 꽤 신중하게 관찰하는 것 같았는데?"

여유마저 느껴지는 달콤한 목소리로, 크루루시퍼는 농을 걸었다.

'시, 시선을 눈치챘나……?!'

"아, 으……. 그게— 죄송합니다."

"장난이 조금 지나쳤던 모양이네. 내 나쁜 습관이야."

결국 버티지 못한 룩스가 사과하자 크루루시퍼는 갑자기 진지한 얼굴로 돌아오더니, 룩스를 진정시키려는 것처럼 자신의 옆자리에 살짝 집게손가락을 두었다.

옆에 앉으라는 신호이리라.

"저기, 용서해주시는 건가요?"

"그래. 일단은 그럴 생각인데—. 어째설까? 너를 보면 괜히 놀리고 싶어져. 악의는 없으니까, 너무 서운하게 생각하지는 마."

"……"

미소와 함께 크루루시퍼가 건넨 말은, 아마도 본심일 것이다.

하지만.

'어지간히, 심장에 안 좋은 장난이네요……'

룩스는 복잡한 심경으로 그녀 곁에 앉았다.

"—하지만, 여러모로 조금만 더 주의하는 게 좋을 거야. 적어도 지금은 이 학원의 단 한 명뿐인 남자애니까."

"반성 중입니다……."

고개를 숙인 룩스를 보며 "그러면 됐어."라고, 크루루시퍼는 즐거운 듯 중얼거렸다.

그리고 읽고 있던 책을 덮고, 옆에 앉은 룩스 쪽으로 시선을 보냈다.

"기왕 이렇게 된 거, 잠시 쉬었다 가지 그러니? 마침 너한테 묻고 싶은 것도 있거든."

"아, 하지만 저는―. 지금은, 사정이……."

"네 쟁탈전이라는 이벤트는, 조금 전에 종료를 알리는 종이 울린 것 같던데?"

"네……?"

그 말에 대기실 시계를 보니, 확실히 종료 시각이 지나 있었다.

경황이 없는 탓에 종료를 알리는 종소리를 듣지 못한 것일지도 모른다.

"드디어, 끝났구나……. 하아아……!"

룩스가 책상 위로 픽 쓰러지자, 크루루시퍼는 피식 웃었다.

"문제의 의뢰서는 잘 간수하고 있어? 실수로 떨어뜨리기라도 했다면, 그야말로 웃기지도 않을 거야."

"아, 그것도 그렇네요. 잘 있는지 한번 확인을―."

룩스는 확인차 주머니에서 특별 의뢰서를 꺼내 테이블에 올려놓았다.

의뢰인이 될 승자가 써넣기 위한 공백이 남아있는 의뢰서는, 아무에게도 빼앗기는 일 없이 무사히 남아있었다.

"정말 고맙습니다. 크루루시퍼 씨."

"그래? 그렇게 고마워할 필요는 없을 것 같은데. 왜냐하면―."

완전히 마음을 놓은 룩스를 보는 크루루시퍼의 미소가 짙어졌다. 그 순간.

"엑?"

쾅! 대기실 문이 기세 좋게 열렸다.

"드디어 찾았다, 룩스! 자아, 그 의뢰서를 빨리 나한테―!"

그쪽을 보니, 선두에 서 있는 리샤를 시작으로 많은 여학생들이 입구에 모여 있었다.

'어라? 끝났을 텐데, 왜 저렇게―?'

그렇게 룩스가 고개를 갸웃한 직후.

"종료 시각입니다! 지금 빨간 의뢰서를 들고 있는 여학생에게는, 룩스 군을 일주일간 마음대로 할 수 있는 권리가 주어집니다!"

담당자인 것 같은 여학생의 목소리가, 저 멀리서 날카로운 종소리와 함께 들려왔다.

"에에엑……?! 대체, 이게 무슨―."

"그러니까 말했잖아? 너는 여러모로 좀 더 주의하는 게 좋을 거라고."

등 뒤를 돌아본 룩스의 눈에 답이 들어왔다.

『룩스 쟁탈전』의 빨간 의뢰서를 손에 든 크루루시퍼가, 여유롭게 미소 짓고 있었다.

그것을 본 순간 수많은 여학생들이 "꺄아아악!" 하고 새된 비명을 질렀다.

"어, 어째서……?! 분명, 시계의 시간은 이미—"

"그거야 바늘을 살짝 손보면 되는 거 아니겠니."

크루루시퍼는 진지한 표정으로 거침없이 대답했다.

"……"

'와, 완벽하게 속았다……!'

그때까지의 피로가 한꺼번에 몰려와서 룩스는 그대로 주저앉고 말았다.

크루루시퍼는, 이런 일에 흥미 없을 거라고 생각했건만…….

빨간 의뢰서의 작성이 끝나고, 담당자의 손을 통해 크루루시퍼의 승리가 선언됐다.

"그렇게 됐으니, 앞으로 일주일간 내 얘기를 잘 들어달라구. 잘 부탁해."

"어어…… 잘 부탁드립니다……."

룩스는 넋 나간 모습으로 가까스로 대답했다.

그 직후 주위에 모여있던 여학생들이 열광하며 "축하해!" "역시 대단하네." "크루루시퍼마저 그를 노리고 있을 줄이야—." 등등 다양한 반응을 보였다.

여학생들의 환호성이 두 사람을 뒤덮는 가운데, 크루루시퍼는 룩스 쪽으로 몸을 돌렸다.

"그나저나 룩스 군. 지금 바로 의뢰해도 괜찮을까?"

"아, 네…… . 제가 할 수 있는 일이라면—."

룩스는 일어서며 반쯤 자포자기한 심정으로 그렇게 대답했다.

그러자 크루루시퍼는 우아하게 미소 지으며, 룩스의 가슴에 손가락을 대고 살살 움직였다.

"앞으로 일주일 동안, 내 연인이 되어줬으면 좋겠어. 그게 내 의뢰야."

"—네?"

굳어버린 건 당사자인 룩스만이 아니었다.

조용…… .

그렇게 대기실 공기가 완전히 가라앉는 줄 알았지만, 몇 초 뒤. 다시 큰 소란이 일어나며 폭발했다.

"꺄아아아아아아악!"

날카로운 비명이 터져 나온 직후, 마침 그 자리에 있던 여학생들이 너도나도 떠들어대기 시작했다.

"세상에! 이런 의뢰도 할 수 있는 거구나." "이를 어쩌지? 크루루시퍼 양이 상대여서야 이길 수 없을 테고—." "기다려 봐. 반대로 전례가 생긴 거라고 볼 수 있지 않을까?" "그래, 다음 쟁탈전을 기대하자구!"

그런 말이 소녀들 사이를 정신없이 돌아다니는 사이에.

"─그렇게 됐으니, 잘 부탁해."

크루루시퍼는 패닉에 빠진 룩스에게 그렇게 속삭이고는, 대기실을 뒤로했다.

"어…… 저기요?! 크루루시퍼 씨?"

"이봐, 룩스?! 어떻게 된 일이냐! 내가 이렇게 옆에서 떡하니 버티고 있는데─."

무슨 까닭인지 리샤가 눈물이 그렁그렁 맺힌 눈으로 따져 들었지만, 솔직히 룩스도 이유를 모르긴 마찬가지였다.

"그러니까…… 저도 잘 모르겠습니다."

난처한 모습으로 변명하면서, 룩스는 열심히 머리를 굴렸다.

'……무슨 의미일까?'

『─자세한 이유는, 나중에 설명해 줄게.』

크루루시퍼가 떠나기 직전에 남긴 한마디가, 한동안 룩스의 귓가에 남아있었다.

Episode 1   북쪽 영애의 약혼 사연

"하아……. 정말이지 오빠는 대체 무슨 생각을 하고 다니는 건가요?"

황당함과 분노가 한데 섞인 목소리로, 아이리는 큰 한숨을 내쉬었다.

룩스의 친여동생이며 인형처럼 아름다운 용모를 지닌 소녀는, 무슨 이유에선지 바닥에 앉아있는 룩스 앞에 서서 도끼눈으로 그를 흘겨보고 있었다.

"제발 눈에 띄는 행동은 하지 말라고, 신신당부하지 않았나요? 덕분에 저는 조금 전까지 급우들에게 『너희 오빠한테 애인 생겼다며?!』라는 질문 공세를 받아서 말이죠……."

"Yes. 기분은 알겠지만, 아이리. 그 정도로 끝내지요."

아이리 옆에 있던 녹트는 아이리의 룸메이트이자, 『삼화음^{트라이어드}』이라고 불리는 학원의 명물 삼인조의 일원이기도 한 조용한 소녀다.

그런 그녀가 말리자, 아이리는 그제야 "반성은 이제 됐어요, 오빠."라고 중얼거렸다.

"잘못했다니까, 진짜로……."

그렇게 대답하면서 룩스는 지친 얼굴로 일어섰다.

이곳은 왕립 사관 학원 부지 내에 자리 잡은 여자 기숙사의 방.

화제의 『룩스 쟁탈전』을 끝내고 저녁 식사를 마친 룩스는, 학원의 어떤 의뢰를 수행하는 도중에 여동생인 아이리에게 호출받았다.

중요한 의뢰라고 하길래 부랴부랴 아이리와 녹트의 2인실에 가봤더니, 기다리고 있던 것은 아이리의 설교.

"애초에, 왜 가장 먼저 저한테 올 생각을 못 한 건가요? 그랬으면 남매선에서 해결돼서 이런 소동이 일어나지도 않았을 텐데."

아무래도 아이리는 자신에게 도움을 요청하지 않은 오빠의 행동이 몹시 불만스러운 것 같았다.

여자 기숙사에도 사람이 많을 것 같아서, 아이리의 방으로 달아난다는 선택지를 떠올리지 못했던 것은 확실히 실책이었으나—

'말마따나 진짜로 아이리한테 잡힌다 해도, 일이 귀찮아질 것 같았으니까⋯⋯.'

그렇게 말하면 "혈육을 의심하는 거예요?"라고 혼날 것 같아서 굳이 꺼내지는 않았다.

"하지만 개인적으로는 의외였습니다. 크루루시퍼 씨의 성격상 룩스 씨와 사귀는 일은 없을 거라고 생각했거든요."

냉정하게 소감을 말하는 녹트.

그러나 그 말을 들은 아이리의 어깨가 덜컥 흔들렸다.

"그래서, 오빠는 앞으로 그녀와 어떤 즐거운 시간을 보낼 예정인가요?"

"어, 그, 그러니까— 지금까지 해온 의뢰랑 기본적으로는 별 차이 없지 않을까?"

이상하게 상냥한 아이리의 미소에 덜덜 떨면서, 룩스는 일단 그렇게 대답했다.

『룩스 쟁탈전』의 승자인 크루루시퍼에게 의뢰를 받아, 일주일간 『그녀의 연인이 된다』는 계약이 성립되었다.

다만 그 내용은 막연해서, 그녀의 부탁을 우선하여 들어준다는 것을 제외하면 지금까지와 다르지 않은 생활을 보낼 것이다.

그렇게 룩스가 두 사람에게 설명을 해주자—.

"흐음. 뭐, 괜찮아요. 오빠도 한창때의 남성이니까요."

"아, 아니, 이번 일은 딱히 내가 크루루시퍼 씨한테 부탁한 것도 아니거든!"

토라진 것처럼 시선을 피하는 아이리에게 룩스는 허둥지둥 해명했다.

"Yes. 크루루시퍼 씨의 진의는 추측할 수 없습니다만, 어쩔 수 없는 일이라고 여겨집니다."

"그런, 걸까요?"

녹트의 부연설명에 고개를 들어 올린 아이리를 보며 룩스는 잠시 마음을 놓았지만—.

"Yes. 어쨌거나 룩스 씨는 확실히 여성의 강요에 약한 것 같군요."

"여보세요?! 힘들게 수습해놨더니, 왜 또 그런 말을 하는 겁니까?!"

역시 이 녹트라는 소녀도 여간내기가 아니다.

룩스가 다시금 곤란한 모습을 보이자, 아이리는 가볍게 헛기침하며 자리에서 일어섰다.

"그 건에 대해서는 나중에 더 자세하게 듣기로 하고, 시간이 됐네요. 의뢰 장소로 가봐요."

"아…… 그, 그래."

하여간 이 이야기가 끝났다는 것에 안도하며, 룩스는 방 밖으로 나갔다.

"학원 부지 내의 의뢰라고 들었습니다만, 밤중인 만큼 조심하시길."

녹트는 그렇게 말하며 룩스 남매를 배웅해주었다.

아이리와 여자 기숙사 밖으로 나오니, 주변은 이미 칠흑의 장막에 뒤덮여 있었다.

"학원 생활을 즐기는 것은 좋지만, 잊지 마세요. 우리의 『계획』을─."

단둘이 남자, 아이리는 생각났다는 것처럼 당부했다.

"아…… 응. 명심할게."

그 일로 가볍게 상담할 생각이었지만, 결국 꺼내는 것을 망설이고 말았다.

"후우……."

아이리 뒤를 따라 학원 내 잔디밭을 걸으며, 룩스는 가볍게 한숨지었다.

지금 고민하고 있던 건, 크루루시퍼에 대해서였다.

'—어떻게 해야 그녀의 연인답게 행동할 수 있을까?'

아니, 그 이전에 다른 사람하고 사귀어 본 적도 없는데…….

문제의 연인 선언 뒤에 크루루시퍼가 알려준『진짜 의뢰』.

지금까지 해온 잡일과는 차원이 다른 고민거리를 가슴에 품고, 룩스는 고개를 숙였다.

†

"—내 연인이 되어줬으면 좋겠어."

대기실에서 그 말을 듣고서 십여 분 뒤.

인기척 없는 학원 옥상으로 불려나온 룩스는, 크루루시퍼에게 설명을 들었다.

"크루루시퍼 씨의, 연인 흉내요……?"

"그래, 맞아. 오늘부터 일주일 동안, 그 역할을 맡아줬으면 좋겠어."

"하, 하지만 대체, 무슨 이유로 그런 의뢰를—."

크루루시퍼는 담담하게 이야기하는 자신을 보며 룩스가 곤혹스러워하자, 자세한 사정을 설명해주었다.

크루루시퍼는 북쪽의 대국— 유미르 교국 출신의 백작 영애이며, 학원의 유학생.

그녀에게는 이 신왕국에 온 이유 중 하나인, 어떤 중요한 목적이 있었다.

"한마디로 말해서, 정략결혼이야."

『재학 중에 신왕국의 고위 귀족과 약혼을 맺는다. —또는 결혼한다.』

크루루시퍼의 본가인 에인폴크가(家)에서 그녀에게 그러한 지시를 내렸다고 했다.

강력한 지위에 있는 신왕국의 권력자와 접점을 만든다.

기룡사에 대한 지식과 기술을 배우는 것이 전부가 아니라, 처음부터 그 목적을 위해 이 학원에 입학 당했다는 이야기였다.

"그건—. 그런, 처사는……."

너무 이기적이지 않은가.

아무리 에인폴크가가 명문 귀족가문이라 해도, 크루루시퍼 한 사람만을 타국 영토로 보낸데다가 그런 책무까지 부과하다니.

"여전히, 구제국 왕자님답지 않은 말을 하는구나, 너는."

룩스가 자기도 모르게 그런 말을 꺼내자, 크루루시퍼는 이해가 안된다는 듯한 룩스의 표정을 보며 피식 웃고는—.

"원래 귀족의 혼인 따위는, 90퍼센트가 그런 법이잖아? 마음에 안 들어도 어쩔 수 없어."

무뚝뚝한 말투로 단언했다.

"……."

크루루시퍼의 주장은 옳았다.

귀족의 혼인이란 나라를 불문하고 기본적으로 그런 법이다.

일찍이 구제국의 왕자로서 궁정 생활을 했던 룩스는, 그것을 뼈저리게 알고 있었다.

하지만, 그렇다 해도 뭔가 이상했다.

"그렇다면, 제가 연인 흉내를 내줬으면 좋겠다는 건 무슨 이야기인가요?"

"진작에 체념하긴 했지만, 더는 피할 수 없어지기 전까지는 귀찮은 일을 피하고 싶거든. 내 개인적인 목적을 전부 이룰 때까지는—."

"개인적인, 목적이요……?"

크루루시퍼는 룩스의 질문에는 대답하지 않고, 이야기를 이어갔다.

"며칠 뒤에 내 본가인 에인폴크가에서 성채 도시로 종자를 파견하기로 했거든. 내 약혼이 얼마나 진척됐는지 확인하고, 보고하기 위해서—."

요컨대 그 종자를 속이기 위한 『연인 역할』이라는 것 같았다.

같은 고귀한 혈통이며, 크루루시퍼와 접점이 있는 남자.

룩스는 그런 조건으로 선택받은 모양이었다.

"그러니까, 오늘부터 일주일 동안은 내 연인으로 행동해주길 바라. 무슨 말인지 알겠지?"

"아, 아니, 하지만 저는— 그러니까, 누구랑 사귀어 본 적이 없는데요……."

"어머? 나도 딱히 경험이 있는 건 아니야."

"그, 그런 의미가 아니라—."

그렇게 룩스가 허둥대자—.

"그리고, 이젠 단순한 타인이라고 볼 수 없잖아? 내 부끄러운 모습을, 코앞에서 그렇게 구경했으면서—."

크루루시퍼는 뺨에 살짝 홍조를 드리우며 생긋 미소 지었다.

"……윽?!"

갑자기 대기실에서 보았던 그녀의 속옷 차림이 떠올라 룩스의 얼굴은 홍시처럼 붉게 달아올랐다.

"끝끝내 못 맡겠다면, 네가 훔쳐봤다는 이야기를 다른 사람한테 해줘야지 뭐."

장난스러운 말투로 그렇게 속삭였다.

귓불을 간질이는 그 목소리를 견디지 못한 룩스는 이내 백기를 들어 올렸다.

"저, 저기…… 저 같은 거라도 괜찮다면, 열심히 해보겠습니다."

"고마워. 너의 그런 솔직한 점이 마음에 들어."

고개 숙인 룩스에게 크루루시퍼는 미소로 대답해주었다.

"가짜 연인이라는 사실이 다른 사람 귀에 들어가면 곤란하니까, 일주일이 지날 때까지 이번 일은 비밀로 하자구. 약속해줄 수 있겠니?"

"그, 그렇게 하겠습니다."

"좋은 대답이네. 그럼— 오늘부터 너는 내 연인이야. 잘 부탁해, 룩스 군."

"……네."

크루루시퍼의 미소를 향해 룩스는 어색한 미소를 돌려주었다.

이렇게 계약은 성립되었다.

†

부지 내의 도서관은 교사와는 따로 세워져 있다.

수업시간에 몇 번 이용해보기는 했지만, 이런 야심한 시간에 오는 것은 처음이었다.

"여기예요, 오빠."

정문은 진작에 닫힌 탓에 아이리의 안내를 받아 뒷문을 통해 안으로 들어갔다.

높은 서가(書架)가 무수히 늘어선 공간과 어딘지 모르게 역사가 느껴지는 고풍스러움. 마치 고대의 미궁을 연상케 하는 인테리어였다.

과거에 잡일로 사서 시늉이나마 해본 경험이 있어서, 이 분위기 자체에는 별다른 저항감이 없었지만—.

"진짜로, 여기에 의뢰가 있는 거야?"

사람이 없는 도서관이라는 장소에서의 의뢰라는 것에, 룩스의 머릿속에 의문이 떠올랐다.

"네, 틀림없어요. 조금만 더 가면 돼요."

서가 사이에 난 통로를 헤쳐나간 끝에, 막다른 곳에 있는 문에 도착했다.

그리고 뒷문을 열 때 사용했던 것과는 다른 열쇠로 문을 열었다.

지하로 뻗은 계단을 내려가 도착한 곳은 돌로 된 널찍한 공간이었다.

"여기는……? 도서관 지하에, 이런 장소가 있었나?"

들어가 본 경험은커녕 존재조차 알지 못했던 장소.

그곳에는 책꽂이만이 아니라 철제 작업대나 승화(昇華)용 가열로, 무수한 실험기구가 늘어서 있었다.

동시에 코를 찌르는 약품 냄새도 났다.

"이 장소의 존재는 비밀로 해주세요, 오빠. 일단 작은 연구실이기도 하니까요."

"연구실?"

룩스는 되물으며 생각했다. 이 장소에서 느껴지는 인상이라면—.

리샤가 소장으로 있는 기룡사 공방.

그곳이 어딘가 대장간을 연상케 하는 구조라면, 이곳은 마치 연금술사의 공방 같았다.

그런 인상을 품고 아이리를 따라 걸어갔더니—.

"기다리고 있었어. 두 사람 모두."

학원장 렐리 아인그람이 작은 테이블 앞에 있었다.

"안녕, 룩스 군. 피르히랑은 잘 지내고 있니? 아니면— 진작에 덮쳐버렸으려나."

"저기요……."

룩스는 뭐라고 설명하기 힘든 표정으로 대답을 대신했다.

렐리의 지시를 따라 룩스는 여전히 여자 기숙사에서, 그녀의 여동생인 피르히와 같은 방에서 생활하고 있었다.

그것을 떠올리며 룩스가 얼굴을 붉히자—.

"학원장님. 오빠는 다음 기회에 놀리시고, 이야기를 시작하죠?"

어흠, 헛기침을 한 번 한 뒤에 아이리는 그렇게 요청했다

"그것도 그렇군요. 그럼 지금부터 하는 이야기는 타인에게 발설하지 않기를 부탁하겠어요."

렐리는 그렇게 말하더니 테이블 위에 자그마한 금속 상자를 올려놓고 자물쇠에 열쇠를 꽂았다.

"상당히 엄중하군요?"

"그렇죠."

고개를 끄덕이며 렐리가 상자를 열자, 그것이 보였다.

"이건— 설마."

상자 안에는, 기묘한 형태의 황금 피리가 들어있었다.

"그래요. 약 2주 전에 이 도시를 습격한 전직 제국 근위기사단장, 벨벳이 소지하고 있던 물건입니다."

이 피리에는 유적에서 출현하는 환수— 환신수를 불러내고 조종하는 힘이 깃들어 있다.

룩스와 『기사단』은 얼마 전에 그 광경을 목격했고, 싸웠다.

"일단 상부에 보고는 해두었지만, 우리 쪽이 유적에 가깝기도 하잖아요? 라피 여왕 폐하께서 이곳에서 분석을 진행하며 연구하라는 말씀을 하셨습니다."

"⋯⋯."

"벨벳은, 이것을 이국(異國)의 상인에게서 샀다고 자백했습니다. 『뿔피리』라고 부르는 것 같더군요. 룩스 군, 이것에 대해 뭔가 아는 게 있나요?"

"아뇨. 저도 이렇게 제대로 보는 건 처음이에요. 하지만—."

룩스가 쫓고 있는 구제국의 맏형, 후길.

후길이 이야기했던 『환신수를 부른다』라는 말을 바탕으로 짐작컨대, 이 뿔피리가 필시 유적과 관련있는 중요한 비보라는 것은 틀림없다.

"그 벨벳이라는 남자는 그것 말고는 아무것도 모르는 모양이던데, 유적 조사와 병행해서 이 아이템을 분석해볼 필요가 있다고 봐요."

아이리가 두꺼운 책— 유적 조사에 관한 문헌을 펼치며 보충했다.

"그럼, 이 물건을 제게 보여주신 이유는—."

"이것을, 당신에게 맡겨서 보내기로 했기 때문입니다."

렐리는 조용히 대답하며 뿔피리가 담긴 상자를 닫았다.

"네⋯⋯?"

"아직 다른 사람들에겐 알리지 않았지만— 지난 며칠간 대

륙에서 약간의 움직임이 있었어요. 그러니 여러분 『기사단』 멤버들은, 가까운 시일 내에 유적을 조사하러 가게 될 겁니다."

"……."

십여 년 전— 장갑기룡과 몇 가지의 기술을 세계에 가져다준 유적.

환신수라는 존재에게 보호받는 그 장소에는, 아직도 많은 기록과 보물이 잠들어 있다.

"아티스마타 신왕국 영내에 존재하는 것까지 통틀어서 지금까지 발견된 유적은 전부 제2층까지밖에 진입하지 못한 상황입니다만, 제3층에 도달하려면 『열쇠』라는 존재가 필요하다고 기록돼있어요."

아이리가 두꺼운 고문서를 들고 그렇게 말했다.

각국의 문관이 이미 해명해낸 덕분에 『열쇠』의 존재 자체는 알려져 있었지만, 그 정체에 대해서는 여전히 밝혀진 것이 없었다.

"어쩌면— 이 뿔피리가 유적 깊은 곳으로 들어가게 해줄 열쇠, 혹은 환신수들에게서 몸을 보호하는 물건이 될지도 몰라요. 그래요. 그것도 포함한 조사예요. 그래서 이것을 오빠에게 맡겨두려는 거구요."

룩스는 그 말속에 함축된 아이리의 의도를 깨달았다.

이 뿔피리가, 그 후길을 쫓는 단서가 될지도 모른다는 이야기였다.

"……알았어."

그 말을 가슴에 새기며, 룩스는 뿔피리를 받아들었다.

"그런데 학원장님."

"어머나, 이럴 때는 렐리라고 불러도 된답니다? 아니면 누 나라고 불러도—."

장난스럽게 말하는 렐리를 보고 쓴웃음을 지으며, 룩스는 마음에 걸리던 것을 물어보았다.

"렐리 씨. 저는 아직 『기사단』 멤버가 아니라구요? 유적 조 사에 동행하고 싶어도 허가가 나오지 않는다면 어쩔 수 없을 텐데요."

"안심하세요. 당신에게는 특별히 동행 허가를 내려뒀으니까 요. 리샤 님을 구해주었다는 실적도 있으니, 반대하는 사람은 없을 겁니다."

"……."

이럴 때 조치가 빠른 모습도 여전했다.

"대신, 이번 일은 다른 학생들에게는 비밀로 해주겠어요? 상당히 중요한 안건이니까."

"……네."

약간 긴장한 모습으로 대답한 뒤, 그대로 셋이 함께 지하실 계단을 올라갔다.

"게다가, 유적 조사에 관해서도 슬슬 새로운 단계로 나아갈 실적이 필요하거든요. 다른 누가 아닌, 그 아이를 위해서도—."

어딘가 아련한 눈으로 허공을 바라보며, 렐리는 그렇게 중 얼거렸다.

렐리와 헤어진 뒤, 룩스는 아이리와 나란히 도서관 밖으로 나왔다.

주변에 인기척은 없었고, 어슴푸레한 달빛이 여자 기숙사로 향하는 길을 비추고 있었다.

"제가 이렇게 오빠 곁에 있을 수 있는 것도, 오늘이 마지막일지도 모르겠네요. 내일부터는 크루루시퍼 씨가 있을 테니까요."

"어, 저기……. 아마도 아이리가 말한 것처럼, 될 것 같진 않은데……."

아이리가 농담조로 건넨 말에 룩스는 쓰게 웃으며 대답했다.

"하지만 조심하세요. 특히나— 그녀는."

"그녀라니…… 크루루시퍼 씨? 여러모로 대단한 사람이지만, 나쁜 사람은 아닌 것 같은데?"

"그럴지도 모르죠. 그냥, 여자의 감이에요. 왠지 모르게 신경 쓰이는걸요. 유미르의 유학생이라는 신분이 전부가 아니라, 뭔가 더 숨기는 게 있는 듯한—."

아이리가 말끝을 흐리자 룩스는 고개를 갸웃거리며 계속해서 걸었다.

여자 기숙사 입구에 도착한 남매는 거기서 헤어지기로 했다.

"그럼 아이리. 나중에 봐."

"네. 오빠도, 조심하세요. 일단 그녀들에게도 상담해두긴 했지만요."

"어……?"

"아뇨, 아무것도 아니에요, 오빠."

의미심장한 웃음을 남기고 아이리는 휙 가버렸다.

평소와 다를 바 없는 모습이었지만, 그녀가 마지막으로 남긴 주의를 환기하는 듯한 강한 말투를 통해 룩스는 깨달았다.

입수한 뿔피리와 좀처럼 진전될 기미가 없는 유적 조사.

아주 조금이긴 하지만, 드러나 버린 『검은 영웅』의 정체.

멈춰 있던 시간이, 서서히 움직이기 시작했다는 사실을.

†

"저기 룩스 군. 점심, 같이 먹어도 될까?"

"아, 네. 저야 상관없는데—."

다음 날 점심시간.

룩스가 유적 조사에 대해 생각하고 있는데, 크루루시퍼가 그의 자리로 다가왔다.

일주일간 그녀의 『연인 역할』을 맡아 협력한다.

그 계약 내용을 아는 룩스에겐 당연한 일이었지만, 역시 크루루시퍼 같은 미소녀가 권유하니 가슴이 콩닥콩닥 뛰었다.

"하아, 역시 농담이 아니었구나. 크루루시퍼 양."

"그러게, 천하의 그녀가 저렇게 적극적인 모습을 보이다니…… 진심인가 봐."

교실이 술렁이며 여학생들은 저마다 속닥거리기 시작했다.

'켁, 이 대화, 무진장 주목받고 있잖아⋯⋯!'

룩스가 황급히 일어나 교실에서 나가려고 하자―.

"이봐, 거기 두 사람. 잠깐 기다려봐라."

갑자기 리샤가 룩스와 크루루시퍼 앞을 가로막았다.

사이드로 묶은 금발과 진홍색 눈동자를 지닌 신왕국의 공주님.

일단 학원에서는 다른 학생들과 동등한 대우를 받게 되어 있지만, 역시 학생들의 이목이 쏠렸다.

"무슨 일이야?"

"네가 아니라, 룩스에게 잠시 할 이야기가 있다. 그러니 나도 식당까지 동행해도 상관없겠지?"

"아, 그 정도라면―."

룩스가 승낙하는 것보다 빠르게―.

"미안하지만, 그렇게는 못하겠는걸."

크루루시퍼는 태연한 태도로 단박에 거절했다.

"뭣⋯⋯?!"

"오늘은 그와 단둘이서만 대화를 나누고 싶은 기분이거든. 그는 일주일 동안 나의 『연인』이 됐으니까, 그 정도 권리는 있을 텐데?"

"크윽⋯⋯."

리샤의 얼굴이 눈에 띄게 굳어졌다.

"그럼, 실례할게. 공주님."

크루루시퍼는 룩스의 손을 잡아끌면서 교실 밖으로 나갔다.

"크윽, 기억해두거라─!"

리샤가 분통을 터뜨리는 소리를 들으며 두 사람은 복도를 걸었다.

유학생인 크루루시퍼와 남학생인 룩스가 나란히 식당 자리에 앉자, 단지 그것만으로도 주목받았다.

'이쪽 의뢰가, 역시 신경 쓰이는군⋯⋯.'

룩스는 그런 생각을 하며 천천히 점심밥을 먹었다.

†

오후 수업은 실전 형식의 연습이었다.

교사와 기숙사에서 떨어진 곳에 있는 연습장으로 가서, 장의로 갈아입고 기룡에 올라탄다.

"그러면, 오늘 수업은 2주 후에 시작될 교내 선발전에 대비한 실기 훈련을 중심으로 진행하겠다."

모든 학생들이 정렬하자, 라이글리 교관의 늠름한 목소리가 넓은 연습장에 울려 퍼졌다.

고대병기와 기술이 잠든 유적은, 누구나 가벼운 마음으로 조사할 수 있는 장소가 아니었다.

유적을 발굴할 권리와 기회는 몇 년 전 국가 간에 맺은 협정을 통해 형식화되어, 거국적으로 치르는 대항전의 결과가 유적 조사에 반영되게 되었다.

단적으로 말하자면, 대회에서 더 좋은 결과를 보인 나라가 더 많은 조사권을 획득할 수 있는 것이다.

몇 개월마다 한 번씩 개최되는 교외 대항전.

그 출전자를 발탁하기 위한 교내 선발전이 머지않아 시작될 예정이었다.

따라서 오늘은 실전에 대비한 훈련을 할 예정이었던 것 같았지만—.

"……오늘은 왕도 군부대에서 오신 기룡사 세 분이 임시 강사로 참석하실 거다. 다들 이 기회를 놓치지 말고 제대로 배우도록."

라이글리 교관의 소개와 함께 연습장에 남자들이 입장했다.

장의 위에 정규군 망토를 걸친 남자들.

나이는 라이글리 교관과 비슷하게 20대 후반에서 30대 정도일까?

우락부락한 얼굴의 남자를 필두로 한 군 소속 임시 강사를 보며, 여학생들은 작은 목소리로 속닥거렸다.

"처음이네요. 이런 수업에 왕도에서 온 『남성』이 참가하다니—."

"……애초에 이런 건 예정에 없었죠?"

"뭔가 미묘하게 생긴 사람이 많네요. 그야, 우리 왕자님 수준까지는 못 되겠지만—."

"그보다, 어쩐지 끈적하지 않아? 우리를 보는 눈길이—."

여학생들은 신체에 딱 맞는 장의를 착용한 자신들의 모습을 유심히 바라보는 남자들의 시선에 부담을 느꼈다.

"호오. 역시 이곳에 온 것이 정답이었군."

선두에 서 있던 우락부락한 남자가 곤혹스러워하는 학생들을 보며 쓴웃음을 지었다.

아무래도 그가 이 일행의 리더인 것 같았다.

"설립된 지 얼마 되지도 않은, 여학생뿐인 왕립 사관 학원. 과연, 여자에게 무른 신왕국 체제에 의존해서 평소에도 미적지근한 훈련만 해온 모양이외다."

"아직 교육 받는 중인지라."

라이글리 교관이 냉정하게 대답했다.

그 사무적인 말투와 표정을 통해 이 임시 강사들의 방문이 원래 예정에는 없었고, 딱히 바란 것도 아니라는 정도는 룩스도 상상할 수 있었다.

하지만 그렇다면, 이 남자들은 무슨 목적으로 굳이 이곳까지 왔을까?

"이거 이거, 라이글리 님. 싸움의 가혹함은 우리 어른들이 미리미리 가르쳐줘야 하는 법이오. 아무리 기룡 적성치의 평균값이 높게 나온다 해도, 본디 여자가 남자를 이겨낼 방도 같은 건 없으니―."

근육질에 험상궂은 인상의 사내가, 능글맞게 웃으며 시비조로 말을 꺼냈다.

계속해서 그 옆에 있던 호리호리한 사내도 입을 열었다.

"그렇고말고요. 2주일 전― 왕도에서 있었던 군사 연습 정도로 기고만장하기라도 하면 앞으로 곤란해질 테니까요. 학

생 신분이면서 강한 기룡사의 수는 거의 없잖습니까. 실전이
얼마나 가혹한 것인지, 이 기회에 단단히 가르쳐둬야 합니다."

끈적하게 달라붙는 듯한 남자의 목소리에 학생들의 표정이
굳어졌다.

"하지만 위험한 행동은 삼가주셨으면 좋겠군요. 그녀들은
제 학생이니까."

"당연히 조심해야죠. 다만— 본고장의 훈련은, 연약한 이
곳 소녀들에겐 살짝 버거울지도 모르겠습니다."

라이글리 교관이 의연하게 대꾸하자, 상대 남자들은 기죽
지 않고 대답했다.

그리고 평소와는 어딘가 다른 기이한 분위기 속에서 연습
이 시작됐다.

기룡의 동작 확인을 시작으로 장벽 전개, 비행 또는 가속^부스트 등의 기본기 연습, 그리고 무장을 이용한 사격 및 근접격투^드라이브
로 넘어갔다.

그러나 이 시점에서 이미 평소의 연습과는 전혀 다른 광경
이 펼쳐지고 있었다.

"어이, 네놈! 그렇게 굼벵이 같은 움직임으로 전장에 나가
봐야 움직이는 과녁밖에 더 되겠냐! 장난치는 거냐? 어?!"

"뭐야?! 벌써 지친 거냐? 그 정도로 기룡사의 임무를 해낼
수 있을 거라고 생각하는 거냐!"

"응석 부리지 마라! 타인에게서 배우려 하지 마! 자기 힘으
로 생각해서 고치는 거다!"

시작한 뒤로 십여 분.

문제의 임시교관들은 상당히 난폭한 방식으로 여학생들을 지도하고 있었다.

그 모습을 지켜보는 라이글리 교관도 어쩐지 조마조마한 것 같았다.

"저게 대체 무슨 일이람……?"

휴식 중이던 룩스가 관객석에서 그 광경을 보며 혼잣말하자—.

"실은 예전부터 저런 이야기가 있었던 모양이야."

"네—?"

어느 틈에 등 뒤에 있던 크루루시퍼가 조용히 중얼거렸다.

두 사람 모두 지금은 기룡을 장착하고 있지 않았다.

장갑기룡을 연속해서 사용하면 신체에 큰 부담이 가기 때문에, 연습 도중에 몇 명씩 그룹을 나눠서 각각 두 번의 짧은 휴식 시간이 주어져 있었다.

"—옆에, 앉아도 될까?"

"아…… 네."

룩스가 승낙하자 크루루시퍼는 조심스럽게 옆자리에 앉았다.

그리고 똑바로 연습장을 응시하며 입을 열었다.

"저 임시교관들은 왕도의 군부대에 소속된 귀족인데, 예전부터 이 왕립 사관 학원에 오고 싶어 했었나 봐."

학생들의 유격부대인 『기사단』에 소속돼있는 크루루시퍼에게는, 그런 뒷쪽 사정도 어느 정도 귀에 들어오는 모양이었다.

"하지만 학원에는 라이글리 교관님이나 다른 남자 교관님도 있지 않나요? 그런데 왜—."

신왕국의 생각에 찬동하여 정식 지도자로 인정받은 교관은 이미 있었다.

그런데 그들은 어째서, 일부러 이곳까지 왔단 말인가.

"한마디로 말하자면, 사람은 그리 쉽게 변하지 않는 법이라는 말로 요약할 수 있겠네."

크루루시퍼의 대답 속에는, 어딘가 체념이 섞여 있었다.

"그건—."

"나는 다른 나라에서 온 유학생이지만, 이 나라의 역사 정도는 알고 있어."

역사— 다시 말해 구제국의 지배체제.

남존여비 풍조와 제도, 그것을 이야기하는 것이리라.

"여성보다 우위에 서서 행동하고 싶다. 기룡사라는, 이 나라에서 남자의 특권이었던 영역에 여자가 들어오는 게 마음에 들지 않는다. 당연히 그렇게 생각하는 사람도 있을 거야. 아니, 따져보면 너 같은 사람이 더 희귀할지도 모르겠네. 전직 제국의 왕자님."

크루루시퍼는 농담처럼 말했지만, 룩스는 웃을 수 없었다.

그런 긴 역사가 존재하는 이상, 그들 같은 『남자』가 있는 것은 당연했다.

아니, 오히려 겉으로 드러내지만 않을 뿐이지 속으로는 그렇게 생각하는 사람들도 많을 것이다.

'그 정도는, 나도 알고 있지만—.'

"그리고 분명, 이번 건은 그들 입장에서는 복수일 거야."

"……? 그게 무슨 소리죠?"

"지난달에 3학년이 왕도로 연습하러 나간 이야기는 알지? 학원 최강의 3학년, 세리스 선배가 그 연습에서 상대편 기룡사들의 콧대를 완벽하게 뭉개버렸다나봐. 그 압도적인 실력으로."

"……."

세리스티아 라르그리스.

공작가의 영애이며 남성 혐오로 유명한 학원 최강의 소녀.

그녀도 겉보기에는 얌전하고, 불필요하게 힘을 과시하는 성격은 아니라고 하지만, 군에 소속된 남자가 동급생을 업신여기자 연습에서 가차 없이 상대를 응징했다는 것 같았다.

그러므로 왕도에서 자존심이 처참하게 박살 난 군 소속 남자들 몇 명이, 이번 임시교관 건을 억지로 밀어붙여서 실행했을 가능성이 높았다.

"그런 건— 그냥 대상을 잘못 찾은 화풀이잖아요."

세리스티아한테는 당해낼 수 없으니, 다른 미숙한 여학생 기룡사를 험하게 굴리는 지도를 가장한 분풀이.

만약 그것이 사실이라면—.

"그렇지 뭐. 어디까지나 소문으로 들은 거라 반쯤은 내 예상도 섞여 있지만, 아무래도 빗나간 것 같진 않네."

크루루시퍼는 그렇게 대답하고는, 연습장으로 시선을 돌리며 천천히 일어섰다.

"휴식시간이 끝났네. 그럼 가볼까? 우리도—."

"네……."

룩스와 크루루시퍼는 나란히 연습장으로 돌아갔다.

그리고 훈련을 재개했다.

†

"꺄아악?!"

룩스와 크루루시퍼가 연습장으로 돌아와 둘이서 훈련을 시작하려고 했을 때, **사건**이 일어났다.

기룡을 장착한 여학생 한 명이 공중에서 피격당하여 지면으로 추락한 것이다.

지금 실시 중인 것은, 학생끼리 한 조가 되어 1대1로 실전 형식의 모의전을 치르는 훈련이었으나—.

"하하핫! 역시 이 정도인가! 빛나는 사관후보생의 이름이 울겠구나!"

승리를 뽐내는 듯한 목소리가 상공에 떠 있는 근육질 사내에게서 들려왔다.

임시교관으로 찾아온 세 명의 남자.

그들은 저마다 『지도』라는 명목하에 무턱대고 학생들과의 모의전을 강요했다.

기본적으로 남자의 기룡 적성치란 여자보다 뒤떨어지기 마련이지만, 그들은 오랜 경험과 운동능력을 앞세워서 소녀들을 굴복시켰다.

"위험한 행동은 그만두십시오!"

라이글리는 상공의 남자를 노려보며 거세게 항의했다.

"라이글리 님이야말로 과보호는 그만두시는 게 어떻겠소? 우리는 어디까지나 군대의 엄격함을 가르쳐주고 있을 뿐이오. 여자의 몸이라 하여 봐줘도 된다는 그런 생각이 바탕에 깔려 있어서야, 이 나라의 군사력에 미래가 있겠소이까?"

하지만 남자들의 얼굴에는 반성의 기미는커녕 야유하는 미소가 떠올라 있었다.

"크……!"

"저, 저기…… 선생님. 저는, 괜찮으니까―."

조금 전에 쓰러진, 다소 얌전해 보이는 소녀가 일어났다.

입으로는 그렇게 말했지만, 표정은 착 가라앉아 있었다.

"저기요, 적당히 좀 하시죠! 조금 전부터 당신들 임시교관 은 뭘 하고 있는 겁니까! 아직 수업에서 배우지도 않은 공격 으로 기습하거나 쓰러진 학생을 집요하게 공격하다뇨! 그런 만행이― 무슨 훈련이 되겠습니까!"

《와이엄》을 장착한 고지식해 보이는 소녀가 그렇게 말하며 가로막자―.

"호오. 역시 신왕국의 체제 밑에서 어리광 부리며 자라온 아가씨들 답구만. 싸움을 위한 훈련이니, 더욱 자신들에게 신 경을 써달라― 그렇게 말하고 싶나 보구나. 하하하하하! 너희 들 전부, 오늘 방과 후에 보충수업을 해주마. 잔뜩 귀여워 해줘야겠어!"

우락부락한 얼굴의 남자가 껄껄대며 웃자, 다른 남자들도 따라 웃기 시작했다.

"그럼, 제가 상대해드리겠습니다!"

"좋다. 어디 한번 와봐라."

당당하게 나선 여학생이 일직선으로 블레이드를 휘둘렀다. 그러나.

"핫! 고작 그거냐?"

"앗……?!"

《와이엄》의 블레이드를 휘두른 순간 상대 교관은 능숙하게 몸을 뒤로 빼서 간격을 벌리고, 검을 휘두른 장갑 팔의 손목을 노렸다.

소녀가 들고 있던 블레이드가 맥없이 튕겨 나가며, 그대로 연습장 지면에 박혔다.

"수행이 부족하구만. 아가씨."

"자, 잠시만 기다려주십시오! 무기가—."

겁에 질려서 뒷걸음질 치는 소녀를 향해 남자가 무기를 내리치려고 했을 때—.

철컹! 갑자기 끼어든 장갑기룡의 팔이 그 손을 밀쳐냈다.

"으음……? 뭐냐? 너는"

끼어든 인물은 《와이번》을 착용한 룩스였다.

"지도 중이신데 방해해서 죄송합니다."

그는 공손한 표정과 말투를 내세우며, 우선 가볍게 머리를 숙였다.

"무슨 생각이냐, 네놈은. 애초에 왜 남자가 여기에—."

남자는 의문을 드러내며 룩스를 노려보았다.

그리고 그 특징적인 은발과 검은 개목걸이로 슬쩍 시선을 움직인 뒤—.

"핫……! 누군가 했더니, 구제국의 날품팔이 왕자였나. 왜 이런 곳에 있는 거지? 제초작업 의뢰라도 들어왔나?"

깔보는 듯한 태도로 지껄였다.

명백하게 모욕적인 그 언사에도 룩스는 동요하지 않으며, 공손한 미소를 돌려주었다.

"아뇨, 사정이 조금 있어서요. 지금은 학생 신분으로 이곳에 다니고 있습니다. 그건 그렇다 치고, 지도 교대를 부탁해도 되겠습니까? 그녀는 지금부터 제가 가르쳐주기로 약속했었거든요."

"엑……?"

룩스가 남자에게 그런 말을 하자, 고지식해 보이는 소녀가 놀란 표정을 지었다.

물론 그런 약속을 한 적은 없다. 즉흥적으로 생각해낸 핑계일 뿐이었다.

"뭐라고……?"

눈앞의 사내와 다른 두 사람은, 룩스를 향해 노골적으로 불쾌한 표정을 드러냈다.

아니, 뚜렷한 적의와 함께 룩스를 노려보았다.

그래도 룩스는 주눅 들지 않고 시원스럽게 대답했다.

　"그리고— 여기 있는 다른 애들도 전부, 오늘 방과 후에는 제가 장갑기룡 조종을 가르쳐 주겠다는 선약을 해두었으니 그러실 필요 없습니다."

　"윽……?! 애송이 주제에 설치지 마라. 우리는 군의 교관이란 말이다! 이 죄인— 몰락왕자 나부랭이가!"

　룩스의 담담한 말투에 임시교관을 맡은 사내는 분노를 드러냈다.

　일촉즉발의 분위기가 감돌기 시작하며, 룩스는 세 남자에게 둘러싸였다.

　"그래—. 그렇다면 우리와의 대결을 통해 결정하는 건 어떻겠나?"

　임시교관의 리더로 보이는 우락부락한 얼굴의 사내가 먼저 제안했다.

　"네가 정말로 우리를 대신할 수 있을 만한 실력자인지 그 증거를 보여줘야 되지 않겠나. 불만이 있다면, 방금 한 말을 취소하고—."

　"괜찮습니다."

　룩스는 두말없이 그 제안을 받아들였다.

　흘러가는 상황을 지켜보고 있던 주변의 여학생들이 술렁였다.

　룩스의 반응이 아니꼬웠는지, 리더 사내는 눈살을 찌푸리면서 말했다.

"허나, 우리는 수업 시작부터 지금까지 계속 싸워온 만큼 너보다 지친 상황이다. 그러니 네 기룡에 족쇄를 좀 붙이고 싶은데, 그래도 상관없겠나?"

그 질문에 룩스가 고개를 끄덕이자, 남자들은 히죽 웃었다.

임시교관 세 사람도 왕도 공식 모의전^{토너먼트}에서 그럭저럭 랭크 안에 들어가는 일당이었다.

룩스가 『무패의 최약』이라고 불리는, 뛰어난 방어 기술을 보유한 기룡사라는 것 정도는 알고 있었다.

그러나 자신이 직접 공격하지 않는 그의 전투 특성상, 인원 차이와 핸디캡만 더한다면 간단히 쓰러뜨릴 수 있을 거라고 판단한 것이리라.

달려드는 자를 본보기로 쓰러뜨리고, 그 광경을 목격한 여학생들을 굴복시킨다.

구제국의 사상에 찌든 남자의 목적이 룩스의 눈에는 훤히 보였다.

"좋다. 네 장갑기룡을 살짝 손봐주지."

"얼마든지요."

임시교관들은 연습장 구석에 있던 증량용 부품을 룩스의 《와이번》에 부착하기 시작했다.

그 모습을 보고 휴식을 취하던 리샤도 달려왔다.

"룩스, 괜찮겠느냐? 여차하면 내가 대신 싸워도—."

"그건 관두는 편이 나을걸. 왕녀인 네가 그들을 때려눕히면 일이 좀 귀찮아질 것 같으니까—. 이번에는 그에게 맡겨보자구."

"하지만—."

"걱정하지 마시고 제게 맡기세요."

룩스가 그녀에게 대답하는 사이에 증량용 파츠 부착이 끝났다.

"큭큭큭. 이걸로 대등해졌군. 자 그럼, 한판 벌여볼까?"

남자들은 웃으면서 연습장에 있던 다른 학생들을 구석으로 몰아냈다.

그 광경을 보며 여학생들은 떨리는 목소리로 수근거렸다.

"잠깐, 뭐야 저게……. 아무리 그래도, 비겁하잖아!"

"거의 한계까지 증량 파츠를 붙여놨잖아. 저런 기체는— 중량 초과로 제대로 날지도 못할 거라구."

"아무리 룩스 군이라도, 저래서야—."

그렇지 않아도 장갑이 두껍고 무게가 많이 나가는 룩스의 《와이번》에, 증량용 파츠가 마구잡이로 추가됐다.

그것은 기룡 정비에 대한 지식이 조금이라도 있는 사람이라면 중량 초과— 제어할 수 없다는 판단을 내릴 정도의 결과물이었다.

"제안을 받아들인 사람은 너다. 설마 불만 있는 건 아니겠지?"

"—없습니다."

룩스의 대답에 세 남자는 실소했다.

"멍청하긴." "이 녀석, 기룡에 대해 하나도 모르나 본데."

"뭐 됐어, 호되게 가르쳐 주자고."

그리고 《와이번》을 다루는 호리호리한 사내가, 룩스에게 얼굴을 가까이 가져갔다.

"어디보자. 나는 장갑기룡의 기본인 기동성을 테스트해주마. 과연 5분 동안, 얼마나 뒤를 잡을 수 있을지를─"

모든 싸움에 공통으로 적용되는 사항이지만, 상대방의 배후를 잡는 것은 기본 전술이다.

특히 공중이 주요 전장인 《와이번》 간의 전투에서는, 무방비하며 장벽이 얇은 배후를 어떻게든 공략해내는 것이 승리의 열쇠라고 할 수 있었다.

그러나 중량 초과라고 할 수 있을 정도까지 무게가 늘어난 룩스는, 이미 질 수밖에 없는 상황이었다.

계속해서 《와이엄》을 사용하는 근육질 사내가 팔짱을 끼며 룩스를 내려다보았다.

"그렇다면 나는 회피 기술 테스트인가. 누가 공격을 더 많이 피해내는지, 실전 형식으로 시험해 주마."

마지막으로 《드레이크》를 취급하는 리더 사내가 저격총포[^라이플]를 들어 올리며 웃었다.

"그러면 나는 공격 테스트를 해주마. 누가 더 많이 명중시키는지 겨루는 거다. 어이쿠야, 남은 연습 시간도 얼마 없으니 우리 셋이 한꺼번에 시험해야겠는걸."

관객석의 여학생들 사이에서 동요가 일어났다.

"군 관계자 여러분, 지나친 장난은 그만두십시오."

제대로 된 조건 자체가 성립되지 않은 대결에 라이글리 교관의 표정이 구겨졌지만, 남자들은 그녀의 말을 묵살하고 룩스를 향해 바로 섰다.

"어이, 지금 당장 바닥에 넙죽 엎드려서 빌면 취소해줄 수도 있다고. 남들한테 알랑대는 건 익숙하지 않나? 왕, 자, 님."

"대결 종목을 다 정하셨으면, 이만 시작하지 않을래요?"

"뭐라?"

룩스가 태연하게 대답하자 호리호리한 남자는 얼굴을 험악하게 일그러뜨렸다.

"하하하. 괜히 센 척 하면서 폼잡지 마라. 지금 그 꼴로는 지면에서 날아오르는 것조차—"

호리호리한 남자가 냉소를 지은 순간, 룩스의 《와이번》의 날개가 빛났다.

분사구에서 바람을 방출하며 지면에서 떠올랐다.

관객석에 있는 여학생들에게서 작은 탄성이 흘러나왔다.

"뭐, 뭐냐……?!"

호리호리한 남자는 경악하며 눈을 부릅떴다.

보통은 비행은 고사하고 제대로 움직일 수조차 없는 중량일 텐데, 룩스는 아무렇지도 않게 그것을 움직이고 있었다.

"신호를 부탁드릴게요. 교관님."

"……괜찮겠나?"

라이글리 교관이 의심스러운 얼굴로 물어보았다.

하지만 룩스가 망설임 없이 고개를 끄덕이는 모습을 보고, 관객석 담당자에게 신호를 보냈다.

"모의전, 개시!"

직후, 전투 개시를 알리는 신호가 떨어졌다.

한 박자 늦게 임시교관 세 사람이 움직이기 시작했다.

"핫……! 멍청한 놈!"

다소 저공에서 비행 중인 룩스를 쫓아 호리호리한 남자가 비상했다.

『기동성 테스트』라고 일러둔 대로, 그는 룩스의 배후를 노렸다.

두 기체 모두 동일한 《와이번》이었으나, 무거운 족쇄라는 핸디캡 탓에 각자 낼 수 있는 속도에는 큰 차이가 있었다.

"핫, 어떻게 된 거냐! 위세를 부리는 건 처음뿐이었냐!"

떠오르긴 했지만 역시나 속도를 내지 못하는 룩스의 후방에 따라붙은 남자는 목청껏 웃어댔다.

룩스는 선회해서 상대의 배후를 잡기는커녕 똑바로 날아서 달아나는 정도가 최선인 것 같았다.

그 모습을 본 호리호리한 남자는 점점 기세등등해졌다.

"꼴사납게 떨어져 내려라! 몰락한 왕자 나부랭이야!"

룩스의 배후로 육박한 사내가 블레이드를 휘두르려고 하던 바로 그 순간—

"아닛?!"

등을 보이고 있던 룩스의 《와이번》이 수직으로 반전하며, 직진하던 남자의 등에 바싹 달라붙었다.

그리고 남자의 눈앞에는, 연습장 주위를 둘러싼 벽이 있었다.

따라서— 충돌을 피하기 위해 급하게 정지할 수밖에 없었다.

"큭?!"

룩스는 무방비한 그 등을 놓치지 않고 섬광 같은 일격을 때려 넣었다.

호리호리한 사내는 《와이번》을 장착한 채 대지와 벽에 격돌했다.

"——."

흙먼지가 피어오르고 요란한 소음이 터져 나오자 연습장 관객석에 정적이 내려앉았다.

"저건…… 설마?"

리샤가 감탄하자, 옆에 있던 크루루시퍼도 고개를 끄덕였다.

"그래. 상대의 뒤를 잡을 스피드를 낼 수 없다면, 상대가 자신의 뒤를 바싹 따라붙게 한 다음에 수직으로 반전해서 배후를 잡으면 돼. 처음부터 그가 노렸던 대로 된 것 같네."

설명으로는 쉬워 보이지만, 실제로 해내기란 지극히 어려운 기술이었다.

그것을 이해할만한 실력을 지닌 학생들은 말을 잃었고, 그 밖의 학생들은 환호성을 질렀다.

"흐음. 역시 내 눈은 잘못되지 않았어. 좋아, 조속히『기사단』에 입단시켜야겠군. 그, 그 다음에는, 일전의 그 부탁을—."

"그건 네 자유지만, 지금은 내 연인이거든?"

"끄응……!"

크루루시퍼와 리샤가 불꽃 튀는 눈싸움을 벌이고 있을 때—.

"이 애송이가! 나대지 마라!"

《와이엄》을 장착한 근육질 사내가 성난 목소리로 외치며 캐논을 준비했다.

무겁고 거치적거리는 파츠 탓에 룩스의《와이번》의 기동성은 한없이 떨어져 있었다.

게다가 비행하기 위해 에너지를 사용하고 있으니, 장벽도 충분하게 펼치지 못할 터.

모든 에너지를 끌어모은 주포의 일격으로 확실하게 전투 불능이 될 것이다.

그렇게 계획한 사내는 룩스를 노리고 캐논을 발사했다.

"……!"

그러나 룩스는 지근거리에서 발사된 주포를 에너지를 코팅한 블레이드 끝으로 방향을 틀어서 회피해냈다.

조준을 수정하고 두 발, 세 발 연속해서 사격해보았지만 결과는 전부 동일했다.

"어, 어째서냐! 어째서 그토록 정확하게, 검으로 쳐낼 수 있는 거지?!"

"노리는 위치가 생각보다 단순해서요."

룩스가 담담하게 대답하자 근육질 사내는 아무 말도 할 수 없었다.

"상대를 날려버리는 것만 생각한다면 기룡의 중심을 노리는 것이 기본이고, 왕도 토너먼트에서도 쭉 그렇게 해오신 모양입니다만—. 덕분에 장벽을 최소한으로 펼치고 블레이드로 에너지를 돌릴 수 있게 됐거든요."

"뭐라고……?!"

근육질 사내가 당황하는 사이, 《드레이크》를 장착한 리더 사내도 라이플을 조준한 채 이를 갈고 있었다.

룩스가 전투 중인 연습장 끝자락에서 약 300ml정도 떨어진 지점.

절대로 상대에게 반격당하지 않는 안전지대에서 다른 두 동료에게 쩔쩔매는 룩스를 일방적으로 저격할 생각이었으나—.

"무슨 일이 일어나고 있는 거냐…… 대체—."

보통은 조작할 수도 없을 중량초과 상태에서, 왕도 군부대 소속 기룡사 세 명을 상대하면서도 룩스는 호각 이상의 활약을 보이고 있었다.

다시 일어난 호리호리한 사내의 《와이번》은 룩스에게 완벽하게 꽁무니를 잡힌 채 날아다니고 있었고, 《와이엄》의 캐논은 모조리 블레이드에 튕겨 나갔다.

그리고 자신은 라이플로 룩스를 노려보았지만, 속도가 그토록 느림에도 조준을 허용하지 않는 움직임에 모조리 회피

당하여 단 한 발도 맞추지 못하고 있었다.

너무나도 비현실적인 그 광경에 초조함과 전율을 느꼈다.

사내들은, 자신들에게 검을 들이댄 룩스를 본보기 삼아 짓뭉개버릴 생각이었다.

"하지만— 이래서야, 오히려……!"

말도 안되는 핸디캡을 짊어진 사관후보생 룩스에게, 세 사람이 덤벼들었음에도 이리저리 휘둘리는 군의 기룡사.

"수모를 겪고 있는 건, 우리 쪽이 아닌가……!"

그 굴욕적인 상황이, 사내가 어떤 선택을 하게 만들었다.

†

"이야~ 역시 홀딱 반해버릴 정도라니까아. 루크찌의 움직임은—."

관객석 앞에서 장벽을 담당하고 있던 트라이어드의 티르파가 전투를 관전하며 혼잣말했다.

다른 여학생들은 환호성을 질러대는 가운데, 유격부대 『기사단』의 일원이기도 한 급우 소녀는 비교적 냉정하게 전황을 분석하고 있었다.

"루크찌는 무슨 수로 상대 《와이번》의 배후를 저리 쉽게 잡을 수 있는 걸까? 속도는 중량이 오버된 만큼 압도적으로 뒤떨어질 텐데—."

"그건 그의 비행방법이 특수해서 그런 거야."

티르파의 혼잣말에 바로 뒤쪽 관객석에 있던 크루루시퍼가 반응을 보였다.

"응? ……그게 무슨 뜻이야?"

"보통 비상형 기룡끼리 뒤를 잡을 때는 추진 출력을 조절하면서 최대한 상대의 뒤에 붙으려고 하지. 하지만 그는 상대의 비행궤도를 예측한 다음, 상승과 하강을 교묘하게 섞어서 거리를 조절하며 적을 쫓고 있어."

전진하면서 상승 궤도를 타면 그만큼 일시적으로 상대보다 늦어지고, 하강하면 중력의 영향을 받아 상대방에게 더욱 신속하게 접근할 수 있다.

"그것 자체도 상당히 뛰어난 테크닉이지만, 저렇게 중량이 초과된 상태에서 그런 묘기를 보일 수 있다니 그야말로 신기(神技) 외에는 표현할 말이 없겠네."

"이 정도라면 룩스의 승리로 끝나겠군. 저 악질 삼인조 놈들. 내 눈에 든 녀석을 바보 취급한 응보다."

그 광경에 기분이 좋아졌는지 리샤는 만족스럽게 팔짱을 꼈다.

"대단하네, 룩스 군."

"군 소속 기룡사 따위보다 훨씬 세잖아!"

여학생들 사이에서 그런 말이 나오기 시작했고, 승패는 확실히 판가름 난 것처럼 보였다.

하지만—

"아니. 아마도 다시 한 번 파란이 일어날 거야."

크루루시퍼는 냉철하게 연습장을 응시하며, 허리의 칼집에서 기공각검을 뽑았다.

전용 신장기룡 《파프니르》가 아닌, 연습용 《와이번》을.

"이봐? 무슨 짓을 하려는 거냐?"

고개를 기울이며 묻는 리샤에게, 크루루시퍼는 평소처럼 미소 띤 얼굴로 대답했다.

"살짝 도와주려고. 나의— 연인을."

✝

모의전이 개시된 이후로 고작 몇 분이 흘렀다.

세 명의 임시교관 중 한 명, 공격 담당 《드레이크》는 절묘하게 비행하는 룩스의 《와이번》을 포착할 수 없었다.

그러나 지친 동료 두 사람 몰래, 리더 사내는 어떤 각오를 굳혔다.

『까불 수 있는 것도 거기까지다. 애송이!』

"……!"

룩스가 그것을 깨달은 순간, 사내가 으름장을 놓았다.

기룡간의 통신기능인 용성— 대상을 룩스 한 사람으로 좁혀서 말을 걸었다.

『알겠나? 피하지 말라고?』

음습한 정념이 깃든 웃음을 보이며 남자는 그렇게 선언했다.

"……?"

룩스는 고개를 갸웃거리며 공중에서 검을 고쳐 쥐고 경계했다.

그 찰나―.

퍼어엉!

"꺄아악!"

연습장의 대기가 뒤흔들리며, 라이플에서 사출된 광탄이 룩스의 등 뒤 관객석에 명중했다.

"으앗……!"

관객석에 넓게 장벽을 펼치고 있던 담당 학생― 트라이어드의 일원인 티르파가, 직격당하는 바람에 자세를 무너뜨렸다.

룩스의 우세에 안도하던 관객석의 여학생들이 긴장하며 숨을 삼켰다.

"어이쿠, 이거 미안한걸. 하도 맞을 생각을 안 하길래 예측해서 쐈는데, 그만 빗나가 버렸구만."

끊임없이 움직이던 조금 전과는 다르게 룩스는 지금 공중에 멈춰있었다.

군 소속 기룡사 씩이나 되는 사람이, 라이플의 사정거리 안쪽인 300메르에서 빗맞힐 리가 없다.

'내가 아니라, 뒤에 있는 모두를 노렸어―.'

『피하지 말라는 말에는, 막지 말라는 의미도 포함돼 있다고? 다음번엔 셋이서 몰아칠 거다. 만약에 네가, 다시 피하려고 한다면―.』

리더 사내가 씨익 웃자, 동시에 거친 숨을 몰아쉬고 있던 다른 두 동료도 캐논을 들어 올렸다. 세 사람이 동시에 집중 사격을 시도해서 룩스를 쓰러뜨리려는 속셈이다.

만약 피하거나 막는다면, 그 일제 공격을 뒤에 있는 여학생들에게 퍼부을 생각이리라.

장벽을 담당하는 학생이 있다 한들, 세 사람의 일제사격이 쏟아진다면 막아내지 못할 것이다.

"알겠습니다."

룩스는 체념 섞인 말투로 대답하며 공중에 뜬 채 무방비하게 자세를 풀었다.

그리고 어떤 각오를 굳히려는 순간, 펑! 소리와 함께 공기가 흔들렸다.

"뭐냐?!"

"엑—?"

연습장 무대에 《와이번》을 장착한 크루루시퍼가 내려왔다. 하늘을 향해 딱 한 발만 사격한 그녀는 라이플을 들고 대담하게 웃었다.

"안타깝지만— 시간이 다 된 것 같네요. 대결은 끝이랍니다."

"우, 웃기지 마라!"

이제 곧 쓰러뜨릴 수 있을 거라고 생각하던 남자들이 다급하게 입을 열었다.

"조금만 더 하면 우리가 이겼을 거란 말이다! 이대로 흐지부지 끝낼 수는—."

"그랬으려나요? 그렇다면, 이번에는 저랑 대결해보는 건 어떠신지?"

"뭣……?!"

소녀의 난데없는 도전에 사내들은 당황했다.

"여러분이 그의 상대가 되지 못한다는 것은 명백하지만, 그래도 꼭 결판을 내고 싶다는 마음을 이해 못 하는 건 아니랍니다. 그러니, 제가 상대해드리지요. 이번에는— 서로 공격을 맞히는 대결로 해볼까요?"

"이, 이게—?!"

"딱 1분간의 승부예요. 조건은 이대로 3대 1. 그것으로 괜찮다면 시작해보지요."

모든 것을 간파한 듯한 크루루시퍼의 웃음에, 임시 교관 사내들은 초조함을 드러냈다.

이대로 룩스에게 끌려다니기만 해서야 아무런 성과도 얻을 수 없으리라.

그들은 각자 무장을 손에 들고서 크루루시퍼를 향해 달려들었다.

"크루루시퍼 씨!"

룩스가 황급히 소리 지르자, 크루루시퍼는 미소만을 돌려주며 들고 있던 라이플을 재빠르게 조준, 발사했다.

"윽……?!"

"이런……!"

한 동작이 1초도 채 걸리지 않은, 조준도 거의 하지 않는 무시무시한 속사(速射). 그리고 세 방향으로 발사하는 것임에도 비정상적인 빠르기와 정확도로 손에 들려있는 상대의 무장을 날려버렸다.

게다가 동요하는 상대의 다리를 쏴서 자세를 무너뜨리고, 장벽의 미세한 틈을 노려 환창기핵에 사격을 가했다.

약점 부위를 정확하게 공격당한 기룡 세 기의 기능이 정지됐다.

"이, 이건……. 말도 안돼?!"

상대 역시 방심하고 있었다 하지만, 최대 사거리에 가까운 위치에서 움직이는 세 기의 기룡을 순식간에 저격한 그 솜씨에 군 소속 사내들은 할 말을 잃고 말았다.

"여러분께는 공격 기술을 가르칠 자격도 없는 것 같군요. 아무튼, 이 정도면 충분할까요? 선생님."

"아아, 그렇군. 이 대결은 룩스 아카디아의 승리다."

라이글리 교관이 판정을 내리는 동시에 관객석이 환호성으로 뒤덮였다.

"그리고— 임시 교관 여러분은, 나중에 책임을 묻도록 하지요. 신왕국 군인이라는 사람이, 고의로 관객석의 학생들을 노린 것은 크나큰 문제입니다. 당신들에게 교관 자격은 없습니다."

"큭……!"

패배한 임시 교관 세 사람은 이를 부득부득 갈며 연습장을 떠나갔다.

이 정도면— 그들이 학원 근처에라도 오는 일은, 당분간 없을 것이다.

룩스가 그제야 가슴을 쓸어내리며 지면으로 내려오자, 임시 교관들을 쫓아낸 라이글리 교관이 앞으로 다가왔다.

"룩스 아카디아. 이번 일은 고맙다만, 혼자서 너무 무리하지 마라."

라이글리 교관은 화내는 것이 아닌 정중한 말투로 감사의 뜻을 표했다.

"네."

룩스는 대답한 뒤에 기룡을 해제하고서 크루루시퍼에게 다가갔다.

"괜한 참견이었으려나?"

"아뇨…… 덕분에 살았습니다."

미소를 머금은 크루루시퍼의 질문에 룩스는 그렇게 대답했다.

"관객석에 있던 애들까지 노릴 거라곤 예상 못했으니까요. 만약에 크루루시퍼 씨가 안 계셨더라면—."

"그때는— 네가 점점 더 눈에 띄게 됐겠지."

모든 것을 통찰하고 있는 것처럼 크루루시퍼는 중얼거렸다.

"신경 쓸 필요 없어. 절반 정도는 네게 내 실력을 알리고 싶어서, 내 의지로 끼어들었을 뿐이니까."

"그럼 나머지 절반은요—?"

"너를 다른 사람들에게 빼앗기고 싶지 않아서— 라는 건 어때?"

크루루시퍼는 의미심장한 시선을 옆으로 돌렸다.

시선이 향하는 방향에서는 지금까지 모의전을 관전하던 같은 반 여학생들이 몰려오고 있었다.

"해냈구나! 덕분에 속이 풀렸어! 룩스 군."

"있지있지, 조금 전에 얘기했던 대로, 방과 후에 가르쳐 줄 거지? 선생님."

"그렇군요. 모쪼록 확실하게, 지도해주셨으면 좋겠사와요."

룩스는 횡포 부리던 임시 교관들에게서 해방되어 안도와 기쁨의 웃음을 보이는 소녀들에게 포위당했다.

"어, 저기⋯⋯. 그러니까, 가르쳐 주겠다는 말은, 그냥 일종의 허세였다고나 할까—."

물론 어디까지나 임시 교관에게 저항하기 위한 구실일 뿐이었다.

소녀들도 그 정도는 알고 있을 테지만, 그래도 억지를 부려보고 싶은 것이리라.

그래서 룩스가 이러지도 저러지도 못하며 난감해 하자—.

"미안하지만, 오늘 이 시간 이후로 그와 일정을 잡아두었거든. 쟁탈전에서 승리한 사람은 나니까, 이번에는 이기심을 좀 부려야겠어."

크루루시퍼는 그렇게 말하고 나서 룩스와 팔짱을 끼었다.

"엑, 크루루시퍼 씨?!"

소녀의 봉긋한 가슴이 가볍게 닿아서 룩스는 허둥댔다.

장의 너머로 느껴지는 건데도 상상 이상으로 부드러웠다.

"꺄아아악." 하고 그 모습을 보는 소녀들의 목소리가 더욱 커졌다.

"……."

일단락되었다는 분위기가 떠다니는 연습장의 관객석.

리샤는 신장기룡 《티아마트》를 장착한 채, 연습장에 있는 크루루시퍼와 룩스를 바라보고 있었다.

"와, 완전히 뒤처지고 말았어……."

크루루시퍼보다 한발 늦긴 했어도, 리샤 역시 장벽 담당 학생이 공격당할 것을 간파하여 《티아마트》를 소환했지만—.

"이상하군……. 그 장면에서 멋지게 룩스를 도와줄 예정이었는데—."

리샤가 비집고 들어갈 새도 없이 삽시간에 결판이 나고 말았다.

옆에 있던 티르파는 전신을 부들부들 떠는 리샤를 보며 쓰게 웃었다.

"그…… 그야 뭐, 별수 없죠. 누가 뭐래도 리샤 님도 모두를 도와주려 하셨고, 저는 감사하고 있으니까요—."

티르파는 리샤가 장비 중인 장갑을 툭툭 두드리며 격려의 말을 건네주었다.

"위험해, 위험하단 말이다……. 내 파트너가, 이러다가는—."

뭔가를 자꾸 중얼거리며, 접속을 해제한 리샤는 연습장으로 내려왔다.

"이봐, 티르파. 너 분명 내게 감사한다고 했으렷다?"

"엑……?! 뭐— 일단은요……."

"그럼, 작전회의를 시작하겠다! 내 파트너를 탈환할 방법을 생각해내는 거다!"

리샤는 그렇게 선언하더니, 근처에 서 있던 피르히를 발견하고서 그녀에게 다가갔다.

"너도 나를 좀 도와줘야겠다, 마이페이스 아가씨. 룩스에 대해서 네게 여러모로 묻고 싶은 게 있으니."

"그러지 뭐."

피르히는 그다지 흥미 없어 보였지만, 뭔가 생각하는 바가 있었는지 살짝 고개를 끄덕이며 동의했다.

"그렇다면, 오늘 방과 후부터 시작하겠다. 너희는 내 공방으로 모여다오."

리샤가 그렇게 정리하며 이야기를 끝냈다.

"딱히, 루우는 잊지 않은 것 같은데. 우리를."

그 옆에서 피르히가 나지막하게 중얼거렸다.

†

"후우, 오늘도 힘든 하루였어……."

그날 밤에도 도서관 서가 정리나 정원 손질, 심지어 여자 기숙사 목욕탕 청소 등의 노동을 마친 룩스는 식당으로 향하고 있었다.

일주일 동안 크루루시퍼의 『연인』이 된다는 의뢰가 0순위이지만, 다른 잡일을 완전히 거절하려 하니 마음이 영 편치 못해서 결국 전부 떠맡게 되었다.

구제국의 생존자인 룩스와 아이리가 가석방과 맞바꿔서 짊어지게 된 빚. 그 액수는 개인의 힘으로는 도저히 변제할 수 없을 정도로 막대했지만, 한 푼씩이라도 갚아나가야만 했다.

"그래도, 지금부터는 내 개인 시간이구나……."

아무도 없는 식당에 도착한 룩스는 들고 온 몇 장의 종이와 교과서를 펼쳐 공부를 시작했지만—.

"으, 으응……."

고된 노동으로 인한 피로 탓인지 이내 눈꺼풀이 무거워졌다.

알아챘을 때는, 이미 눈을 감고 있었다.

……

"우으……."

선명한 홍차 향기에 룩스는 눈을 떴다.

눈앞에는 꽃무늬가 들어간 도자기 찻주전자와 교복을 입은 아름다운 소녀가 있었다.

"일어났구나. 이런 곳에서 자다간 감기 걸린다?"

"네…… 어? 크루루시퍼 씨?! 왜 여기에 계시는—?"

룩스는 당황해서 주변을 둘러보았다.

식당의 대시계를 보니 잠깐 십 분 정도 졸아버린 모양이다.

"어머나? 나는 네 연인이야. 너의 사랑스러운 잠든 모습을 감상한다고 해서 하나도 이상할 건 없잖아?"

"그, 그런 뜻이 아니라—."

룩스가 얼굴을 붉히고 허둥대는 모습을 보면서 크루루시퍼는 찻잔에 홍차를 따랐다.

그리고 룩스에게 잔을 내밀며, 평소처럼 서늘한 미소를 떠올렸다.

"관리인에게 부탁해서 특별히 불을 사용할 수 있도록 허락받았어. 몸이 따뜻해질 거야."

"고, 고맙습니다……."

홍차를 마시자 좋은 향기가 콧속을 지나갔고, 약한 쓴맛이 잠을 깨웠다.

파김치가 된 몸에 기운이 조금 돌아왔다.

"그냥 우연히 발견했을 뿐이야. 만나면 하고 싶은 말 정도는 있었지만."

"아, 그런가요?"

"그보다 너야말로, 이런 곳에서 뭘 하고 있었니? 잡일 의뢰에 참견할 생각은 없지만, 숙제는 본인의 손으로 해야 하지 않을까 싶네."

농담인지 진담인지 모를 크루루시퍼의 말에, 룩스는 쓴웃음을 지으며 대답했다.

"아뇨, 이건 제 개인적인 자습이에요. 그게— 여전히 거의 모든 과목에서 다른 분들의 진도를 따라가지 못하고 있으니까요……."

룩스는 유년기에 교육 담당자를 통해 기본적인 예의범절과 학문을 배웠다.

그러나 궁정에서 추방당하고, 게다가 쿠데타 이후 5년간 날품팔이 생활을 해온 그는 굳이 따진다면 기술적인 것을 배울 때가 많았고, 학문을 접할 기회는 거의 없었다.

이곳에는 기룡에 관한 내용만이 아니라 무관이나 문관이 되기 위한 교양 및 학문 수업도 있으니, 그쪽 방면으로도 제대로 배워두고 싶었다.

룩스가 그런 사정을 크루루시퍼에게 이야기하자─.

"그랬구나……. 그럼, 지금부터 한 30분 정도만 같이 공부할까? 피곤한 머리로 무리해봐야 효율은 최악일 테니, 조금만 집중해보자구."

그녀는 조용히 대답하며 룩스와 마주 보고 앉았다.

"네가 뭘 어려워하는지는 대충 파악해뒀어. 단순히 지식을 집어넣기만 하면 되는 과목은, 짬짬이 조금씩 암기해서 따라가면 돼. 지금은 수업을 쉽게 이해하기 위한 기초 부분에 초점을 맞춰보자."

"설마─ 공부를 가르쳐 주시려고요?"

"나 정도로는 부족하려나? 이래봬도 학문 계열 성적만이라면 2학년 톱인걸?"

자랑스럽게 웃는 크루루시퍼를 보며 룩스는 당황해서 고개를 흔들었다.

'그나저나 크루루시퍼 씨, 유학생이면서 2학년 톱이라니…….'

우수한 실력에 혀를 내두르며, 그녀의 지도 하에 공부를 계속했다.

산수, 기하학, 연금술 등, 룩스가 머리를 싸매고 고민하던 부분을 깔끔하게 정리해서 이해를 도와주었다.

주전자 가득 담겨있던 홍차가 거의 비어 잠시 숨을 돌렸을 때.

"이 정도면 다소 틀은 잡혔겠지? 이해하는 속도는 비교적 빨라 보이니까, 앞으로 몇 번만 더 보충하면 수업을 따라가지 못하는 일은 없을 거야."

"……아, 네. 오늘은 정말 고마워요, 크루루시퍼 씨!"

룩스가 안도의 웃음을 보이며 예의를 표하자—.

"이 정도야 별것도 아닌걸."

쑥스러웠는지, 크루루시퍼는 룩스에게서 살짝 시선을 돌리며 대답했다.

"아뇨, 그럴 리가요. 오늘 연습 시간 때도, 도와주러 와주셨고—."

군 소속 사내들의 실력은 제대로 파악했지만, 마지막 순간의 공갈은 오산이었다.

크루루시퍼가 임기응변을 보이지 않았더라면, 자신은 도박에 나서야 했을 것이다.

"그 일로 나한테 고마워할 필요는 없어."

룩스가 그렇게 생각하며 거듭 인사하자, 크루루시퍼는 진지한 얼굴로 분명하게 말했다.

"나는 계산적인 여자야. 그건 나를 위해서 한 일이지. 네가 다쳐서 드러눕기라도 한다면, 의뢰한 『연인 역할』에 지장이 생기게 되잖니? 그러니— 신경 쓸 것 없어."

"하지만—."

"그보다 너야말로, 어째서 그런 행동을 한 거야?"

"네……?"

크루루시퍼가 불쑥 꺼낸 질문에 룩스는 고개를 갸우뚱했다.

"연습장에서 희생양으로 찍힌 여자애를 도와주러 나갔잖아. 결과적으로 네 편입에 의문을 제기하던 3학년 학생들도 이번 일을 뒤늦게 듣고 학원장님께 네 편입에 대해 직접 항의하려던 계획을 취소했다나 봐. 하지만 너는 그런 것을 계산해서 행동한 건 아니잖아?"

"저기, 그러니까—."

룩스는 대답을 찾으며 망설였다.

단적으로 말해서, 이번 일에는 깊은 이유가 없었다.

그저 무심코, 반사적으로 행동했을 뿐이었다.

하지만 만약 그런 룩스의 행동 원리를 만들어낸 사람이 있다고 한다면—.

"……."

룩스의 뇌리에서 과거의 기억이 되살아났다.

그것을 꺼낼지 말지 잠시 망설인 순간.

"오오? 이런 시간에 뭘 하고 있느냐, 룩스."

놀란 목소리가 들리더니 세 소녀가 식당에 얼굴을 보였다.

"어라? 여러분—."

리샤와 피르히, 트라이어드의 일원인 티르파.

클래스메이트인 만큼 이상해 보이진 않았지만, 뜻밖의 조합이라고 룩스는 생각했다.

피르히에 이르러서는, 옆구리에 베개를 안고 꾸벅꾸벅 조는 모습을 통해 그녀가 억지로 끌려왔다는 것을 생생하게 느낄 수 있었다.

"이렇게 늦게까지 함께 있다니. 둘 다 제법인거얼~."

티르파가 장난스럽게 웃으며 얘기하자, 옆에 있던 리샤가 움찔 반응했다.

그녀는 그대로 아무 말 없이 크루루시퍼 앞으로 다가가더니, 초조한 모습으로 말을 붙였다.

"이봐, 크루루시퍼. 네 의뢰를 받아서, 룩스가 그러니까— 여, 연인이 되었다고 해서, 멋대로 이상한 짓은 하지 말라고?"

"어머나? 사람을 그렇게 의심하다니, 유감스러운걸. 보다시피 나는, 오붓하게 공부를 가르치고 있었을 뿐인걸?"

크루루시퍼는 그 말을 가볍게 받아넘기면서 룩스의 팔에 자신의 팔을 휘감았다.

"앗, 크루루시퍼 씨?!"

물씬 풍기는 좋은 향기와 옷 너머로도 알 수 있는 부드러운 신체에, 룩스는 자기도 모르게 가슴이 두근 뛰었다.

그 모습을 본 리샤는 울상을 지으며 더욱 버럭거렸다.

"나, 남이 말하고 있는 와중에 그게 무슨 망측한 짓이냐?! 떨어져! 이곳은 학원이란 말이다!"

"그래, 어쩔 수 없네."

의외로 크루루시퍼는 순순히 그 말을 따랐다.

'솔직히, 나도 버틸 수 없는 상황이었지만……!'

어디까지나 연기를 위한 행동일 테지만, 룩스에게는 자극이 너무 강했다.

"하여간 밤도 늦었으니 오늘은 이만 해산해라! 규칙적인 생활을 하라고."

"알았어. 그럼 내일 봐. 룩스 군."

크루루시퍼가 떠나려는 순간, 리샤가 그녀에게 호기롭게 말했다.

"미리 말해두겠다만, 크루루시퍼여. 나는 진작에 룩스와 데이트하면서 손을 잡았다. 쉽게 나보다 앞서나갈 수 있을 거라곤 생각하지 마라!"

"……."

그 의기양양한 선언에 그곳에 있던 일동은 그대로 꿀 먹은 벙어리가 되고 말았다.

"훗. 목소리도 나오지 않는 모양이로구나. 허나 어쩔 수 없다. 나와 룩스는 이미 거기까지 진도를 나간 상황이니까."

팔짱을 끼며 자랑스럽게 고개를 끄덕이는 리샤를 보는 둥 마는 둥, 크루루시퍼는 티르파의 귓가에 대고 속삭였다.

"내가 이 나라의 연애관에 대해 잘 모르는 편이기는 한데, 손을 잡는 게 저런 반응을 보일 정도로 대단한 행동이니?"

"아뇨, 그냥 리샤 님께서 그런 것을 전혀 모르고 계실 뿐인 게 아닐까요—."

"······저기, 리샤 님."

불안해진 룩스가 리샤 곁으로 다가가 물어보았다.

"혹시, 키스가 무엇인지는 알고 계시나요?"

"뭣?! 바, 바보 취급 하지 마라?! 그 정도도 모를 것 같았느냐! 그, 그러니까— 결혼하게 되면 해야겠지······. 장래에 아이를 낳으려면, 필요한 행동이니까······."

"······."

얼굴을 빨갛게 물들이고 머뭇거리는 리샤를 보며, 나머지 인원은 침묵을 지켰다.

"어째서, 이 지경이 될 때까지 내버려둔 걸까······?"

"그, 글쎄요? 리샤 님은 장갑기룡 말고는 흥미가 없으셨던 모양이니까······."

크루루시퍼와 티르파가 형용할 수 없는 표정으로 소곤거리는 와중에—

"나, 옛날에 루우랑 키스해본 적 있는데—."

"야, 피이! 지금은 그런 말 하지 마—!"

작게 중얼거리는 피르히의 입을 황급히 막으며, 지친 룩스도 방으로 돌아가기로 했다.

크루루시퍼와의 연인생활은, 앞으로도 계속 일대 파란을 불러올 것만 같았다.

Episode 2　유미르의 사자

　룩스가 크루루시퍼의 『연인』이 된 지도 어느덧 3일이 흘렀다.

　그녀가 의뢰한 『연인 역』을 수행하기 위해 기룡사 연습도 최대한 둘이서 조를 만들어서 했고, 식당에서 점심을 같이 먹는 등 그럴싸해 보이는 생활을 계속하고 있었다.

　덕분에 처음에 느꼈던 어색함은 그럭저럭 사라졌지만—.

　"그나저나, 크루루시퍼 양이 정말 부럽사와요."

　"하지만 쟁탈전에서 승리한 사람도 그녀이니, 어쩔 수 없을지도 모르겠네요."

　"맞아. 분하지만, 잘 어울리니까. 외모든 실력이든—."

　동급생 여학생들 사이에서 그런 이야기가 소곤소곤 오가기 시작한 어느 날 방과 후.

　"오늘은, 지금부터 나와 데이트를 해주길 바라."

　크루루시퍼는 평소처럼 서늘한 미소와 함께 말했다.

　그것도 아직 학생들이 잔뜩 남아있는, 이제 막 수업이 끝난 교실에서.

　"데, 데이트?! 아니 잠깐만요, 왜 굳이 여기서 말하는 겁니까?!"

"……."

교실 구석에서 리샤가 경련하는 듯한 웃음을 보내자, 룩스는 황급히 항의했다.

그러나 크루루시퍼는 아랑곳하지 않고 애교를 섞어서 고개를 갸우뚱했다.

"지금 막 생각나서 말했을 뿐인데— 폐가 됐으려나?"

"그, 그런 건— 아니지만요."

"그래, 고마워. 기쁘네."

'아, 안 되겠어— 완전히 농락당하고 있잖아.'

"큭, 참아야 하느니라, 참아야……."

투덜투덜 중얼거리는 리샤를 교실에 놔두고 복도로 나갔다.

그리고 다른 학생들의 기척이 사라진 순간, 룩스는 먼저 말을 꺼냈다.

"저기, 지금 그 말은 혹시 의도적으로……?"

"물론이야. 모두에게 『진짜』라는 의식을 제대로 심어놓지 않으면, 슬슬 찾아올 에인폴크가의 종자가 가짜라고 의심할 테니까."

"……."

선뜻 대답하는 크루루시퍼를 보며 룩스는 아무 말도 할 수 없었다.

"그래도…… 꼭 그렇게까지 할 필요는—."

에인폴크가에서 종자가 온다 해도, 설마 진짜로 크루루시퍼의 말을 의심하고 뒤를 캐는 짓까지 저지를까?

"그건 조만간 알게 될 거야. 데이트하자는 말 자체는 진심이었으니 가볍게 준비해볼까?"

룩스의 의문에 무뚝뚝하게 대답하며, 크루루시퍼는 기숙사 앞에서 그렇게 말했다.

일단 방으로 돌아가서 몸단장한 다음, 10분 뒤에 교문 앞에서 합류했다.

"우선 옷을 사러 가보자."

학원 부지에서 나와 1번 지구의 대로를 걸었다.

30분 정도 걸어서 도착한 곳은, 성채 도시 내에서도 비교적 부유한 손님을 상대하는 상업구역이었다.

눈에 띄는 가게는 부유층을 위한 고급 여관이나 레스토랑, 옷가게, 수도원, 진료소 등.

룩스가 잡일 의뢰로는 거의 와본 적 없는 장소에, 넓은 부지의 대저택이 줄지어 서 있었다.

성채 도시는 유적을 조사하기 위한 중요 거점이기도 하다.

이 도시에서 사는 귀족 기룡사들도 많았고, 왕도 거주자가 이곳에 별장을 세우는 사례도 적지 않았다.

5년 전의 쿠데타를 통해 체제가 뒤바뀐 지금도 그것은 변함없었다.

그러나—.

"재미있네."

옆에서 걷고 있던 크루루시퍼가, 문득 중얼거렸다.

"네……?"

"전직 왕자였던 너한테는 그렇게 생소한 거리도 아닐 텐데?"

아무래도 룩스가 신기한 듯 주위를 둘러보는 모습을 보며 꺼낸 말인 것 같았다.

"크루루시퍼 씨는 이런 곳에 자주 오시나요?"

"거의 안 오는 편이야."

크루루시퍼의 대답은 담백했다.

"그랬군요. 저 같은 녀석보다 크루루시퍼 씨 쪽이 이런 고급스러운 분위기에 잘 어울리는 것 같은데요—."

룩스가 그런 말을 하며 옆모습을 보자—.

"그건 아니야. 왜냐하면— 싫어하거든."

"네……?"

시선을 앞으로 고정한 채 크루루시퍼는 또박또박 대답했다.

"나는 귀족이라는 작자들을, 좋아하지 않아."

"……."

그 뒤로 이야기가 잠시 끊겼다.

'도대체, 무슨 의미일까……?'

유미르의 백작 영애인 크루루시퍼.

명가 출신인 그녀가 같은 귀족을 싫어하는 이유.

그것은 단순히 정략결혼에 대한 반감일 것 같지는 않았다.

"—여기야."

룩스가 의문을 떠올렸을 때, 크루루시퍼가 갑자기 발을 멈췄다.

그곳은 미려한 간판과 조각으로 장식된 큰 규모의 양복점이었다.

"비싸 보이는 가게네요."

"그래? 전직 황족인 너한테는 익숙하겠지 싶었는데."

미소를 보이며 크루루시퍼가 대답하자, 룩스는 쓴웃음을 지었다.

"궁정에서 좋은 옷을 입었던 것도 다 옛날이야기니까요. 이제는 기억도 안 나는걸요."

"그럼 너한테는 그다지 즐거운 일은 아니겠구나. 빨리 끝내야겠네."

그렇게 말하며 크루루시퍼는 먼저 가게로 들어갔다.

룩스는 그녀의 뒤를 따라갔다.

"……."

신체 치수를 재고 옷을 골라서 치수에 맞게 수선을 부탁했다.

그리고 한 시간 뒤.

"……쇼핑 목적이, 제 옷이었던 겁니까?!"

땅거미가 내려온 상점가. 가게에서 나온 룩스는 무심코 소리치고 말았다.

"안심해. 입은 모습을 보니 예복도 제법 잘 어울리던걸. 역시 전직 왕자님이구나."

크루루시퍼는 마치 남의 일인 양 웃으며 대답했다.

"아니, 그래도— 이런 비싼 물건은 받을 수 없다니까요?"

크루루시퍼에게 예복과 구두를 선물 받은 룩스가 황급히 말했다.

완성은 3일 뒤라고 했지만, 요금은 선불로 지불해버린 것 같았다.

"신경 쓰지 마. 내가 자유롭게 사용할 수 있는 범위의 액수였으니까. 그렇게 비싸지도 않았고."

"……."

날품을 팔던 때의 룩스라면 3개월 동안 생활할 수 있는 금액의 옷을 사고, 아무렇지도 않게 얘기하는 모습을 보며 그녀 역시 아가씨라는 사실을 룩스는 다시금 깨달았다.

아니, 그저 자기 쪽이 전 왕자답지 않을 뿐일지도 모르지만—.

"모처럼 이렇게 번화가에 나왔는데, 식사라도 하고 돌아갈래? 내가 낼 테니까."

고급 상업구역을 빠져나와 넓은 길로 나왔다.

날이 저물기 시작한 시간대라 그런지 주변에는 인기척이 없었고, 어슴푸레했다.

"어, 으음— 아무리 저라도, 그렇게까지는—."

아무리 크루루시퍼의 장단을 따라 사귀는 시늉을 하고 있을 뿐이라고 하지만, 룩스에게도 자존심은 있었다.

"그런 남자다운 점은 꽤 마음에 들어. 평소에는 여자애처럼 보이지만—."

"그, 그거랑은 관계없잖아요?!"

오랜만에 외모에 대한 이야기를 들은 룩스의 얼굴이 빨개졌다.

어딘가 긴장된 분위기가 느슨해진 그 순간―.

"……?! 위험해!"

룩스는 소리치는 동시에 크루루시퍼를 감싸는 것처럼 몸을 밀어붙였다.

그 직후, 채찍 같은 것이 고속으로 늘어나 아무것도 없는 공간을 휘감으며 낚아챘다.

즉, 크루루시퍼가 조금 전까지 서 있던 길 위를.

부유층 구역에서 약간 떨어져 있는 골목.

룩스는 빈집 그림자에서 뻗어 나온 그 무장이 낯익었다.

"용미강선^{와이어 테일}……! 기룡사인가?!"

그 즉시 허리춤에서 《와이번》의 기공각검을 뽑았다.

"꼼짝마! 움직이면 쏜다!"

그러나 거의 동시에, 주위에서 나타난 다섯 기의 장갑기룡이 룩스와 크루루시퍼를 향해 기룡식총^{브레스 건}을 겨누었다.

기룡을 조종하는 그 다섯 명은, 머리에 천을 두른 사내들이었다.

생소하고 촌스러운 인상은 마치 도적 떼를 연상케 했다.

"《드레이크》가 다섯 기라. 방심했네……."

크루루시퍼는 그것을 보고 항복하는 것처럼 양손을 들어 올렸다.

룩스도 하는 수 없이 그녀를 따라 발밑에 검을 내려놓았다.

"얌전히 있어라. 기룡 소환은 꿈도 꾸지 말라고. 어차피 이제 달아나지도 못할 테니까."

《드레이크》— 특장 범용기룡이라고 불리는 그 기룡은, 나머지 두 종류와 다른 독특한 능력을 지니고 있었다.

그 중 하나가 바로 지금 보여준 『위장』 기능이었다.

구동음과 빛을 지우고, 주변 풍경을 희미하게 비추며 잠복하는 것.

그래서 룩스와 크루루시퍼의 허를 찔러 거리에서 기선을 제압할 수 있었던 것이다.

"그럼, 이제 포박할 테니 얌전히 있어주실까? 썩 편하진 않을 테지만, 참아줘야겠어."

선두의 남자가 어둠 속에서 말했다.

목적은, 유괴인가.

아무래도 백작 영애인 크루루시퍼를 노린 도적 부류인 것 같았다.

그렇게 예상한 룩스는 가만히 심호흡한 다음—.

"그건— 관두는 편이 좋을 텐데요?"

남자들을 향해 그렇게 말했다.

"뭐라고……?"

살려달라고 빌기는커녕 동요한 모습조차 보이지 않는 룩스의 태도에, 도적으로 보이는 사내는 의아한 목소리로 되물었다.

"응, 그러네. 그만두는 게 좋을 거야. 다치고 싶지 않다면 말이지."

마찬가지로 옆에 있던 크루루시퍼도 따라서 중얼거렸다.

"후하하핫! 이래서 귀족 놈들은……. 현실을 전혀 모르는 모양이구만. 뭐 좋다. 어이, 당장 저것들을 붙잡— 크하악?!"

말을 꺼낸 선두의 사내가 갑자기 기룡과 함께 앞으로 고꾸라지며 비명을 터뜨렸다.

"……뭐지?!"

다른 기룡사들이 자세를 갖춘 순간, 룩스는 크루루시퍼의 손을 붙잡고 달려나갔다.

"거, 거기 서랏!"

그 모습을 본 나머지 네 기의 《드레이크》가 황급히 움직였다.

"저기, 멈춰줄래?"

거대한 보라색 장갑기룡이 나타나 룩스와 남자들 사이를 가로막았다.

"뭐냐……?!"

신장기룡 《티폰》

양손에 무기를 쥐고 있지는 않았지만, 손톱과 주먹을 활용한 육탄전으로 적을 압도하는 근접전에 특화된 육전형 장갑기룡이다.

"안녕, 루우."

그 사용자인 소꿉친구 소녀가 룩스를 향해 인사를 건넸다.

"피르히…… 역시 와있었구나."

룩스가 쓴웃음을 지으며 그 인사에 답하자—

"어이, 룩스! 나도 있다고?! 이쪽도 좀 보아라!"

《키메라틱 와이번》을 장착한 리샤가 이미 기룡사 한 명을 때려눕히고 있었다.

"리샤 님!"

"어째서 두 사람이 이런 곳에 있는 걸까?"

"아, 아니……. 그게, 살다 보면 이런 일도 있지 않겠느냐? 딱히 너희 두 사람 사이가 신경 쓰여서 따라왔다든지, 그런 건 아니고……."

"아, 그러셨습니까……."

리샤는 시선을 피하며 얼굴을 붉혔다. 그 모습을 보며 룩스가 황당하다는 표정으로 말꼬리를 흐리자, 나머지 사내들이 조작하는 기룡 세 기가 동시에 움직였다.

"적은 두 명뿐이다! 쓰러뜨리고 녀석들을 납치해라!"

《드레이크》들은 저마다 소형 블레이드를 들고 《티폰》에게 덤벼들었다.

그러나.

"에잇."

맥빠진 목소리와는 다르게 《티폰》은 날쌔게 주먹을 내뻗었다.

일반 장갑기룡의 갑절 이상은 됨직한 튼튼한 팔뚝.

그 주먹에 가격당하자 블레이드를 쥐고 있던 《드레이크》의 오른팔이 일격에 분쇄됐다.

"이게, 무슨……?!"

경악하며 눈을 부릅뜬 남자 앞에서 《티폰》이 빙글, 공중제

비를 넘었다.

장갑기룡이라는, 금속 프레임으로 구성된 병기가 마치 짐승처럼 날렵한 움직임으로 가속했다.

그리고 팔이 부서지는 바람에 텅 비어버린 동체에, 기룡의 발차기가 꽂혔다.

"커…… 허억?!"

도적은 수십메르 정도 뒤로 나가떨어지며 그대로 실신했다.

최대로 전개된 장벽도 부서지면서 곧바로 기룡과의 접속이 해제됐다.

"우왓……?!"

룩스는 그 생소한 전투 장면을 보며 무심코 탄성을 내뱉었다.

"혹시 처음이니? 그녀의 《티폰》이 제대로 움직이는 모습을 보는 게."

룩스와 함께 골목 그늘로 피신한 크루루시퍼가 물어보았다.

"피르히가 저런 것도 할 줄 알았다니……."

장갑기룡을 사용한 체술 공격.

계속해서 또 한 기의 《드레이크》의 블레이드를, 이번에는 손바닥으로 붙잡아서 막아내기가 무섭게 쥐어서 으스러뜨렸다. 그리고 약간의 여유도 주지 않고 다른 한쪽 팔로 정권을 내질러 일격으로 장갑을 깨부쉈다.

무술을 익힌 피르히는 접근전이 특기인 것 같았다.

그 중량과 출력을 아낌없이 활용한 육탄공격은, 방어태세에 들어간 범용기룡을 허수아비처럼 쓰러뜨리는 파괴력을 지니고 있었다.

　장갑을 두르고 있다는 생각이 들지 않을 정도로 유연하고 민첩한 몸놀림.

　기룡사가 격투술의 돌려차기를 구사하는 광경을, 룩스는 본적이 없었다.

　"괴, 괴물인가, 이 녀석은……?!"

　눈 깜빡할 사이에 동료를 잃은 다섯 번째 도적이 《드레이크》를 끌고 도주하기 시작했다.

　《티폰》의 거체로는 추격하기 힘든 골목으로 달아나려고 사내가 등을 돌린 순간.

　"《용교박쇄(龍咬縛鎖)》.

　피르히가 중얼거리는 동시에 《티폰》의 양팔 장갑에서 거대한 진회색 와이어가 발사됐다.

　"어억?!"

　날아가는 와이어 끝에 달린 금속 부품이 거대한 뱀의 턱처럼 열리며 《드레이크》를 물어버렸고, 빠른 속도로 사내를 피르히 앞까지 끌어당기기 시작했다.

　"저것은—?!"

　"《티폰》의 특수 무장이야. 얼핏 와이어 테일 같은 포박계 무기처럼 보이지만, 장갑 곳곳에서 사출할 수 있고 사정권 내의 적을 포획할 수 있다는 것 같아."

　왼팔에서 발사돼 적을 붙잡은 《파일 앵커》가 고속으로 상대를 끌어당기는 동시에 《티폰》이 오른팔을 들어 올렸다.

© 2013 Ayumu Kasuga

상대를 끌어당기며 시도하는 강제 카운터 공격이 눈앞에서 작렬하려는 순간.

"사, 살려—?!"

"조금 지나쳤……으려나?"

팟, 피르히는 《파일 앵커》의 구속을 해제하여 《드레이크》를 풀어주었다.

그러나 고속으로 끌려온 《드레이크》는 관성 탓에 그대로 길바닥을 구르며 벽에 격돌했고— 움직이지 않게 됐다.

"이봐, 맹순이. 방심하지 말라고!"

리샤가 《키메라틱 와이번》을 움직여 장갑을 파괴당한 기룡사들을 구속하며 소리쳤다.

"……어라?"

피르히가 쓰러진 기룡사에게 눈길을 주었을 때, 《드레이크》안에는 이미 아무도 없었다.

주위를 둘러보니 접속을 해제한 채 맨몸으로 뒷골목을 달리는 남자의 모습이 보였다.

기룡을 버리고 도주— 아니.

남자가 도주하는 방향에는, 날씬한 여성이 서 있었다.

"거, 거기 너! 꼼짝 마라—!"

도적은 허리에서 나이프를 뽑으며 소리쳤다.

아무래도 인질을 잡으려는 것 같았다.

"위험해!"

룩스가 반사적으로 소리치며 그녀를 돕기 위해 달려가려

했지만—.

"굳이 도와주러 갈 필요는 없어."

크루루시퍼는 진지한 표정으로 살짝 손을 들어 올려서 그를 제지했다.

"네……?"

그 사이에 도적이 여성의 코앞까지 다가가 가슴에 나이프를 찌르려 한 순간.

"치안이 상당히 나쁘군요, 이 나라는—."

까앙!

여성이 조용히 중얼거린 직후, 도적의 나이프가 허공으로 튕겨 나갔다.

"아니……?!"

"움직이지 마시지요. 손이 헛나갈지도 모릅니다."

그 자리에 엉덩방아를 찧은 도적 사내의 목에 장검 끝이 닿았다.

여성이 들고 있는 장검 표면에는 은색 선이 무수히 달리고 있었다.

"기공각검……?! 저 사람은 대체—."

룩스의 혼잣말과 동시에 냉철하다고 할만한 표정의 여성이 침착하게 고개를 들어 올렸다.

"그간 격조하였사옵니다, 아가씨."

"엑……?"

혼란스러워하는 룩스 옆에서 크루루시퍼가 한숨을 쉬었다.

"그녀는 내 지인이야. 에인폴크가의 집사, 알테리제 메이클 레어."

"그럼, 설마 그녀가—?"

"그래, 내 상황을 보러 온 에인폴크가의 종자야."

"장소를 바꿔도 괜찮을는지요? 이곳은 대화를 나누기엔 부적절하군요."

알테리제라는 이름의 여성은 그렇게 조용히 자신의 의견을 내놓았다.

"……."

뒤늦게 온 경비병에게 도적들을 인도한 뒤, 룩스 일행은 알 테리제의 뒤를 따라갔다.

†

습격 장소에서 출발해 십여 분 정도 걸은 뒤.

학원 부지 근처에 있는 술집에 모여서 가볍게 대화를 나누 기로 했다.

교칙은 술집 출입을 권장하지 않았지만, 책임은 알테리제 가 지겠다고 했다.

3인용 테이블에는 룩스, 크루루시퍼, 알테리제가, 그 바로 옆 테이블에는 리샤와 피르히가 앉았다.

리샤와 피르히는 본디 이 자리와 관계없는 처지였지만 어쩌 다 보니 같이 오게 되었다.

"우선은, 그렇군요. 건강하신 것 같아 다행이옵니다, 아가씨. ……그렇게 말씀드리고 싶은 차입니다만—."

알테리제는 룩스 일행을 힐끔 바라보며 운을 뗐다.

유미르 교국의 귀족으로 기룡사를 배출(輩出)하는 명가, 에인폴크.

그곳의 집사인 그녀는 본인도 뛰어난 실력의 기룡사로, 유미르 교국에서는 특급^(엑스 클래스) 계층이라고 불리는 최고위 실력자인 것 같았다.

"급우들 앞이랍시고 괜히 배려해줄 필요 없어."

크루루시퍼가 냉담하게 말하자 알테리제의 입에서 탄식이 흘러나왔다.

"그렇다면 솔직하게 말씀드리지요. 좀 더 조심해주십시오. 당신의 몸은 에인폴크의 것입니다."

"그럼 도적의 목표물이 되는 것도 명가의 숙명이니까 어쩔 수 없겠네."

"……."

어쩐지 못마땅해 보이는 알테리제의 발언에 크루루시퍼는 비꼬는 투로 대답했다.

옆 테이블에서 그 모습을 지켜보던 리샤는 "뭐야? 사이가 별로 안 좋나?" 하며 속닥거렸다.

'하지만 확실히, 평범한 주종관계하곤 좀 다른 것 같기는 해…….'

그 모습을 보며 룩스도 같은 인상을 느꼈다.

좋은 쪽으로든 나쁜 쪽으로든 서로 스스럼없는 느낌이었다.

"이제 곧 기숙사 통금 시간이니까, 짤막하게 끝내주겠니? 어차피 네 용건이라고 해봐야 뻔할 테니까."

"아가씨께서 그렇게 불성실하게 행동하시니 이처럼 제가 찾아온 것이옵니다."

크루루시퍼의 말에 여집사는 강하게 대답했다.

알테리제의 성격은 엄격한 것 같았고, 다소 종잡을 수 없는 인물인 크루루시퍼와 그다지 사이가 좋아 보이지는 않았다.

'크루루시퍼 씨가 말한 알테리제 씨의 용건이란…… 역시.'

그 대화를 들으며 룩스는 지금까지의 경위를 되짚어보았다.

재학 중에 약혼자를 찾아야 한다는 크루루시퍼의 사명.

에인폴크가에서 보낼 종자의 눈을 속이기 위해 연인이 되어주길 바란다는 부탁을 들었던 것을.

"그런데— 그쪽 남성분은 누구이시온지요?"

알테리제는 갑자기 룩스 쪽으로 시선을 옮기며 물어보았다.

"내 연인이야. 멋있지?"

"으……?!"

크루루시퍼가 대답한 순간, 옆 테이블에 앉아 있던 리샤가 어깨를 흠칫 떨며 룩스가 있는 테이블을 보았다.

"연인이요? 이 소년이, 말입니까……?"

알테리제가 의심스러운 표정으로 되물었다.

"그래. 네게는 그다지 익숙한 얼굴이 아닐 테지만, 그는 구제국의 왕자 룩스 아카디아야. 지금은 왕립 사관 학원의 유일한 남학생으로 재학 중인 나의 급우. 뭐 문제라도 있니?"

"······."

"문제라면 있다. 룩스는 앞으로 나랑 이런저런 일— 으음······?!"

"아, 나중에 들을 테니까 지금은 조용히 해주실래요?"

옆 테이블에서 끼어드는 리샤와 그런 그녀를 말리는 룩스를 알테리제는 의심스럽게 바라보았다. 그리고 심호흡을 한 번 한 뒤, 조용히 입을 열었다.

"그렇습니까. 곤란하게 됐군요, 실은—."

"이거야 원— 나도 어지간히 얕보인 모양이로군?"

"······?!"

난데없는 남자 목소리에 그 자리에 있던 모두가 헉 하고 숨을 삼켰다.

금색 자수가 들어간 호화로운 붉은 망토를 걸친 남자가 알테리제의 배후에 서 있었다.

망토 밑으로 탄탄한 팔다리를 드러낸, 키가 크고 호리호리한 남자.

금색 장발과 가지런한 이목구비는 언뜻 이쁘장한 기생오라비처럼 보였지만, 희미하게 걸린 웃음과 날카로운 눈빛에서는 다소 위압적인 분위기가 느껴졌다.

강렬한 자신감— 이라기보다도, 자아의 갑옷을 두른 기사.

처음 대면하는 사람은 십중팔구 그런 인상을 느낄 것이다.

룩스 일행 앞에 나타난 것은, 그런 남자였다.

"크로이처 경?! 어째서 당신이 이곳에? 회식 예정은 내일이 었을 텐데요—."

"아아, 잊은 건 아니야. 알테리제 님."

이름을 불린 남자는 놀라는 알테리제에게 웃음을 돌려주 었다.

"이래 봬도 나는, 예정일에는 까다로운 남자인지라. —하지 만, 그래. 굳이 결점을 꼽는다면 약간 성급하다는 점일까. 미 래에 내 아내가 될 소녀를, 한시라도 빨리 보고 싶었거든."

빙긋, 입술 끝을 일그러뜨리며 그 얼굴을 크루루시퍼를 향 해 돌렸다.

얼굴에서 시작하여 발끝까지. 핥는 듯한 시선으로 훑어본 남자는 만족스럽게 고개를 끄덕였다.

"호오. 과연 듣던 대로의 아름다움이로군. 왕도의 사교 파 티에 수없이 참석하면서도— 이렇게 아름다운 꽃은 본 적이 없어. 살짝 마른 감은 있지만, 앞으로의 성장이 기대되는걸."

"칭찬해주시니, 영광이옵니다."

대답한 사람은 알테리제였다.

"알테리제. 그 사람은?"

크루루시퍼가 쌀쌀맞은 표정으로 질문했다.

"그런가. 아무래도 아직 이야기하지 않은 모양이로군. 그렇다 면 직접 소개하도록 하지. 내 이름은 발제리드 크로이처다."

"……?!"

남자가 자신을 소개한 순간 룩스와 리샤— 아니, 주변 손

님까지 포함하여 술집 전체에 긴장감이 감돌았다.

"……설마, 사대귀족의 그 남자인가?!"

"『왕국의 패자(覇者)』가, 어째서 이곳에—."

등등, 가게 안에 있던 몇 사람이 정체를 파악했는지 작게 속삭이며 시선을 그쪽으로 향했다.

"크로이처라는 성씨는, 설마 그……?"

크루루시퍼의 질문에 알테리제는 긍정했다.

"구제국 시대부터 이어져 온 유서 깊은 혈족— 사대귀족의 일원이옵니다. 특히 기사나 기룡사를 대대로 배출해온 명문 일가이지요. 이분은 그 적통이시옵니다."

'크로이처라면, 확실히—.'

룩스는 잠시 기억을 더듬어보았다.

분명 귀족으로서도 이름 높았지만, 그와 동시에 구제국의 강경파로도 유명했던 가문이다.

집안이나 권력, 재력은 신왕국 내에서도 군계일학이었다.

그러나 그 일족의 사고방식은 구제국의 사상을 그대로 물려받은 듯했으며, 룩스는 예전부터 그들에 대해 그다지 좋은 소문을 들어본 적이 없었다.

"사대귀족의 적통……? 설마 알테리제, 너—."

그녀의 설명을 들은 크루루시퍼는 눈살을 살짝 찌푸렸다.

"그렇습니다. 참으로 주제넘은 행동이옵니다만, 내일로 예정된 회식에서 크로이처 경을 아가씨께 소개해드리고 그 자리에서 약혼을 맺도록 제 임의로 이야기를 진행했습니다. 하오나—."

"왜 당사자인 나는 정작 그 이야기를 전혀 들어본 적이 없는 걸까?"

기막히다는 투로 크루루시퍼가 물어보자—.

"이 정도로 강행하지 않는다면, 아가씨께서는 **또** 핑계를 붙여서 달아나실 테니까요."

알테리제는 전혀 기죽지 않고 태연하게 대답했다.

아무래도 두 사람의 사이는 그다지 좋지 않아 보였지만, 쌍방의 성격은 잘 알고 있는 듯했다.

요약하자면, 뭔가 그럴듯한 핑계를 대며 약혼을 피할 거라는 크루루시퍼의 행동을 간파한 알테리제가 자기가 고른 약혼자를 데려올 예정이었던 모양이다.

그 덕분에 지금처럼 상당히 혼란스러운 상황이 돼버린 것 같았다.

"그래? 하지만 안됐구나. 보다시피 내게는 지금 교제 중인 남자가 있어. 그렇지? 룩스 군."

"엑……? 아, 네. 일단은—."

크루루시퍼가 동의를 구하자 룩스는 허둥대며 대답했다.

"룩스……? 아아, 그렇군. 그 용모는— 네가 그 구제국 황족의 생존자인가. 이렇게 직접 대화를 나누는 것은 처음이로군."

그때까지 잠자코 있던 발제리드가 룩스에게 다가갔다.

잠시 그의 얼굴을 바라본 뒤, 발제리드는 천천히 입을 열었다.

"흐음……. 정말이지 전 황족이었다는 사실을 믿을 수 없을 정도로 연약한 얼굴이로군. 과연 신왕국의 은사 덕분에 숨통이 붙어있는 개. ─날품팔이 왕자 따위의 별명으로 불릴만한 외모야."

"……"

경멸이 담긴 웃음과 말투.

"알테리제 님. 고작 이런 남자 때문에 이번 혼담을 연기해야 할 필요가 과연 있을까?"

그 명확한 적개심을 받으면서도 룩스가 침착한 태도를 보이자, 발제리드는 부추기는 것처럼 거듭해서 이야기했다.

"확실히 그는 전 황족이다. 그렇게 생각하면 각지에 이름값이 통할지도 모르지만, 지금은 꼴사나운 몰락 왕자. 타인이 먹다 버린 찌꺼기로 간신히 연명하는 남자다. 내가 판단하기엔 귀공이 섬기는 유미르 교국의 명가, 에인폴크의 혈통에 어울리는 남자는 아닌 것 같군?"

"그건, 그렇습니다만─."

알테리제가 그의 기세에 밀려 동의하려는 찰나─.

"핫. 사대귀족이네 뭐네 하더니 결국 그 정도인가."

갑자기 들려온 소녀의 늠름한 목소리가 그 대화를 끊어버렸다.

목소리의 주인은, 옆 테이블에 앉아 있던 리샤.

"눈앞에 있는 사내의 가치조차 알아보지 못할 줄이야. 라이벌이 줄어든다니 나야 환영이다만, 그 무례한 언동은 삼가줄 수 있겠나? 크로이처 경."

자신만만하게 웃으며 말한 뒤, 끝으로 리샤는 두 사람을 노려보았다.

그 반응에 압도당한 것 같지는 않았지만, 발제리드는 그녀에게로 시선을 옮겼다.

"귀하는, 분명히―."

"신왕국 제1왕녀, 리즈샤르테 아티스마타. 룩스는 내 파트너가 될 남자다. 모욕하겠다면 얼마든지 상대해주마."

서슬 퍼런 리샤의 기세 앞에서 발제리드는 몇 초 침묵한 뒤―.

"……크크큭. 하하하하하!"

갑자기 폭소를 터뜨렸다.

"뭐가 그리 우습지?"

"이거 참…… 그렇게 된 거였나. 구제국의 몰락 왕자님은 여성에게 빌붙는 재능이 어지간히 뛰어난 모양이로군. 앞으로 펼쳐질 시대에 중요한 것은― 싸움이다. 나타나는 환신수를 토벌하고, 타국과의 유적 쟁탈전에서 승리할 힘이 무엇보다 중요하단 말이다. 그리고 우리 왕후귀족은 장갑기룡을 다루는 솜씨가 뛰어나야만 하지. 기룡사로서의 실력과 지도자로서의 능력이 그 무엇보다 필요하니까."

그렇게 서두를 열며 발제리드는 다시 룩스 쪽으로 고개를 돌렸다.

"나와 이 남자는, 안타깝지만 격이 달라. 시간 낭비로군. 알테리제 님, 내일이라도 당장 그녀와 약혼을 진행했으면 좋겠군."

"네. —그럼 예정대로, 내일 밤에 하는 것으로."

알테리제가 정리하려는 순간.

"잠시, 기다려줄 수 있을까?"

다시 이의를 제기하려던 리샤를 손으로 제지하며 크루루시퍼가 입을 열었다.

"호오. 무슨 일이지? 내게 할 말이라도 있는가? 미래의 내 아내여."

"앞으로 펼쳐질 시대는 기룡사로서의 실력과 지도자로서의 능력을 최우선으로 요구한다— 분명 그렇게 말했죠?"

"네, 에인폴크가의 의향도 같습니다. 그러니 사대귀족이며 『왕국의 패자』인 크로이처 경이야말로 약혼자에 걸맞을 거라는—."

"정말로, 그렇게 생각하나요?"

크루루시퍼는 알테리제의 말을 자르며 미소를 보였다.

"그건 무슨 의미지?"

"기룡사로서의 실력이라면 내 연인도 뒤지지 않아요. 왜냐하면 그 역시 신왕국 토너먼트에서 이름 높은 『무패의 최약』이니까."

"후, 하하하하하!"

그녀의 대답을 듣고 발제리드는 다시 소리 높여 웃어댔다.

"『무패의 최약』이라. 그러고 보니 그런 명예롭지 못한 별명도 있었군. 허나— 미래의 내 아내여. 총명한 그대라면 알고 있을 텐데? 고작 자기 몸뚱이만을 보호하는 겁쟁이 따위는, 결국 아무것도 쟁취할 수 없음을."

"그렇다고 왕도 토너먼트에서 당신이 이 사람한테 이긴 것은 아니잖아요?"

"뭐라고⋯⋯?"

"그리고 그『미래의 내 아내』라는 표현은 그만해줬으면 좋겠군요. 저랑 당신은 아직 남남일 뿐이잖아요?"

"⋯⋯."

발제리드의 표정에서 순간적으로 위험한 향기가 풍기기 시작했다.

"크로이처 경, 무례를 용서—."

알테리제가 다급하게 수습하려는 순간.

"과연. 에인폴크가의 따님도 한 강단 한다 이건가. 점점 더 마음에 드는군, 크루루시퍼."

발제리드는 입가에 곡선을 그리며 여유로운 모습을 보였다.

그러나 룩스는 알고 있었다.

얼핏 온화해 보이는 그 표정 뒤에는 조용한 분노가 스며들어 있다는 것을.

"그렇다면, 어디 보자. 한번 나와 그 몰락 왕자가 대결해보는 건 어떨까? 장갑기룡을 사용한 결투를 말이지."

"——."

발제리드의 발언에 가게 내에 긴장이 감돌았다.

"크, 크로이처 경, 그건—."

알테리제가 깜짝 놀라 반사적으로 입을 연 순간.

"확실히, 이 아가씨는 약혼 이야기를 전혀 듣지 못한 모양이로군. 그건 이번 건을 성사시킨 귀공의 잘못이다. 하지만 여기서 강제로 약혼을 맺는다 해도 그녀는 받아들이지 않겠지? 그렇다면 내 역량을 보여주는 편이 앞으로의 부부생활에도 좋게 작용하지 않겠나."

의견을 물어보는 듯한 시선으로 크루루시퍼를 훑으며 발제리드는 그렇게 제안했다.

영특한 이 소녀를 이 기회에 굴복시키고 싶다는 의도가 훤히 들여다보였다.

"이번 전투에 『무승부』는 없을 텐데, 설마 도망갈 생각은 아니겠지? 몰락 왕자."

"……."

도발 당한 룩스는 잠시 멈칫했다.

미래를 생각하면 너무 눈에 띄어서는 안된다.

그건 충분히 알고 있었다.

하지만.

"—알겠습니다. 받아들이죠."

잠깐 망설인 뒤, 룩스는 그의 제안을 받아들였다.

여기서 결투를 받아주지 않는다면 크루루시퍼와 발제리드의 약혼은 거의 확정되고 말 것이다.

《바하무트》는 사용할 수 없겠지만, 그래도 할 수밖에 없었다.

"아뇨, 크로이처 경을 번거롭게 해드릴 수는……."

납득할 수 없었는지 알테리제가 이의를 제기하려는 순간.

"이번 기회에 너도 결투에 참가해보는 게 어때?"

크루루시퍼가 조용히 제안했다.

"……무슨 의미이신지요?"

"당사자인 나와 이번 일을 주도한 책임자인 네가 강 건너 불구경이나 해야 한다고 생각하니까 기분 나빠. 기왕 할 거라면 2대2 페어로 한꺼번에 결투해보는 건 어때?"

"무, 무슨 말씀을 하시는 겁니까 당신은?! 농담도 적당히 해주십시오! 이런 이야기를 크로이처 경이 받아들이실 리가—."

"상품처럼 가만히 결과만을 기다리는 건 내 성미에 맞지 않아."

"크크크, 나는 상관없어."

크루루시퍼가 거침없이 대답하자, 발제리드는 대담하게 웃으며 그 제안을 흔쾌히 받아들였다.

"멋지지 않은가, 알테리제 님. 여한 없는 싸움이야말로 결투의 목적인 법. 그리고 나는 평화주의자이긴 하지만, 이따금 전력을 다하고 싶어질 때도 있어서 말이지. 왕도의 공식 모의전에서는 부상자가 나오지 않도록 무의식중에 봐주면서 하게 되거든."

허리에 찬 기공각검 자루에 손을 대며 철컥, 소리를 냈다.

화려하게 장식된 그 칼집에는, 아마도 신장기룡이 들어 있으리라.

"아쉽지만 내일 회식은 취소해야겠군. 그러면 3일 뒤의 밤. 결투 장소를 준비해두지. 나는 업무상 당분간 크로스 피드에 체류할 거다. 아무쪼록 달아나지 말라고."

거기까지 말한 발제리드는 사치스러운 망토를 펄럭이며 술집을 나섰다.

"……."

이윽고 긴장된 분위기가 풀어지면서, 가게 내에 활기가 돌아오기 시작했다.

"후우……."

"두 분 모두, 자신들이 무슨 일을 저질렀는지 알고 계시온지요?"

룩스가 긴장을 풀고 한숨을 내쉬자, 알테리제는 간언하는 듯한 말투로 입을 열며 눈썹을 치켜세웠다.

"약혼을 거부한 데다가, 급기야— 사대귀족과 결투라니요. 장난이 지나치셨습니다. 크로이쳐 경은 신장기룡 《아지 다하카》의 사용자로, 왕도에서는 『왕국의 패자』라고 불릴 정도의 실력자라는 걸 알고 계십니까?"

발제리드는 작년 3위의 왕도 공식 모의전 기록을 자랑하고 있었다.

마찬가지로 토너먼트에 출전했던 룩스도 그건 알고 있었지만—

"신장기룡이라면 내게도 《파프니르》가 있어. 그렇게 벌벌

떨 필요는 없잖아?"

전혀 동요하지 않는 크루루시퍼를 보며, 알테리제는 골치 아픈 것처럼 이마에 손을 짚었다.

그리고 몇 초 뜸을 들인 뒤, 고개를 들었다.

"알겠습니다. 하오나 그분의 기룡사로서의 실력— 그리고 권력은 이미 신왕국 내에서도 확고한 자리를 차지하고 있사옵니다. 아무래도 제가 당신을 너무 오냐오냐 키운 것 같군요."

"오냐오냐 키우기는? 긁어 부스럼을 만드는 게 무서웠을 뿐이면서. 그 집 사람들과 마찬가지로—"

"……"

크루루시퍼가 웃으면서 빈정거리자 알테리제의 표정이 굳어졌다.

조용히 자리에서 일어난 그녀는 테이블 위에 지폐 몇 장을 내려놓았다.

"오늘 밤은 이만 실례하겠사옵니다. 여러분과의 결투— 저는 봐 드리지 않을 겁니다."

그 말을 남기고 여집사는 술집을 뒤로했다.

'그 집 사람들이라니, 그게 무슨 소리지—?'

에인폴크가와 크루루시퍼 사이에는 과거에 어떤 일이 있었던 걸까?

룩스 일행 사이에 기묘한 침묵이 흘렀다.

"이제 곧 통금 시간이야. 오늘은 이만 돌아가자구."

이윽고 크루루시퍼가 꺼낸 한마디에, 룩스 일행도 돌아가기로 했다.

†

　"―아까는 룩스 군한테 미안한 짓을 하고 말았네."

　네 사람이 나란히 학원으로 향하는 귀로를 따라 걷는 가운데 크루루시퍼가 불쑥 중얼거렸다.

　드물게 그녀의 목소리가 가라앉아 있자 룩스는 급히 좌우로 고개를 흔들었다.

　"아녜요……. 그건 그렇고, 그렇게 해도 괜찮은 거예요?"

　크루루시퍼에게 부과된 약혼이라는 사명.

　분명히 그녀에게 내막을 듣긴 했으나, 언제나 냉정한 그녀답지 않은 감정적인 저항에 룩스는 내심 놀라움을 금치 못했다.

　"과연, 그러니까 크루루시퍼는 정략결혼을 하기 싫어서 룩스를 연인으로 내세웠다. 그렇게 된 것이었군. 다행이야…… 안심했다."

　리샤는 한시름 놓은 것처럼 가슴을 쓸어내고는 뒤이어서 고개를 갸웃했다.

　"그나저나 그 집사― 알테리제라고 했었나? 한낱 집사인 것치고는 건방지다고 해야 하나, 뭔가 이상한 녀석이더군."

　"……."

　그것은 룩스도 느낀 바였다.

엄격한 귀족 집안이라는 점을 떼놓고 생각해 보아도, 그 집사와 크루루시퍼는 일반적인 주종관계는 아닌듯한 기분이 들었다.

단순히 사이가 가깝다거나 나쁘다는 말만으로는 표현하지 못할 무언가가 있는 것 같았다.

"신경 쓰지 마. 알테리제는 옛날부터 저랬어. 그보다 크로이처 경이 제안한 결투에 응해줘서 고마워."

크루루시퍼는 미소 지으며 옆에서 걷는 룩스를 보았다.

맑고 아름다운 눈동자가 자신을 바라보자, 룩스의 가슴이 무심결에 쿵쾅거렸다.

"그, 그보다 괜찮을까요? 그 두 사람과 결투해야 한다니……."

"아까는 여유 부려보긴 했지만, 꽤 골치 아프게 됐네. 네가 그 신장기룡을 사용할 수만 있다면 아무 문제도 없겠지만—."

그렇다.

5년 전 구제국을 멸망시킨 『검은 영웅』.

룩스가 《바하무트》의 사용자라는 사실을 발제리드와 알테리제에게까지 알릴 수는 없는 노릇이었다.

하물며 이번 상대는 며칠 전 상대했던 임시교관 따위와는 비교할 수 없을 정도의 강적이었다.

한쪽은 북쪽 대국 유미르에서도 손꼽히는 특급 계층 기룡사.

다른 한쪽은 신장기룡 《아지 다하카》의 사용자이며, 왕도 공식 모의전 3위를 기록한 기룡사.

신장기룡 《파프니르》를 보유한 크루루시퍼와 페어를 이룬다 해도, 이 두 사람을 《와이번》만으로 상대하는 건 상당히 버거울 것이다.

"뭘 그리 두려워하느냐. 룩스는 나의 《티아마트》를 상대하면서도 《와이번》으로 버텨냈다. 그렇다면 기룡 적성치가 낮은 남자 기룡사 따위는 시간을 끌면 곧 녹초가 될 테지."

"그렇다면 좋겠지만—."

룩스는 크루루시퍼의 말 속에 담긴 뜻을 그럭저럭 읽어낼 수 있었다.

왕도의 공식 모의전은 전투시간이 다소 짧고, 남자에게 유리한 쪽으로 룰이 정해져 있다.

그것은 구제국 시절에 정착된 규칙의 흔적이었지만, 그것을 배제하더라도 발제리드는 신장기룡을 큰 어려움 없이 다루는 모양이었다.

그래서 제국이 멸망한 지금, 그는 새로운 시대를 이끌어갈 인물로서 『왕국의 패자』라 불리고 있었다.

《아지 다하카》의 신장(神裝)도 《천 가지 마술》이라는 명칭^{아베스타} 외에는 아는 게 없었다.

더욱이 이번에는 무승부를 노릴 수 없는 결투다.

이대로 싸우기에는, 룩스라고 해도 약간 불안했다.

"화를 안 내는구나, 너는."

그런 생각을 하고 있는데, 옆에 있던 크루루시퍼가 갑자기 중얼거렸다.

"네……?"

"보통 이런 일에 휘말리면 화내는 게 당연할 텐데. 진짜 연인도 아니니까—."

"아뇨……. 제가 제 의지로 내놓은 대답이니까요."

솔직히 말해서, 왜 그때 결투를 받아들이겠다고 마음먹었는지는 룩스 본인도 알 수 없었다.

아이리는 자신의 이런 성격을 꾸짖는 것이리라.

"고마워. 일단은 미리 말해둘게."

그래도 룩스는 전혀 후회하지 않았다.

오히려 수줍은 태도로 감사의 말을 건네는 크루루시퍼를 좀 더 알고 싶었다.

"좋아! 그렇다면 돌아가는 즉시 친히 룩스의 《와이번》을 강화해주마. 이번에야말로 공격에 특화된 스타일로—."

"아, 그건 사양하겠습니다……."

룩스가 진지한 표정으로 돌아와 고개를 가로젓자—.

"큭! 그, 그렇다면…… 내가 예전부터 구상하던, 비장의 비밀 기능을 탑재해서—."

"있잖아."

그때까지 아무 말 없이 따라다니던 피르히가 진지한 표정으로 한마디 꺼냈다.

"빨리 안 돌아가면, 통금시간 지날지도 몰라?"

"에에엑?!"

일행은 서로 얼굴을 마주 보며 엉겁결에 비명을 질렀다.

헐레벌떡 달려갔지만, 결국 시간을 넘기고 말았다.

다음 날 아침. 룩스와 세 소녀는 벌칙으로 청소당번을 해야 했다.

†

룩스 일행이 서둘러 귀가하던 날 밤. 왕도의 성내에서는 회의를 진행하고 있었다.

빛나는 샹들리에 밑의 원탁에 앉아 있는 사람은 드레스나 예복, 또는 군복을 갖춰 입은 일곱 명의 남녀.

상석에 앉은 세 사람은 신왕국 여왕 라피, 재상, 신왕국군 부사령관.

나머지 네 사람은 사대귀족이라고 불리는 최고위 공작들이었다.

오랜 세월에 걸쳐 구제국 영토를 다스렸으며, 구제국이 멸망한 이후에도 막대한 영향력과 권력을 잃지 않은 명가의 당주들.

혈색 좋은 중년 대장부, 해골처럼 눈두덩이 움푹 꺼진 흰 수염의 노인, 용모 단정한 장년 신사.

그리고 강철 장식이 달린 연지색 외투를 걸친 장발 남자가 있었다.

신왕국의 권력자들이 한자리에 모여 있는 그 방은 엄숙한 긴장감으로 가득 차 있었다.

"우리가 이렇게 한꺼번에 소환된 것이, 몇 년 만인지 모르겠구려."

쉰 목소리의 노인이 가장 먼저 침묵을 깨뜨렸다.

"신왕국이 건국된 이래 처음 아닌가? 하마터면 그대들의 얼굴도 잊어버릴 뻔했어. 여하간 우리 영지는 경기가 아주 좋았으니까."

"어쨌거나 여왕 폐하께서 우리의 도움이 필요하시니 부르신 게 아니겠습니까?"

가볍게 응수한 중년 남자를 무시하고 장년 남자가 이야기를 정리했다.

여왕은 조용히 고개를 끄덕이며 옆에 있는 재상에게 신호를 보냈다.

"두달 전, 귀공들에게 보낸 서한에 관한 이야기다. 헤이부르크 공화국과 그 동맹 3국의 진술 요청에 대해서지."

"설마, 또 예의 암상인이 벌인 사건인지요? 헤이부르크 공화국에 장갑기룡을 대량으로 유통할 뿐만 아니라, 아무래도 우리나라에도 수상쩍은 도구를 푸는 것 같다고 들었소만—."

노신사의 말에 재상은 고개를 저으며 대답했다.

"아니. 이번에는 종언신수(終焉神獸)에 대한 것이다."

그 말을 듣자 중년 대장부도 고개를 들었다.

"라그나뢰크라. 구제국 시절에 몇 번 들어보긴 했지만, 실제로 존재할 줄이야."

라그나뢰크
종언신수.

한 유적에 단 한 마리만 존재한다고 하는, 초현실적인 힘을 감추고 있는 일곱 마리의 환신수.

일반적인 환신수와는 크기도 힘도 차원이 다른 그 전설급 괴물은 구제국이 통치하던 8년 전에 영토 내의 도시 및 마을을 몇 개나 없애버렸고, 나아가서는 타국 영토나 약소국 그 자체를 멸망시켰다고 전해진다.

다만 구제국의 집정원이 사건을 은폐한 탓에, 지금까지도 한정된 인원 외에는 그 진상을 아는 이는 없었다.

"과연. 그러니까 라그나뢰크의 존재와 그것이 우리나라의 유적에서 출현했다는 증거가 갖추어졌다, 이겁니까?"

장년 남자의 질문에 재상은 씁쓸한 표정으로 고개를 끄덕였다.

일찍이 구제국이 유적을 억지로 개방하는 바람에 라그나뢰크 한 마리가 세상 밖으로 풀려났고, 그로 인해 각지에서는 막대한 피해가 발생했다. 그리고 구제국이 멸망한 몇 년 후. 지금은 신왕국이 그 책임 소재를 추궁당하고 있었다.

5년 전 쿠데타 당시 타국으로 망명한 집정관 한 명이 라그나뢰크에 관한 구제국의 문서를 넘겼고, 그 증거를 입수한 헤이부르크 공화국이 신왕국을 규탄하기 시작한 것이다.

"헤이부르크 공화국은 본디 구제국에 버금가는 대국입니다. 지금은 인근 제후국에도 큰 영향력을 발휘하고 있어요. 이 진술 요청을 거절한다면 동맹 3국 정도가 아니라 전 세계를 적으로 돌리게 되겠지요."

"그러니 대책을 마련하자— 그런 이야기인가? 하지만 라그나뢰크는 7년도 더 전에 토벌하지 않았는가?"

"그것이, 일시적으로 석화하여 휴면에 접어들었을 뿐인 것 같더군. 척후병의 보고를 들어보니, 리드니스 해 연안에 있는 라그나뢰크의 석화가 몇 개월 전부터 서서히 풀리기 시작했다고 한다. 그러니—."

"다시 한 번 우리 손으로 해결하라는 건가?"

"헤이부르크 공화국은 우리에게 라그나뢰크를 토벌할 것을 요구하고 있어요. 하지만 과거에도 각국과 협력한 끝에야 가까스로 잠재울 수 있었던 라그나뢰크를 신왕국의 군사력만으로 상대하는 것은 너무나도 위험합니다."

"얼마 없는 상급 계층 기룡사를 전부 동원해서 맞선다 해도, 승산은 희박하겠지요. 역시 신장기룡 사용자가 토벌부대를 통솔해야—."

그런 결론이 나왔을 즈음, 잠시 침묵이 내려앉았다.

굳이 말하지 않더라도 그들 모두가 알고 있었다.

죽을 확률이 높은 라그나뢰크의 토벌.

현재의 신왕국에 그것을 떠맡을만한 『용자』는 없다는 사실을.

"—그렇다면, 내 아들을 보내도록 하지."

"……크로이처 경?!"

그 자리에 있었으나 한마디도 하지 않고 침묵을 지키고 있던 남자가 입을 열었다.

강철 장식을 몸에 두르고 예사롭지 않은 위압감을 뿜어내는 그 남자의 이름은 와르그 크로이처.

"내 아들은 1년 전에 《아지 다하카》라는 신장기룡을 손에 넣었소. 그것을 다루는 실력도 뛰어나, 왕도의 토너먼트에서는 3위를 차지할 정도의 실력자이외다. 부대장 자격은 충분하다고 보는데, 어떻습니까? 라피 여왕 폐하."

대담하게 웃는 와르그 크로이처를 라피 여왕은 경계했다.

사대귀족 중에서도 크로이처가에는 어떤 부류의 찝찝한 소문이 끊이질 않았다.

광대한 영지를 지녔으며 많은 사병을 거느린 이 대귀족은, 처음부터 구제국의 정권 탈취를 획책하고 있었을지도 모른다는 위험한 소문이.

"리즈샤르테 왕녀 전하를 위험에 빠뜨릴 수는 없지 않사옵니까. 이번 일은 제게 맡겨주시옵소서."

"─알겠습니다."

과장된 몸짓으로 머리를 조아리며 간청하는 와르그의 태도에, 라피 여왕은 결국 그의 요청을 들어주었다.

동시에 이때를 기다렸다는 것처럼 와르그는 미소를 보였다.

"하오나 제 영지의 기룡사만이 아니라 자식이나 신장기룡마저 잃을지도 모르는 중책인 만큼 군자금, 병사 및 기룡만이 아닌 어떤 한 가지 포상을 내려주셨으면 하옵니다."

"그것은─."

"아티스마타 신왕국군의 전권이옵니다. 아들 발제리드가 사명을 완수한다면, 제게 장군의 지위를 하사하여주시옵소서."

야심이 가득한 눈으로, 와르그는 그렇게 말했다.

Episode 3

제6 유적 —모형정원^{가든}—

성채 도시 1번 지구. 부유층들의 거주구역에 존재하는 새하얀 저택.

그 넓은 거실의 소파에 두 사람이 앉아있었다.

한 명은 금발과 큰 키가 특징적인 남자, 발제리드 크로이처.

다른 한 명은 칠흑빛 로브를 걸치고 후드를 푹 눌러 쓴, 날카로운 눈빛을 지닌 존재였다.

창문으로 들어오는 햇빛을 받아 실내는 밝았고, 하인을 비롯한 다른 사람의 기척은 없었다.

"그래서— 어떤가? 내게서 산 신장기룡《아지 다하카》를 사용해본 소감은—."

"아아, 정말 훌륭해, 나의 벗이여. 나는 마침내 그 신장기룡을 완벽하게 다룰 수 있게 됐어. 아직은 왕도 토너먼트 3위로 만족하고 있지만—. 내가 마음만 먹으면, 이 나라의 기룡사 따위는 이제 내 상대가 되지 않겠지."

자신만만한 금발 남자에게 로브를 두른 존재는 웃음을 돌려주며 대답했다.

"그런가. 과연 대단한걸, 나의 맹우여. 그럼— 저번에 했던 이야기를 잘 부탁하네."

친밀한 그 목소리에 발제리드는 미소 지었다.

"확실히, 그 유미르의 백작 영애를 아내로 들이라는 이야기였지. 이국의 여자라는 점이 마음에 좀 걸리지만, 무슨 이유라도 있는 건가?"

"그건 『열쇠』라네. 유적의 봉인을 여는 열쇠. 그 힘을 숨기고 있지. 지금까지는 인간들이 들어갈 수 없었던, 심층부에 도달하기 위한 힘을."

"그러면—."

"그래, 자네에겐 그것을 부탁하고 싶군. 그러니 무슨 수를 쓰더라도 좋아. 반드시 그녀를 손에 넣고, 순종적으로 만든 다음 그 힘을 이용해서— 유적의 문을 강제로 열어주길 바라네. 성공하면 그 보물의 절반과 언젠가 우리 손에 떨어질 이 나라의 통치는 자네에게 맡기겠어."

"훗, 알았다. 그 여자는 자존심이 강해 보이지만, 그런 암컷일수록 조교하는 보람이 있지. 기대에 부응하도록 노력하지. 나의 벗이여."

발제리드는 어깨를 흔들어대며 즐겁게 웃었다.

앞으로 자신이 걷게 될 패도적인 미래의 지도가 머릿속에서 완성되기라도 한 것처럼.

"그럼, 나는 이만 실례하지. 배웅은 필요 없네."

"그래, 나중에 보지. 벗이여."

그 말만 남기고 로브를 두른 존재는 소리도 없이 저택을 떠났다.

발제리드는 저택 2층으로 올라가 창밖 골목으로 인영이 사라져 가는 모습을 끝까지 지켜본 뒤—.

"흥. 언제까지고 나를 마음대로 휘두를 수 있을 거라고 생각하지 마라. 뭐 좋아, 무슨 수를 써도 좋단 말이지. 그렇다면 수단은 얼마든지 있다고."

그렇게 말하고 그의 기공각검을 꽉 쥐며 입맛을 다셨다.

"기대되는군. 이 나라의 다음 왕은— 바로 나다."

†

"후우……."

발제리드와 결투를 약속한 다음 날.

교실에서 점심시간을 맞이한 룩스는 약간 졸렸다.

오늘은 이른 아침부터 동급생의 의뢰를 해결해주느라 살짝 피로가 쌓여있었다.

크루루시퍼의 의뢰만을 우선하느라 다른 여학생들의 의뢰를 거의 무시해버리자니 마음이 불편했기 때문이었으나—.

'역시, 좀 무리하는 걸까…….'

날품팔이 생활을 하는 만큼 날이 저물 무렵에는 잠자리에 들었고, 다음 날 해야 하는 일을 위해서라도 피로가 남지 않도록 신경 써왔다. 하지만 이 학원에서는 아무래도 평소에 신세를 지는 만큼 더 많은 일을 해주곤 했다.

그것을 눈치챘는지 어떤지는 몰라도, 크루루시퍼는 웬일로 "오늘은 볼일이 좀 있거든."이라며 룩스를 해방해주었다.

크루루시퍼와 『연인』으로 지내는 게 싫은 것은 아니었다. 하지만 역시 자기보다 훨씬 기품 있는 그녀와 함께 다니다 보면 자연스레 긴장되었다.

그래서 오랜만에 책상에 엎드려 축 늘어져 있자, 트라이어드의 일원인 티르파가 잠에 취한 룩스의 어깨를 쿡쿡 찔러댔다.

"어라— 오늘은 여친 님이 안 보이네? 루크찌, 외롭지~?"

아무런 근심 걱정을 모르는 꽃처럼 웃는 얼굴에, 룩스는 쓴웃음을 지으며 고개를 들어 올렸다.

"뭐 부탁할 거라도 있어?"

"오, 혹시 마음이 있는 거야? 나도 아직 제법 쓸만하구나—. 그럼, 쪼~금만 나랑 어울려주지 않을래?"

티르파는 옳다구나 룩스의 손을 잡더니 그대로 교실에서 나갔다.

크루루시퍼의 『연인』 건으로 머뭇거리던 다른 학생들은 『아뿔싸』 하는 표정을 보였지만, 이미 배는 떠난 뒤였다.

"자, 여기야~."

복도를 조금 걸어서 금세 어떤 방 앞에 도착했다.

"응? 여긴 응접실이잖아—?"

원래는 방문객을 위한 공간일 텐데, 지금 들어가도 되는 걸까?

룩스가 그렇게 생각하고 있자—.

"괜찮다구. 오늘은 사용 예정도 없고, 학원장님께 허가도 받았으니까. 그럼 준비할 테니까 잠깐 기다려~. 아, 엿보기 없기야—?"

그러더니 룩스를 데려온 장본인인 티르파는 그를 놔두고 훌쩍 어디론가 가버렸다.

"대체 무슨 일이람……?"

그건 그렇고 엿보지 말라니, 무슨 소리지?

룩스는 고개를 갸웃거리며 소파에 앉았지만, 피로한 탓에 얕은 잠에 빠지고 말았다.

"음, 으음……."

"많이 기다렸지~! 그럼, 실례하겠습니다—!"

퍼뜩 눈을 뜨고 고개를 들어 올리자 똑똑, 노크 소리와 티르파의 목소리가 들려왔다.

"아, 어서 와— 아, 아앗?!"

아직 잠이 덜 깬 룩스는, 방으로 들어온 소녀들의 모습을 보고서 자기도 모르게 눈을 의심했다.

"—들어가마, 룩스."

"루우. 침 흘리고 있어."

거기에는, 낯선 메이드복을 입은 리샤와 피르히가 서 있었다.

그 뒤를 따라 양손에 요리 접시를 든 티르파가 들어왔다.

"여차여차해서 매일 피곤해하는 룩스 군의 힐링을 위해, 우리가 힘을 합쳐서 봉사해줄게. 주인님은 느긋하게 쉬고 있으면 된다구."

윙크하는 티르파와 다른 두 사람을 보며 룩스는 입을 떡 벌렸다.

프릴 머리띠와 검은색을 바탕으로 한 수수한 메이드복이었지만, 의상을 약간 손봤는지 스커트가 짧게 잘려져 있었다.

피르히에 이르러서는, 커다란 가슴까지 강조돼서 상당히 매혹적인 모습이었다.

"저기— 이게 뭔가요?"

"아니~ 그게 말이야, 주인님. 리샤 님께서 루크찌가 좋아할 만한 게 뭐가 있을지 나한테 상담을 요청하셨거든. 여하간 공주님께서 또래 남자애가 뭘 좋아할지 도통 모르겠다고 하시니까—."

"이, 이봐. 그 이야긴 하지 않기로 약속했잖느냐?!"

티르파가 거침없이 털어놓자 리샤는 당황하며 얼굴을 빨갛게 물들였다.

"—그래~서 역시 루크찌는 왕자님이었으니까, 당시의 추억을 추측해본 끝에 우리가 메이드로 분장해서 봉사해주는 걸 가장 좋아하겠다는 결론에 도달한 거야."

"아니 하지만, 저는 메이드의 시중을 받아본 적이 그다지 없—."

"그럼 이 기회에 실~컷 맛보고 가면 되겠네. 다들 초보자이긴 해도."

역시 반의 분위기 메이커인 만큼 그녀는 거침없이 분위기를 주도해나갔다.

2013 Ayumu Kasuga

그리고 요리를 테이블 위에 세팅했다.

때마침 점심시간이기도 하니, 여기서 먹게 해주려는 모양이었다.

'학원 응접실에서 이런 짓을 해도 되는 걸까……'

아주 잠깐 그런 생각을 하지 않은 것도 아니었지만—.

"그— 괜히 폐를 끼치는 게 아닌지 모르겠구나. 난데없이 이런 짓을 벌여서……."

다소 부끄러운 듯 시선을 피하는 메이드 차림의 리샤를 보니 생각이 바뀌었다.

"아뇨, 정말 기뻐요. 감사합니다, 리샤 님."

"윽……?! 아, 아니 그게— 하, 하여간 오늘은 나를 네 메이드라고 생각하거라. 옛날처럼 어느 정도 외설적인 행동을 하더라도 용서해주마……."

"그런 짓 안 하거든요?! 제 어린 시절을 어떻게 생각하고 계신 겁니까?!"

"그, 그러냐. 그런 것도 메이드가 하는 일이라고, 티르파가……."

"……."

룩스가 어이없다는 눈초리로 바라보자, 티르파는 휘파람을 불며 딴청을 피웠다.

진심으로 곤란했지만, 룩스는 피곤한 자신을 위한 그녀들의 배려심이 솔직히 기뻤다.

"루우. 밥이 다 식겠어."

"흔한 기회는 아니니까, 메이드가 직접 먹여주기로 해요. 리샤 님."

"윽……?! 아, 아무리 그래도 그건, 아직 부끄럽달까—."

"……내가 할까?"

"아, 아니, 그냥 내가 하마. 괜찮겠느냐, 룩스?!"

처음에는 뒤로 빼던 리샤는 피르히에게 질 수 없다는 듯 그렇게 물어보았다.

그리고 접시 위의 샌드위치를 집어서 룩스의 입가에 가져갔다.

"그, 그럼, 잘 먹겠습니다."

다른 두 사람이 물끄러미 지켜보고 있어서 어쩐지 부담스러웠지만, 룩스는 리샤의 손에서 샌드위치를 받아먹었다.

신선한 채소의 식감, 햄과 달걀, 그리고 향신료 소스 맛이 났다.

손수 만든 듯한 샌드위치는, 텅 비어 허기진 룩스의 뱃속으로 꿀떡꿀떡 잘도 넘어갔다.

"저, 저기, 맛은 어떠냐? 일단 식당의 요리사에게 도움을 받긴 했다만—."

"맛있어요. 굉장히."

눈을 홉뜨며 물어보는 메이드 리샤에게 그렇게 대답하자—.

"하윽……?!"

리샤는 뺨을 새빨갛게 물들이며 그 자리에서 굳어버렸다.

"룩스가, 먹어주었다……. 어쩐지 가슴을 설레게 하는구나.

이런 행동은…….”

매혹적인 한숨을 흘리며 리샤는 떨리는 손동작으로 룩스의 입가에 샌드위치를 가져갔다. 큰 접시 위에 놓여있던 요리는 마파람에 게 눈 감추듯이 사라졌다.

“자, 여기 물도 좀 마셔. 이다음에는, 그래. 어깨라도 주물러 줄까?”

리샤가 도취된 표정으로 창밖을 바라보자, 티르파는 룩스에게 물을 건네주며 가볍게 마사지를 해주었다.

그리고 지금까지 얌전히 있던 피르히도 테이블 위에 큰 접시를 내려놓았다.

“나는, 후식 만들어왔어.”

“고, 고마— 엑?! 후식으로 이걸 먹으라고?! 무리가 좀 있지 않을까?!”

그것은, 원형 핫케이크— 아니, 그것은 이미 두꺼운 일곱 개의 층으로 나뉜 원기둥에 더 가까웠다.

“……루우, 차가워졌어. 옛날에는 기쁘게 먹어줬는데.”

룩스가 당황해서 딴죽을 걸자, 자존심에 상처를 입었는지 피르히는 팩 토라져서 룩스를 외면했다.

분명 핫케이크는 피르히가 어렸을 때 잘 만들던 요리긴 하지만—

“아, 아니야. 내가 이걸 얼마나 좋아하는데. 하지만 옛날에는 이렇게 많지 않았— 하, 하여간 오랜만에 먹으려니까 참 좋네.”

횡설수설하며 수습하자 피르히는 "정말?"이라고 물어보며 기분을 풀었다.

"그럼 같이 먹자. 두 명이라면 다 먹을 수 있을 거야."

부드럽게 웃는 피르히와 함께 룩스는 핫케이크의 탑을 먹기 시작했다.

룩스는 두 장째에서 포기했고, 결국 나머지는 피르히가 날름 먹어치웠다.

제법 재미있었고 눈보신도 됐지만, 룩스는 쓴웃음을 지으며 마지막으로 이렇게 생각했다.

'결국, 세 사람 다 메이드다운 일은 하나도 안했구나…….'

†

"오오, 이제야 왔느냐! 기다리고 있었다, 룩스."

그리고— 그날 방과 후.

룩스는 리샤의 의뢰를 받아 기룡사 공방에 얼굴을 내밀었다.

코를 찌르는 금속과 기름의 독특한 냄새.

그리고 수많은 기룡이 줄지어 서 있는 모습은 언제 봐도 장관이었다.

리샤는 교복 위에 하얀 가운을 걸치고 있어서, 보기만 해도 기술자로서 일하는 중이었음을 알 수 있었다.

"저기, 그래서 오늘 할 일은—"

"자, 자…… 일 이야기는 일단 나중에 하고, 지금은 편하게 있거라. 금방 차를 준비해올 테니까—."

"아, 그러면 제가 할게요."

평소 허드렛일을 해오던 버릇이 나와 룩스가 공방 안쪽에 있는 작은 부엌으로 가려고 하는데—

"No. 괜찮습니다. 그건 연하인 제가 할 테니까요."

"오빠는 그냥 거기에 앉아 계세요."

"어라……?"

그곳에는 낯익은 소녀 두 명, 여동생인 아이리와 그녀의 친구인— 녹트가 서 있었다.

"둘 다 여긴 어쩐 일로—?"

"기룡에 대한 용건이 좀 있어서 왔는데, 모처럼의 기회이니 동석할까 해서요. 방해가 됐나요? 오빠."

아이리는 어쩐지 숨은 뜻이 있는 듯한 웃음을 보이며 대답했다.

"아아 진짜. 룩스! 여기로 돌아와라!"

그 모습을 본 리샤가 소파 쪽에서 그를 불렀다.

"나 참, 혼자서도 충분히 설명할 수 있는데……."

어쩐지 불만이 가득한 리샤의 모습으로 짐작건대, 아이리와 녹트는 다소 억지를 부려서 이곳으로 몰려온 것 같았다.

약간의 시간이 흐른 뒤 홍차가 담긴 잔이 나오자 아이리와 녹트도 작업대 앞에 앉았다.

그리고 종이 여러 장을 그 자리에 펼쳤다.

"이건—."

"네. 오빠가 사용 중인 《바하무트》의 출력 분석 결과예요. 저번에 치렀던 전투를 녹트의 《드레이크》로 관찰했거든요."

"……"

룩스는 그 종이 뭉치를 천천히 훑어보았다.

신장을 사용할 때의 예상 출력을 시작으로 활동한계 예측 시간 등, 각종 기록이 상세하게 적혀있었다.

언젠가 《바하무트》를 사용하게 될 룩스를 위해 아이리가 시간을 들여 정리한 것이리라.

출력을 올리면 순간적으로 강한 힘을 발휘할 수는 있지만, 그만큼 소모가 심해진다.

장갑기룡과 무장별 출력은 사용자의 실력과 적성에 맞춰서 정밀하게 조정되는 것이다.

다만 범용 기룡과는 다르게 세계 곳곳에서 단 한 종류씩밖에 확인되지 않는 신장기룡은 조정을 위한 기준치가 없어서 지금 상황에서는 분석에 별다른 진전이 없었다.

특히 《바하무트》 같은 경우는 그리 자주 사용할 수 있는 것도 아니라서 분석에는 더욱 많은 시간이 걸렸다.

그러나—

"그 기록을 보면서 내가 직접 《바하무트》의 출력을 세부적으로 조정해놓았다. 역시 데이터가 없는 부분은 지금까지 선불리 손댈 수 없었을 테니까. 쓸데없이 낭비되는 것처럼 보이는 출력을 최대한 차단해두었으니, 그래도 전보다는 꽤— 편하게 싸울 수 있을 거다."

"고맙습니다. 리샤 님."

룩스가 미소를 보내자 리샤는 얼굴을 확 붉히며 시선을 피했다.

"아, 응……. 그렇게 말해주니 나도 노력한 보람이 있구나. 그, 그러면, 보답해주는 셈 치고, 안아준다든지—."

"저랑 녹트도 도와드렸다는 거, 잊지 마세요? 오빠."

"아, 둘 다 정말 고마워."

"Yes. 황송합니다."

"—어이?! 내 얘기는 아직 안 끝났단 말이다!"

뒤에서 소리치는 리샤를 무시하고 아이리는 이야기를 계속했다.

"그건 그렇고, 장시간 싸워주길 바란다는 뜻이 아니라는 건 알죠? 부탁이니까 무모한 행동은 하지 마세요. 그건— 알고 있을 거라고 믿어요."

"아, 응. 당연하지."

룩스가 미소 짓자 아이리 역시 미소를 돌려주었다.

"그런고로, 녹트. 오빠는 도통 믿음이 안 가니까, 당신만 믿을게요."

"Yes. 알겠습니다, 아이리."

"자자잠깐만?! 뭐야 그게? 날 못 믿겠다는 거야?!"

"그야 당연하죠. 항상 제 조언을 무시하고서 앞뒤 안 가리고 뛰어드는 주제에."

"……."

구구절절 맞는 말이라 양심이 찔렸다.

"뭐어, 내일 하게 될『환신수 토벌』과『유적 조사』에서는 아무리 그래도 《바하무트》가 나설 차례가 올 리는 없을 거라고 보지만."

갑자기 리샤가 팔짱을 끼며 중얼거렸다.

"맞다, 그러고 보니—."

렐리에게 들었던『기사단』이 주도하는 유적 조사.

내일이 바로 그날이었다.

목표는 유적 주위에 출몰한 대형 환신수, 골렘의 토벌.

그리고 제6 유적,『모형 정원』의 조사였다.

보통은『기사단』에서 절반 정도 추려낸 부대로 그 임무를 수행하기 마련이지만, 이번에는 렐리의 추천으로 특별히 룩스도 동행할 예정이었다.

물론 다른『기사단』멤버에게 《바하무트》의 존재를 알릴 수는 없는 만큼, 너무 무모한 행동은 하고 싶지 않았지만—.

"걱정할 것 없다. 어쨌거나 이번 조사의 부대장은 나니까."

리샤는 잔에 담긴 홍차를 쭉 들이켜고 나서 가슴을 활짝 폈다.

"겸사겸사 가장 최근에 수정한『모형 정원』의 지도도 준비해놨으니까, 오늘 밤사이에 외워두셔야 해요?"

"아, 응. 고마워."

아이리의 배려에 룩스는 고개를 끄덕이며 감사를 표했다.

유적은 현재 세계에 총 일곱 개가 존재하는 것으로 확인된 고대기술을 간직하고 있는 미궁이다.

장갑기룡이나 환신수, 그리고 아직 해명되지 않은 기술.

지난 십여 년 동안 이 세계에 다양한 것들을 가져와 급격한 진화와 발전을 촉진한 존재.

신왕국 영내와 부근에 존재하는 세 개의 유적. 그중 제6유적인 『모형 정원』은 현재 조사가 가장 많이 진행된 장소였지만, 그럼에도 여전히— 그 전모는 해명되지 않았다.

하지만 구제국 시절부터 이어져 온 과제인 만큼 그만둘 수는 없었다.

"아닌 게 아니라 크루루시퍼도 이번 조사까지는 동행하지 않을 테니까, 사양하지 말고 얼마든지 내게 의지해도 된다. 룩스."

"그런가요?"

리샤는 생글생글 웃으며 룩스의 어깨를 두드렸다.

"그래. 그 녀석에게는 예의 『조건』이라는 게 있으니까."

크루루시퍼는 유미르 교국의 유학생이다.

그래서 그녀에게는 이 아티스마타 신왕국에서 전투를 치르기 위한 독자적인 기준이 정해져 있었다.

위험한 환신수 토벌 임무에는 기본적으로 참전하지 않을 것이다.

'혼자서 괜찮을까. 크루루시퍼 씨……'

하지만 룩스는 그녀를 남겨두고 가기가 불안했다.

유적 조사 임무에 참여하지 않는다면, 그 이상 안전한 상황이 없을 텐데—.

"좋아, 이제 더 할 이야기는 없겠지. 그럼 동생과 그 친구는 이만 돌아가는 게 어떻겠느냐? 나와 룩스는 개인적으로 더 할 이야기가 있거든."

"이야기요?"

"아, 어어…… 그러니까 말이다."

리샤가 이야기를 꺼내려는 순간.

똑똑.

가벼운 노크 소리가 들렸다.

"좋은 밤임다~!"

대답하기도 전에 문을 열고 들어온 사람은 트라이어드의 티르파였다.

"다들 뭐 하고 있었어? 재미있어 보이는데 나도 끼워주라~."

"여전히 분위기 파악할 줄 모르는 녀석이로다……."

리샤는 기운 넘치는 티르파를 도끼눈으로 바라보며 한숨지 었다.

"무슨 일로 오셨습니까? 티르파."

그 모습을 차마 더 볼 수 없었는지, 같은 트라이어드인 녹 트가 어처구니없다는 투로 물어보았다.

"응 그게, 루크찌한테 전해줄 소식이 있어서 왔지. 렐리 학 원장님이 오늘 밤, 앞으로 5분쯤 뒤에는— 목욕탕에 들어갈 수 있을 거래."

"아, 그래?"

그녀의 대답에 룩스는 유적 이야기마저 잊고 일어섰다.

룩스가 여자 기숙사에서 입욕하는 것은 기본적으로 금지돼 있지만, 일주일에 한 번 정도 비율로 할 수 있는 타이밍이 있었다.

여학생들의 입욕이 적당히 끝나고 다른 사용자가 없을 경우, 사감 등의 관리자가 룩스에게 연락해서 그 혼자만 들어갈 수 있도록 허가를 내려주었다.

평소에는 냉수나 온수에 적신 수건으로 몸을 닦는 정도로 해결하는 룩스에게 입욕이란 아주 귀중한 기회였다.

"그럼, 저는 이만 가봐도 될까요—?"

"끄응…… 어쩔 수 없구나. 오늘은 이만 해산이다. 이 이야기는 다음 기회에 하지."

리샤의 허가가 떨어지자 룩스는 기룡 공방을 나섰다.

그리고 곧장 여자 기숙사의 대욕탕으로 이동했다.

†

"후우, 목욕탕도 참 오랜만이구나—."

탈의실과 욕탕 문을 신중하게 노크해서 안에 아무도 없다는 것을 확인한 다음, 문밖에 『청소 중』이라는 표지판을 걸고 옷을 벗었다.

학원장에게는 확실하게 허가를 받았지만, 역시 여자 기숙사의 욕탕이라는 공간 자체에 무심코 긴장하고 만다.

대리석 기둥, 그리고 램프가 은은하게 빛나는 넓은 욕탕.

샤워장에서 뜨거운 물을 끼얹은 뒤 느긋하게 몸을 씻어내고, 마지막으로 욕조에 몸을 담근다.

궁정에서 생활하던 어린 시절에는 그런대로 자주 즐긴 편이었다. 하지만 날품팔이 생활을 시작하게 된 뒤로 제대로 된 목욕은 거의 할 수 없었던 만큼, 이 또한 일종의 부수입이라고 룩스는 생각했다.

전신에서 힘을 빼고 목욕물의 부력에 몸을 맡겼다.

매일같이 반복되는 허드렛일이나 훈련 탓에 지친 근육이 풀리는 듯한 감각이 기분 좋았다.

"하아아······."

어쩌다 한 번씩밖에 맛볼 수 없는 더없이 행복한 시간.

그러나 룩스의 머릿속에는 찝찝한 느낌이 남아 있었다.

크루루시퍼의 약혼을 건 결투에 대한 것이었다.

결투— 싸워야 한다는 것 자체에는 아무런 의문이 없었다.

하지만 여집사인 알테리제는 넘기더라도, 발제리드는 위험한 상대였다.

그리고 그 결투에 참전하게 된 크루루시퍼도 걱정됐다.

'모르겠어. 집안과도 그다지 원만한 관계는 아닌 것 같았으니—'

물론 크루루시퍼가 하는 일이니 잘 해결될 것이다. 하지만 왠지 모르게 그녀가 에인폴크가의 가족에게는 마음을 허락하지 않는 것 같다는 기분이 들었다.

그렇게 생각하고 마는 건, 과거에 황족 사이에서 애물단지 취급받던 룩스 자신의 모습을 그녀에게 겹쳐서 보고 있기 때문일지도 모른다.

"⋯⋯."

룩스는 욕조에 잠긴 채 가만히 눈을 감았다.

내일, 룩스는 처음으로 『기사단』의 유적 조사 임무에 동행한다.

"무사히, 돌아올 수 있으면 좋겠는데⋯⋯."

그렇게 혼잣말을 하는데―

첨벙. 바로 옆에서 물결치는 소리가 들렸다.

"어―?"

반사적으로 눈을 뜨고, 하얀 수증기에 가려진 옆을 보았더니―

"⋯⋯얼레?"

낯익은 분홍색 머리의 소녀가 멍한 눈으로 룩스를 보며 고개를 갸우뚱 기울였다.

"―어, 어어어어어어어억?!"

룩스는 요란하게 물보라를 일으키며 욕조 안에서 필사적으로 뒤로 물러났다.

등이 벽에 닿을 즈음에야 그는 상황을 받아들일 수 있었다.

"예의에 어긋나는 행동이잖아. 루우."

머리카락을 내린 피르히가 진지한 얼굴로 핀잔주었다.

"아, 미, 미안― 이 아니잖아?! 왜 피르⋯⋯ 피이가 여기 있는 건데?! 그, 밖에 청소 중이라는 표지판 없었어?!"

"오늘은 밖에서 훈련하느라 늦어졌거든. 목욕탕은 아직 들어가도 된다고, 언니가—."

"……."

멍한 그녀의 한마디를 통해 룩스는 모든 것을 이해했다.

이 상황은 장난을 좋아하는 피르히의 언니, 렐리 학원장이 꾸민 일이 분명했다.

"나 참, 무슨 생각을 하는 거야?! 그 사람은……!"

아무리 소꿉친구라고 하지만 한창때의 아가씨를 남자와 같이 재우고, 같은 목욕탕에 들여보내다니.

피르히 본인은 신경 쓰지 않는 것 같았지만, 그렇다고 문제가 없는 것은 아니다.

"미, 미안해. 그, 그럼 나는 이만 나갈 테니까—."

판단을 마친 룩스가 욕조에서 나가려고 하자—.

"—왜?"

피르히가 진지한 표정으로 되물었다.

"아니, 생각해봐?! 피이도 싫잖아?! 남자랑 같이 목욕하는 건—."

"나, 좋아하지도 않는 남자애랑은 목욕탕에 들어가지도 않아."

룩스가 당황해서 말하자, 피르히는 고개를 기울이며 진지한 표정으로 대답했다.

반사적으로 룩스의 얼굴이 뜨거워졌다.

"아, 아니, 그런 문제가 아니라—."

룩스는 손으로 자기 눈을 가리며 설명하려 했다.

"루우랑 같이 목욕하는 거, 오랜만이네. 어쩐지 반가운 걸……."

그러자 피르히는 진지한 목소리로 대답하며 미소 지었다.

"……."

그 말투가, 평소에는 과묵한 그녀치고는 정말로 기뻐 보여서, 룩스는 욕조에서 나가기가 망설여졌다.

'아, 아니, 하지만—. 윤리적으로 바람직하지 않다는 사실은 그대로잖아!'

전신이 펄펄 끓는 듯한 부끄러움과 싸우는 사이. 약간 떨어져 있는 피르히의 자태를, 룩스는 언뜻 보고 말았다.

아름다웠다.

커다란 호박색 눈동자와 홍조를 머금은 뺨.

볼륨 있는 분홍색 머리카락은 물에 젖어서 피부에 살짝 달라붙어 있었다.

그리고 생기있는 하얀 피부와, 욕조에 떠 있는 커다란 가슴이—.

'윽, 이 이상은 위험해……!'

자기도 모르게 무너져 내리려 하는 이성을, 룩스는 시선을 돌려 가까스로 유지했다.

심호흡을 몇 번 반복해서 침착함을 되찾은 뒤, 곁눈질로 힐끗 피르히를 보았더니—.

© 2013 Ayumu Kasuga

"……쿠울—."

"잠들었어?! 야, 이런 곳에서 자면 어떡해, 피르—."

아무 생각 없이 다가가 욕조에 잠긴 피르히의 어깨를 가볍게 흔들었다.

생생한 체온과 매끈매끈한 피부.

앞뒤로 흔들리는 피르히. 그런 그녀를 따라 흔들리는, 예사롭지 않은 풍만함.

'아, 안돼, 가슴이 보이겠어……! 앞에서는, 위험해!'

목욕물 위로 반쯤 떠 있는 커다란 가슴에 룩스의 시선이 빨려 들어갔고, 급속도로 목이 말라붙었다.

이성을 제어하기 위해 욕조에서 일어나 피르히 뒤에 서서 어깨에 손을 대고 가볍게 흔드는데—.

"어라—?"

한순간 기묘한 위화감이 룩스의 머리를 식혔다.

룩스 본인도 당장은 그 정체를 깨닫지 못해, 몇 초간 경직했다.

"우웅…… 왜 그래? 루우."

"아, 아냐……. 그, 그보다 목욕탕에서 자면 안돼. 피이."

"……응. 고마워."

눈을 뜬 피르히가 고마움을 표하며 뒤로 돌아섰다.

혹시나 투명한 목욕물 너머로 알몸을 보게 될까 싶어서 룩스는 시선을 피했고, 그제야 위화감의 정체를 깨달았다.

"이, 있잖아. 피이."

"……왜?"

"피이의 등에, 흉터가 있지 않았나? 이렇게, 오른쪽 어깨에서 대각선으로 작게—."

"……있었을지도. 잘 기억나진 않지만."

피르히는 완만한 동작으로 한쪽 손을 뒤로 돌려 손가락으로 등을 더듬었다.

그렇다. 분명히 있었을 것이다.

룩스와 처음 만났을 때보다 더 어렸을 적, 넘어져서 생긴 거라는 이야기를 들었던 것 같다.

그렇게 깊은 흉터는 아니었지만, 보면 알 수 있을 정도의 오래된 상처.

하지만 룩스가 조금 전에 보았을 때, 흉터는 말끔히 사라져 있었다.

어렸을 때 이미 남아버린 흉터가, 이 나이가 돼서 나을 수 있는 걸까?

"루우. 내일, 조심해야 해."

"어, 어어……?"

피르히의 목소리에 룩스는 정신을 차렸다.

"유적에, 가는 거지? 나는 이번에도 명령 때문에, 함께 갈 수 없어. 아쉽지만, 언니가 그렇게 말했거든."

여느 때처럼 느릿한 말투 속에, 아련한 쓸쓸함이 섞여 있는 듯한 기분이 들었다.

아무래도 이번에도 『기사단』의 일원으로서 함께 출격할 수는 없는 것 같았다.

성채 도시를 보호하기 위한 전력이 필요하다는 것은 알고 있었다. 그렇다고 의문점이 아예 없는 것은 아니었지만―.

"으, 응. 걱정하지 마. 이번에도 무사히 돌아올게."

그렇게 약속하고, 룩스는 먼저 피르히를 내보낸 다음 욕탕을 뒤로했다.

―십여 분 뒤.

피르히가 옷 입는 모습을 보지 않도록 뜸을 들이느라, 생각보다 탕 속에서 오래 있었던 모양이다.

머리에 열이 오른 룩스가 방으로 돌아갈 수 있게 될 때까지는 잠시 시간이 걸렸다.

†

그리고― 다음 날 아침.

룩스와 『기사단』 멤버들은 임무를 위해 연습장 대기실로 모였다.

목표는 유적 주위를 배회하는 대형 환신수― 골렘의 토벌과 제6 유적 『모형 정원』의 내부 조사.

룩스 일행은 오늘 수업이 면제됐고, 내일 저녁이 되기 전에는 귀환할 계획이었다.

출격 멤버는 열네 명 정도.

대형 환신수― 골렘을 무찌른 다음, 그중에 여력이 있는 정예 몇 명이 유적으로 들어가는 것이 세부적인 계획이다.

—아니, 계획이었다.

"그럼, 금일 결행할 예정인 작전에 대하여 몇 가지 변경된 사항을 알려주겠다."

교관 라이글리가 약간 언짢은 표정으로 말문을 열었다.

그 모습은 이번 작전을 감독하는 사람으로서 예정에 없던 성가신 일이 일어났음을 대번에 알려주었다.

"먼저— 예외적으로 이번 작전에는 유학생인 크루루시퍼도 참가하게 됐다. 본인이 강력하게 요청했기 때문이니, 그녀를 특별하다고 생각하지 말고 동등한 멤버로서 임무를 수행해다 오."

"엑……?"

"어째서 크루루시퍼 양이—?"

『기사단』 멤버들 사이에서 놀라움의 목소리가 흘러나왔다.

룩스도 같은 기분이었다.

유미르 교국의 명령에 따라 위험한 임무에는 참여하지 않는 다고 했을 텐데—

"다들 잘 부탁해."

당사자인 크루루시퍼는 동행하는 이유를 설명하지 않고 간단하게 인사를 마쳤다.

전혀 예상하지 못한 유적 조사 지원.

그것만으로도 충분히 놀랄만한 사건이었지만—

"그리고 이 분은—."

"아아, 소개는 내가 직접 하지. 교관님을 번거롭게 할 수는 없으니까."

오만한 말투와 연극하는 것처럼 과장된 몸짓.

그리고 타인을 찍어누르는 그 눈초리가, 룩스는 낯익었다.

"어찌 된 영문이냐? 어째서, 이 녀석이—."

미처 당황을 숨기지 못한 리샤의 혼잣말이 옆에 있던 룩스의 귀에도 들렸다.

"나의 이름은 발제리드 크로이처. 베르헤이크 지방의 영주 보좌다. 2년 전에 기룡사 사관학교를 수석으로 졸업한 몸이지. 이번 환신수 토벌 및 유적 조사 임무에 도움을 줄 수 있기를 희망하여 협력을 자청했다."

"……."

동요(動搖).

온갖 이변과 고초에는 익숙할 터인 『기사단』 사이에서 감출 수 없는 동요가 달렸다.

그럴 만 한 상황이었다.

영지를 통치하는 자리에 있는 귀족— 심지어 군 경력자가 예고도 없이 『기사단』의 임무에 참가하다니, 아무리 생각해 봐도 보통 일은 아니었다.

"교관. 이게 도대체 어찌 된 일인가?"

그야말로 그 자리에 있는 전원의 목소리를 대변하는 것처럼, 리샤가 한 걸음 앞으로 나섰다.

"그건—."

라이글리는 그 질문에 대답하지 못했다.

"아무리 사대귀족의 일원이며 군과 관계있는 사람이라고 하지만— 이 왕립 사관 학원에서는 외부인에 지나지 않는다. 그런 자가 느닷없이 이런 중대한 작전에 참가한다니, 용납할 수 없다. 그런 말씀을 하고 싶으신 것이겠지요? 왕녀 전하."

"크음……."

속내를 꿰뚫어 보는 듯한 웃음을 내걸고 술술 말하는 발제리드를 보며 리샤는 이맛살을 찌푸렸다.

"뭐, 임무 내용에 참견할 생각도, 방해할 생각도 없습니다. 조력— 어디까지나 순수하게 힘을 보태주려는 것이지요. 오히려 기뻐해야 하는 것 아닙니까? 작년 왕도 토너먼트에서 3위의 자리를 차지한 제가, 연약한 소녀들의 방패가 되겠다고 자청하고 있으니—."

언뜻 듣기에는 자신이 신사임을 자부하는 듯한 해명이었다.

그러나 이 자리에 있는 여학생들을 얕보고 업신여기는 본심이 너무나도 노골적으로 느껴졌다.

'무슨 속셈일까……?'

룩스도 아직 발제리드의 진의를 읽어낼 수 없었다.

그런 만큼 꺼림칙했다.

"그런 걸 보고 오지랖이 넓다고 하는 거다, 크로이처 경. 함께 연계 훈련을 해보지도 않은 자가 작전에 끼어들면 우리의 행동에도 지장이 생길 수밖에 없지. 그리고 무엇보다도 귀공 같은 『대귀족』이 다치기라도 한다면, 학원 측은 그 책임을 감당하기 어렵다."

끝까지 의지를 굽히지 않는 발제리드를 향해, 그럼에도 리샤는 거절의 뜻을 밝혔다.

상대는 구제국 시절부터 광대한 영지를 다스리던 『사대귀족』의 일원.

이 자리에 있는 인물 중에는 신왕국 공주인 리샤 정도만이 대등한 입장 그 이상에 서서 이야기할 수 있었다.

하지만.

"걱정하실 것 없습니다, 리즈샤르테 공주님. 바로 조금 전에 학원장실에 들러서 서약서를 작성하고 왔으니. 제게 무슨일이 일어나더라도, 당신과 그 일행에게 책임을 묻는 일은 없을 겁니다."

발제리드는 여유로운 모습으로 그렇게 대답했다.

리샤가 힐끗 옆으로 눈길을 주자, 라이글리 교관은 포기한 것처럼 작게 고개를 끄덕였다.

아마도 이런 이야기는 진작에 끝났을 것이다.

"그렇군요, 사정은 알겠습니다. 하오나, 어찌하여 그렇게까지 하시는지—?"

별안간 트라이어드의 일원인 샤리스가 질문했다.

"이유라면 있다. 미래의 내 아내가 될 소녀가 이곳에 있거든. 이런 위험한 임무에서 만약의 경우가 발생한다면— 무슨이야기인지 알겠지?"

발제리드는 미소와 함께 허풍을 떨었다.

그 이야기에 『기사단』 멤버들 사이에 작은 파문이 퍼져나 갔다.

"……."

사람들의 시선이 자신을 향하자, 크루루시퍼는 마치 관심 없다는 것처럼 외면해버렸다.

신물이 난 것일까, 아니면 반응을 보이고 싶지 않은 것일까.

룩스는 어쩌면 둘 다일지도 모르겠다고 생각했다.

"—그럼 크로이처 경, 이번 환신수 토벌에서는 원호만 담당 해주십시오. 유적 조사에 그가 참여하는 일은 없을 것이다. 다들 알겠나?"

라이글리 교관이 그렇게 못을 박자, 그 이상의 반론은 나오 지 않았다.

작전회의가 끝난 뒤, 룩스 일행은 장의로 갈아입고 연습장 으로 나섰다.

이제는 각자 기룡을 장착하고 목표지점을 향해 이동을 시 작하기만 하면 되는 상황이었다.

"저기, 크루루시퍼 씨. 어째서 이 임무에……?"

출발하기 전, 룩스는 크루루시퍼에게 다가가 질문했다.

본디 위험한 임무에 참가하는 것은 유미르 교국의 명령으 로 금지돼 있을 터이다.

룩스가 그 이유를 물어보려 하자—.

"자세한 이야기는 나중에 해줄게. 그저 지금은 내 목적을 이룰 수 있는 흔치 않은 기회라는 것만 알아둬."

크루루시퍼는 주변의 시선을 신경 쓰며, 작은 목소리로 룩스에게 대답했다.

유적 조사가 목적이라니, 무엇을 의미하는 걸까.

어색함이 느껴지는 발제리드의 행동과 뭔가 관계가 있는 걸까?

룩스는 그렇게 의심해보았지만—.

"그리고 저 사람은 딱히 관계 없어. 학원장님께 이 조사에 참가하고 싶다고 말씀드렸더니, 어디서 그 이야기를 들었는지 멋대로 따라왔을 뿐이니까."

"반응이 참 무정한걸, 미래의 내 아내여."

우연히 이야기를 들었는지, 룩스의 등 뒤에서 발제리드가 나타났다.

그리고 만들어 붙인 듯한 웃음으로 크루루시퍼를 바라보았다.

"그 아내 운운 하는 것도 그만해주겠어? 당신과 나는 그저 남남에 지나지 않는다고 얘기했을 텐데."

크루루시퍼는 쌀쌀맞게 대답했다.

"이거 실례. 하지만 뭐, 내일 밤에 하게 될 결투의 결과 따위는 이미 결정된 거나 다름없다고 생각해서 말이지."

약혼을 성사시키는 것이 목적인 여집사 알테리제가 봤다면 핏대를 세우며 화낼 법한 태도였으나, 발제리드는 여유로운 표정으로 대꾸했다.

약혼 성립, 혹은 파기를 정하는 결투.

크루루시퍼를 건 그 싸움에서, 그는 이미 승리를 확신하고 있는 것이리라.

"그나저나— 예상외로군."

그리고 바로 곁에 있는 룩스 쪽으로 고개를 돌리며 발제리드는 경박하게 웃었다.

"기껏해야 자기 몸뚱이를 보호하는 게 전부인 남자가 이런 임무에 참가할 줄이야. 이거 참 이보다 더 우스꽝스러운 일이 있을까."

노골적인 도발과 경멸이 섞인 말투.

룩스는 그 명확한 적개심에도 아무 반응을 보이지 않았지만—.

"쓸데없는 잡담은 그만둬주겠나. 크로이처 경."

별안간 뒤쪽에서 리샤가 불쾌한 모습으로 말을 걸었다.

"이 김에 얘기해두마. 룩스는 이번에 우리와 유적에 들어가는 중요한 임무를 맡게 됐다. 그 이상 가치 없는 이야기를 꺼내서 사기를 떨어뜨릴 생각이라면, 지금 즉시 떠나줬으면 좋겠군. 설령 네게 무언가 다른 목적이 있다 해도 말이지."

"이거 실례했습니다. 부대장 각하."

발제리드는 정중하게 대답하며 얌전히 그 자리에서 물러났다.

"덕분에 살았네요, 리샤 님."

"아, 아니 뭐……. 음, 시, 신경 쓸 것 없다."

약간 쑥스러운 듯 머리를 긁적이는 리샤를 보며, 룩스는 쓴
웃음을 지었다.

"곧 출발 시각이야, 부대장 님."

"쳇, 딱 좋을 때 끼어들긴⋯⋯. 그럼 각자 장갑기룡을 소환
해라. 출격한다!"

크루루시퍼의 독촉을 받아 리샤는 지휘를 시작했다.

드디어 작전이 개시됐다.

†

기룡을 장착하고 출발한 지 십여 분 후.

성채 도시에서 20kl가량 떨어진 신왕국령 유적에 모든 멤
버가 도착했다.

황무지에서 자라난 새하얗고 거대한 정육면체.

제6 유적—『모형 정원』이라고 불리는 그 건물은 무기질적
인 위용을 뿜내고 있었다.

『목표 확인 완료. 전원 전투태세로!』

이번에도 부대장을 맡은 리샤가 용성을 통해서 경계를 늦
추지 않도록 촉구했다.

룩스도 블레이드를 쥐며 그 유적을 내려다보았다.

"이게, 『모형 정원』⋯⋯."

십여 년 전에 나타난 유적은 신왕국 영내에 세 개가 존재
했다.

외해(外海)에 떠 있는 배 모양의 『방주』.

변경의 대지에서 솟아 나와, 구름을 뚫고 우뚝 선 『탑』.

그리고 성채 도시 인근에 있는 이 『모형 정원』.

여섯 면이 네모난 벽으로 뒤덮인 그 내부에는 숲이나 호수, 동굴 등이 존재해서, 마치 하나의 작은 세계를 포함한 구조로 되어 있는 것 같았다.

그리고 그 중심에 존재한다고 하는 제단에, 기룡과 과거의 기술이 잠들어 있는 것 같았지만—.

"신기한가 보군. 전 제국 왕자인 너도 이걸 보는 건 처음인 가?"

《와이번》을 장착한 룩스 옆에서 날고 있던 샤리스가 말을 붙였다.

그녀는 『기사단』 멤버 중에서도 3학년인 만큼, 아무래도 조사해본 경험이 있는 것 같았다.

"잡일 의뢰로 주변 경비를 해본 적은 있지만— 이렇게 가까이에서 보는 건 처음이네요."

"그렇군. 이곳에 있는 인원은 함께 온 3학년을 제외하면 아무도 조사 경험이 없어. 사전 작전회의에서 들었겠지만, 무슨 일이 있으면 사양 말고 불러다오."

"알겠습니다."

"어이. 다들 조심해라! 전방에 환신수를 확인했다!"

룩스가 대답하며 고개를 끄덕이자 그 직후, 리샤가 모두에게 경계할 것을 촉구했다.

성의 몇 배는 됨직한 『모형 정원』의 그림자에서 거대한 덩어리가 출몰했다.

"저건—!"

룩스를 포함한 부대원의 눈에 들어온 것은, 반신이 바위 비늘로 뒤덮인 금속 거병.

통칭 골렘이라고 불리는 환신수의 일종이었다.

거대한 몸집과 괴력을 자랑하는 대형 환신수.

걸음걸이가 둔중하고 공격이 단조롭다는 약점이 있지만, 단단한 금속으로 구성된 견고한 신체를 지녔다. 그 중량에서 터져 나오는 일격은 방어할 수 없었으며, 치명상을 피할 수 없는 위력을 뽑냈다.

어느 정도 실력이 되는 기룡사라면 도주하기는 쉬워도, 토벌하기란 지극히 어려운 강적이었다.

그나마 유일한 위안이라면, 환신수 치고는 활발한 부류는 아니라 부주의하게 접근하지만 않는다면 습격당할 위험도 적다는 점이지만, 한 번 출몰한 이상 그대로 내버려둘 수는 없었다.

"제법 상대할 맛이 있을 것 같지 않느냐, 룩스."

리샤가 목표를 바라보고, 그럼에도 여유를 부리며 중얼거렸다.

『기사단』 소대와 골렘과의 거리는 눈으로 어림잡아 약 500 메르.

핵이 흉부에 있다는 사실은 과거의 전투를 통해 판명됐지만, 어중간한 원거리 사격으로는 외각을 관통할 수 없을 것이다.

"어어 그러니까, 사전 작전에서는, 분명—."

일반적인 원거리 사격으로는 흠집조차 낼 수 없다.

우선 기동성이 뛰어난 《와이번》으로 적을 교란, 지상에서는 《와이엄》을 다수 동원하여 최대 충전한 기룡식포로 흉부에 공격을 실시하여 핵이 노출될 때까지 지속적으로 깎아낸다.

전날에 구상했던 작전은 그런 것이었을 텐데—.

"시간이 너무 많이 걸릴 것 같네."

"네?"

그 혼잣말에 룩스가 반응하자, 크루루시퍼는 리샤 쪽으로 얼굴을 돌렸다.

"미끼 역할이랑 공격은 나한테 맡겨줄 수 있을까? 그쪽이 빠를 거야."

"기, 기다려 봐라! 혼자서 할 생각이냐?!"

리샤는 자청하는 크루루시퍼를 당황해서 뜯어말리려 했지만, 그녀는 조금도 동요하지 않았다.

"《파프니르》라면 가능해. 문제가 없다면 내가 나서도록 하겠어."

"그건, 확실히 그렇다만—."

"그럼— 행동을 개시할게."

리샤의 반론이 막힌 순간, 크루루시퍼가 움직였다.

"—윽!"

직후, 말을 꺼내려던 룩스만이 아니라 『기사단』의 모든 멤버가 숨을 죽였다.

그 자리에 있는 모든이를 내버려 두고, 《파프니르》가 순식간에 가속했다.

'빠르다……!'

초인적인 동체 시력과 통찰력을 지닌 룩스조차 모습을 놓칠 정도의 속도.

그 범상치 않은 기동성을 활용하여 《파프니르》는 순식간에 골렘 코앞까지 육박했다.

오오오오…….

《파프니르》의 접근에 반응한 골렘이 머리에서 기괴한 소리를 내며 튼튼한 팔뚝에 힘을 잔뜩 불어넣었다.

거대한 바위처럼 두꺼운 주먹을 당긴 뒤, 포물선을 그리는 일격을 휘둘렀다.

"위험해!"

너무 가까이 접근한 탓에 《파프니르》의 등 뒤에서 주먹이 달려들었다.

사각지대에서 날아오는 일격을 보며, 여학생 멤버 중 하나가 반사적으로 소리 질렀다.

—그러나.

"아……?"

주먹이 명중한 것처럼 보인 찰나, 《파프니르》는 뒤도 보지 않고 그것을 회피했다.

기척을 감지해서 순간적으로 움직였다고 생각하기에는 군더더기가 거의 없는 최소한의 동작.

갑작스럽게 일어난 돌풍을 쿨하게 받아넘기며 라이플을 조준, 광탄을 발사했다.

시원하게 드러난 골렘의 옆구리에 몇 발이 착탄 하며 창백한 빛이 튀었다.

그……! 오오오오오오!

환신수가 신음을 터뜨리며 반대쪽 팔로 공격을 시도했지만, 크루루시퍼는 움직이지 않았다.

"크루루시퍼 씨! 피해요!"

이번에는 룩스가 소리쳤지만, 크루루시퍼는 공중에 부유한 채 미동도 하지 않았다.

하지만 기묘한 일은 다시 일어났다.

힘이 다한 것인지 아니면 직전에 당한 사격 탓에 자세가 무너진 것인지, 골렘의 주먹은 크루루시퍼에게 닿기 직전에 그대로 멈춰버렸다.

"……어?"

그 틈을 노려 크루루시퍼는 다시 방아쇠를 당겼다.

얼마 전 임시교관들과 치른 모의전에서도 보여준, 신기라 해도 손색없을 정밀사격.

그러나 몇 발의 공격을 명중시켜도, 골렘은 꿈쩍도 하지 않았다.

"저도 갈게요! 역시 라이플만으론 역부족이라고요. 힘을 합치지 않으면—."

이유는 모르겠지만, 크루루시퍼는 서두르고 있다.

직감적으로 그렇게 느낀 룩스가 원호에 나서려고 하자—.

『그럴 필요는 없어.』

크루루시퍼의 목소리가 용성을 통해 부대 전원에게 들려왔다.

『이제 곧, 쓰러뜨릴 수 있을 것 같으니까.』

"에엑—?"

다른 멤버들은 멍하니 입을 벌리는 동시에 그녀의 대답을 이해했다.

그, ……오오오오오오오오오오!

골렘의 양팔의 움직임은, 거의 멈춰 있었다.

"아무래도 그런 것 같구나."

《키메라틱 와이번》을 장착하고 있던 리샤가 그 광경을 보며 한숨을 내쉬었다.

얼어붙어 있었다.

두꺼운 바위 피부로 뒤덮인 기계 거병.

그 양쪽 옆구리, 팔꿈치, 손목 관절 부분이 얼어붙어서 움직임이 봉쇄당한 상태였다.

"저것이 《파프니르》의 특수 무장— 《동식투사(凍息投射)》^{프리징 캐논}다. 기본적으론 고성능 라이플과 똑같지만, 저 무장에는 착탄 부위를 동결시키는 능력이 있지. 방어하면 그 부위를 같이 얼려버리는 성가신 물건이다. 저 녀석과 모의전을 할 때는 공격을 피할 수밖에 없어."

"……굉장하네요."

리샤의 설명을 듣는 룩스의 입에서 감탄이 흘러나왔다.

말이야 쉽지만 저 《파프니르》의 정밀사격을 모조리 피하는 건, 그야말로 불가능하다고 할만한 레벨이리라.

"그리고 《파프니르》의 신장은 《재화(財禍)의 예지(叡智)》라는 이름의, 미래를 예지하는 능력인 듯 하더구나. 조금 전부터 적의 공격을 피하면서 일방적으로 공격할 수 있는 건 그 덕분이겠지."

"저게, 《파프니르》의 신장—."

상대방의 공격을 예지하고, 그 틈을 찌르는 공방 일체의 신장.

게다가 크루루시퍼는 골렘의 관절 부위만을 정확하게 얼렸다.

저래서야— 적은 대응할 방법이 없을 것이다.

마지막으로 흉부가 얼어붙자 골렘은 발버둥 치는 것처럼 날뛰었지만, 자체 중량과 힘을 이기지 못하고 관절이 스스로 파괴되기 시작했다.

『크루루시퍼, 뒷일은 우리에게 맡겨라. 원거리 사격으로 마무리 지으마.』

리샤가 용성으로 크루루시퍼에게 말을 건 순간.

구오…… 아아아아아앗!

입도 눈도 없는 골렘이 먹먹한 포효를 터뜨렸다.

동시에 그 거대한 머리가, 싹트는 떡잎처럼 활짝 열렸다.

"……윽?!"

크루루시퍼가 경계한 순간, 열린 머리에 있던 거대한 보옥에서 한 줄기 섬광이 발사됐다.

신장인 예지 능력은, 의식적으로 발동하지 않으면 의미가 없었다.

"크루루시퍼! 장벽을 전개해라!"

리샤의 말이 채 끝나기도 전에 《파프니르》에 빛의 선이 닿으며 폭발이 일어났다.

쿠쾅—!

굉음이 터져 나오며 떨어져 있던 룩스 일행에게까지 후폭풍과 충격이 도달했다.

"크루루시퍼 씨!"

룩스는 자기도 모르게 소리 지르며 《와이번》으로 구출에 나서려 했다.

하지만.

"필요 없다고 하지 않았어? 룩스 군."

갑자기 크루루시퍼의 서늘한 목소리가, 간지럼 태우듯 룩스의 귓가를 두드렸다.

그 직후, 《파프니르》의 《프리징 캐논》에서 발사된 바늘 같은 사격이 골렘의 얼어붙은 흉부를 꿰뚫었다.

"어……?"

시야를 차단하던 희뿌연 연기가 걷힌 순간, 룩스의 눈에 그녀의 모습이 들어왔다.

멀쩡했다.

《파프니르》의 전면에는 팔각형 방패 일곱 장이 창백한 빛을 띠고 전개돼 있었다.

"저건 《파프니르》의 또 하나의 특수 무장 《용린장순(龍鱗裝盾)》이다."

뒤에 있던 리샤가 설명해주었다.

"적의 공격에 반응해서 자동으로 본체를 지키는 방어형 무장. 일반적인 장벽보다 몇 배 이상 튼튼한 모양이더군."

거룡 파프니르를 상징하는 견고한 비늘을 모방한 무장.

두 개의 특수 무장을 별다른 어려움 없이 능수능란하게 다루는 그녀의 실력에, 룩스는 무심코 넋을 잃고 말았다.

방어할 수 없는 정밀사격, 빠른 기동력, 게다가 철벽의 방어 장벽.

크루루시퍼는 무결한 강함을 자랑하며, 단신으로 환신수를 압도하고 있었다.

"하지만 신장과 특수 무장을 저 정도로 다룰 수 있는 건 크루루시퍼의 적성치와 관계가 있을 거다."

"적성치, 말인가요?"

"그래. 저 녀석의 기룡 적성치는 이 학원 여학생 중에서도 유달리 높지. 여간해서는 보기 힘든 수치야. 그런 의미로는 너도 어지간히 부자연스럽긴 하다만."

그렇게 말하며 리샤는 룩스 쪽으로 시선을 옮겼다.

"그건—."

룩스가 입을 연 순간.

구…… 오오아아아!

《파프니르》의 연사로 흉부가 파괴되고 핵이 뚫린 골렘이 무너져 내렸다.

얼어붙은 관절 부위가 굉음과 함께 산산이 부서지며 흙먼지가 높이 솟아올랐다.

"해냈어어어—!"

"대단해요. 크루루시퍼 양!"

긴장이 풀렸는지 『기사단』 여학생들이 환호성을 터뜨렸다.

"……."

하지만 크루루시퍼는 흥분한 동료 소녀들과는 대조적으로 어쩐지 깊은 생각에 잠긴 채 『모형 정원』의 외벽을 바라보고 있었다.

『에잇, 조용히 못 할까! 아직 작전 중이란 말이다.』

리샤가 질책하듯이 용성으로 부대에 호통을 질렀다.

"그럼— 이대로 유적으로 내려가겠어."

그 틈에 크루루시퍼는 거침없이 선언했다.

『자, 잠깐, 크루루시퍼?! 탐색은 트라이어드 멤버에 나와 룩스만 참가할 예정이지 않았나!』

유적 조사에는 새로운 환신수의 출현이라는 위험이 따른다.

따라서 유적에는 소수정예로 침입하고, 외부에도 실력자를 남겨둬서 유사시를 대비한다. 그것이 본래의 작전이었다.

그것을 고려한다면 아직 전투를 치르지 않은, 여력이 남아 있는 멤버가 조사에 참가해야 하겠지만—.

"나는 아직 여유로워. 그럼, 상관없지?"

"크루루시퍼 씨……?"

'혹시, 초조한……건가?'

룩스는 언뜻 냉정한 것 같지만 왠지 모르게 여유 없어 보이는 크루루시퍼의 태도가 당황스러웠다.

크루루시퍼는 그대로『모형 정원』위로 내려가기 위해 이동하기 시작했다.

뭔가 이상하다.

룩스가 그렇게 생각한 순간.

"크크큭. 역시 미래의 내 아내로군. 훌륭한 솜씨야— 하지만."

범용형《와이엄》을 장착하고 후방에서 따라다니던 발제리드가 갑자기 웃었다.

그 목소리에 룩스가 잠시 한눈을 팔았을 때—.

『얘들아! 조심해— 뭔가 오고 있어!』

지상에 있던 티르파가 경고를 보냈다.

『레이더를 통해 적의 모습을 확인. 새로운 환신수입니다.』

《드레이크》를 장착한 녹트가 설명을 보충한 순간, 그것이 보였다.

"윽……?! 뭐, 뭐야 저게……?!"

《와이번》을 장착하고 있던『기사단』의 소녀가 작게 비명을 질렀다.

"설마……!"

흙먼지가 걷힌 하늘에, 이형의 악마가 떠 있었다.

똑바로 선 큰곰을 훌쩍 뛰어넘는 거구, 적갈색 피부. 그리고 거대한 칠흑빛 날개.

단검 같은 송곳니를 드러내고 검붉은 입을 흉악하게 일그러뜨린 괴물이었다.

독안개 같은 보라색 숨결을 흘리고, 때때로 핏발 선 안구를 부라리며 입맛을 다셨다.

숨으려는 기색은 전혀 없었다.

하지만 천천히, 확실하게 『기사단』을 향해 거리를 좁히고 있었다.

"저건, 분명—"

"디아볼로스…… 인가!"

리샤가 인상을 쓰며 외쳤다.

룩스도 실제로 본 것은 처음이었지만, 유적 조사서에서 읽어본 적은 있었다.

단신으로 작은 도시를 괴멸로 몰아넣을 정도로 흉악한 중형 환신수.

이전에 싸웠던 가고일과 비슷한 타입의 비행계 환수이지만, 그보다 월등히 위험하다고 알려진 존재였다.

출몰하는 빈도가 매우 낮은 탓에 왕도 도서관이 보유 중인 장서에도 자세한 정보는 기록돼있지 않았다.

그러나 이렇게 직접 대치해보니, 너무나도 자연스럽게 그 위험성을 깨달을 수 있었다.

이것은, 인간 세상에 존재해서는 안 될 생물이라는 것을.

"—기에에에에아아아아아아아아아아아악!"

절규에 가까운 괴성을 내지르며 환신수는 두 눈을 희번덕거렸다.

단원들 대다수가 반사적으로 몸을 움츠린 순간, 디아볼로스는 하늘을 박찼다.

"샤아아아앗!"

그것은 대기를 터뜨리는 듯한 돌풍을 일으키며 《드레이크》를 장착한 녹트를 노리고 폭발적인 속도로 달려들었다.

"—윽?!"

유적 앞에 있던 리샤나 다른 사람들도 반응했지만 따라잡을 수 없었다.

절망감이 떠오른 소녀의 얼굴을 뜯어버리려는 것처럼, 튼튼한 팔뚝이 날카롭게 떨어져 내렸다.

늦었다!

그 자리에 있던 누구나가 그렇게 생각하고 눈을 질끈 감았을 때. 요란한 금속음이 하늘에 울렸다.

"큭……?!"

디아볼로스와 녹트 사이에는 대형 블레이드를 방패 삼아 공격을 막아낸 룩스가 서 있었다.

"룩스…… 씨?!"

"됐으니까— 빨리 피해!"

녹트는 자신이 방해된다는 것을 깨닫고 황급히 뒤쪽으로
빠졌다.

쇠기둥에 얻어맞은 듯한 어마어마한 충격.

악마가 내지른 일격은 룩스가 완벽한 타이밍과 위치에서
방어했음에도 불구하고 도신에 금이 갈 정도의 위력을 담고
있었다.

게다가— 거기서 끝난 것이 아니었다.

인간의 상식을 벗어난 무지막지한 힘을 앞세워서 방어 중
인 룩스를 그대로 짓뭉개려 했다.

블레이드에 생긴 실 같은 금이 빠직빠직 소리를 내며 균열
로 변해갔다.

'이러다간— 부러지겠어!'

룩스가 위험을 감지한 순간.

투웅!

《키메라틱 와이번》이 발사한 캐논의 빛줄기가 디아볼로스
의 옆구리를 노리고 날아들었다.

"그아아아아!"

그것을 감지한 디아볼로스가 반대쪽 팔로 룩스의 《와이번》
을 강타, 그 반동을 이용해 뒤로 몸을 날려서 캐논을 피했다.

동시에 녹트를 도와주기 위해 다가온 샤리스의 배후로 돌
아들어 갔다.

"아닛……?!"

© 2013 Ayumu Kasuga

샤리스는 뒤로 돌면서 블레이드를 휘둘렀지만— 피할 가치
도 없는 공격이라고 생각했는지, 디아볼로스는 오른손으로
그녀의 검을 붙잡아버렸다.

"크—?!"

무장을 붙잡힌 탓에 샤리스의 판단력이 순간적으로 둔해
졌다.

그 틈을 노리고 악마가 내뻗은 왼팔이 빠직, 얼어붙었다.

"구오오오아!"

크루루시퍼의 《프리징 캐논》. 당황한 환신수가 잠시 멈칫한
틈에 샤리스는 붙잡힌 검을 포기하고 공격 범위에서 이탈했다.

그와 동시에 거리를 벌리는 디아볼로스. 『기사단』 멤버들
사이에서 깊은 한숨이 흘러나왔다.

거리를 둔 대치 상황.

섣불리 예측할 수 없는 상황 속에서, 불현듯 등 뒤에서 칼
집에 검이 마찰하는 소리가 들렸다.

"—그럼, 슬슬 내가 나설 차례인가."

여유로운 목소리의 주인은, 그들과 함께 따라온 발제리드.

룩스 일행보다 약간 뒤쪽에서 《와이엄》의 장갑을 해제하
고, 새롭게 소환한 기룡을 장착했다.

그의 육체는 깊은 밤을 연상케 하는 군청색으로 물든 두꺼
운 장갑을 지닌 기룡사로 변화했다.

"저것은—."

일동은 환신수를 경계하는 한편, 그 기룡 쪽으로 시선을

두었다.

신장기룡 《아지 다하카》.

왕도 모의전에서도 높은 랭크의 상대에게만 사용한다는 발제리드의 신장기룡.

『왕국의 패자』라 불리는 사내의 전투형태였다.

"후, 하하하하핫!"

그 순간 발제리드는 큰 웃음을 터뜨리더니, 양쪽 어깨에 연결된 캐논을 움직였다.

토너먼트에서 본 적 있는 《아지 다하카》의 특수 무장, 《쌍두의 턱》.

데빌즈 글로우

두 개의 포구가 보라색 빛을 띠더니, 갑자기 불을 뿜었다.

디아볼로스를 노리고 두 줄기의 섬광이 뻗어 나간다— 그러나 목표물은 종이 한 장 차이로 공중으로 날아올라 공격을 회피했다.

"꺄악……?!"

그 공격에 『기사단』 일동은 순간적으로 숨이 멎었다. 반사적으로 피하기는 했으나, 《아지 다하카》의 포격이 『기사단』 멤버들을 아슬아슬하게 스쳐 지나간 것이다.

그러나 발제리드는 자신의 포격이 빗나갔음에도, 룩스를 보며 더욱 여유로운 웃음을 지어 보였다.

"어떠냐, 몰락 왕자. 이 나와 승부를 겨뤄보지 않겠나? 저환신수를 누가 먼저 쓰러뜨릴지—. 만약 네가 나보다 먼저 저것을 쓰러뜨린다면, 그 즉시 너희의 승리를 인정하고 결투 이야기는 없었던 것으로 해주마."

"헛소리는 집어치우거라. **발제리드.**"

룩스가 대답하는 것보다 빠르게 리샤가 험악한 표정을 지으며 끼어들었다.

"이것은 어린애 장난이 아니란 말이다! 이 이상 허튼짓을 할 생각이라면, 내가 먼저 여기서 너를 때려눕혀 주마."

그러나 발제리드는 리샤의 분노마저 가볍게 흘러넘긴 뒤, 계속해서 말했다.

"자신 없나? 룩스 아카디아여."

"크……!"

그와 마주한 룩스는, 그 말을 듣고 이를 갈았다.

발제리드는 진심인 것 같았지만, 문제는 그게 아니었다.

─이 남자는, 주위에 있는 『기사단』 멤버마저 포격 범위에 말려들 수 있는 거리에서 발사했어.

만약 무슨 일이 일어나더라도, 이 남자는 말 그대로─『사고』로 치부해버릴 속셈이다.

"당신은─."

룩스가 분노로 떨리는 입을 연 순간.

"이제 그만, 그런 웃기지도 않은 행동은 그만두지그래?"

그의 곁으로 돌아온 크루루시퍼가 여느 때와는 달리 진지한 목소리로 끼어들었다.

"크크, 태도가 참 매정하군. 미래의 내 아내여. 허나 그 정도가 딱 좋아. 그래야 복종시키는 보람도 있는 법이지."

발제리드는 《아지 다하카》의 장갑 팔로 《파프니르》의 어깻죽지를 가볍게 두드렸다.

그것을 조용히 뿌리친 크루루시퍼는 한번 심호흡을 한 뒤에 차가운 표정으로 선언했다.

"당신보다 내가 먼저 적을 해치우겠어. 그럼 아무 문제 없겠지?"

"호오, 참으로 믿음직스럽군. 아직 여력을 남겨두고 있었나."

"크루루시퍼! 무리하지 마라! 일단 빠져서 태세를 재정비해!"

리샤는 발제리드의 말을 무시하고 그러기를 종용했다.

하지만.

"괜찮아. 이번에는 내 설레발 때문에 폐를 끼치고 말았으니. 그리고— 시간이 아까워."

크루루시퍼는 감정을 억누른 표정으로 특수 무장 《프리징 캐논》을 준비했다.

그리고 거리를 둔 채 상황을 가늠하고 있던 디아볼로스를 향해 비상했다.

원거리 사격이 특기인 크루루시퍼가 보인 행동에 룩스는 가슴이 타는 것 같았다.

"크루루시퍼 씨!"

필시 발제리드의 도움을 받지 않고 적의 주의를 끌기 위해서일 것이다.

크루루시퍼가 이 『기사단』 멤버 중에서도 특출난 실력자라는 것에는 의심의 여지가 없었으나, 저 디아볼로스는 평범한 환신수가 아니다.

"이번에야말로— 끝장내주겠어."

접근하는 동시에 《프리징 캐논》을 준비, 환신수를 조준했다.

신장으로 미래를 예지할 수 있는 만큼, 이런 지근거리에서 벌이는 공방은 크루루시퍼에게 유리할 터.

그럴, 터였다.

"……윽?! 어째서, 《파프니르》의 예지가—?"

교전에 들어간 순간, 크루루시퍼의 옆얼굴에 동요가 일어나더니 움직임을 멈추었다.

갑자기 찾아온 그 빈틈을 놓치지 않고 디아볼로스는 지옥의 불길을 내뿜었다.

"그롸아아아아아아아아!"

"——."

작열하는 거센 불길은 크루루시퍼가 반사적으로 사격한 《프리징 캐논》의 냉기를 집어삼키고 그녀를 향해 밀려들었다.

"위험해—!"

즉시 최대출력으로 돌진한 룩스가 크루루시퍼를 밀쳐냈다.

"우샤아아아아!"

룩스도 가까스로 불꽃의 범위에서 빠져나갔지만, 후속타로 날아온 디아볼로스의 주먹에 직격당하고 말았다.

"컥……!"

룩스는 둔한 신음을 터뜨리며 그대로 지상으로 추락했다.

"룩스!"

리샤, 그리고 나머지 『기사단』 멤버가 외마디 소리를 지르는 동시에 디아볼로스를 향해 집중포화를 퍼부었다.

하지만 그 십여 번에 달하는 사격을 적은 매끄러운 비행 동작으로 남김없이 피해냈다.

"크으으……!"

상상 이상의 난적을 상대하며 그곳에 있던 모두가 혀를 내두르자ー.

"ー이거야 원, 역시 내 도움이 필요하잖아."

지상에 있던 발제리드의 《아지 다하카》에서 《데빌즈 글로우》의 포구가 불을 뿜었다.

당연하다는 것처럼 디아볼로스는 그 덩치에 어울리지 않는 기동력으로 회피ー 했지만.

"그아아아앗!?"

할버드 한 자루가, 그 가슴에서 돋아나기라도 한 것처럼 박혀있었다.

"……어?"

그 광경을 목격한 룩스와 크루루시퍼.

아니, 그 자리에 있던 전원이 자신의 눈을 의심했다.

그 할버드가 《아지 다하카》가 투척한 근접 무장이라는 것을, 한순간 아무도 알아차리지 못했다.

장갑기룡의 무장 중에서도 중량급 무기에 속하는 할버드. 그것을 쏜살같은 속도로 투척한 《아지 다하카》와 발제리드도 이상했지만, 문제는 그것을 명중시킨 과정이다.

환신수는, 주변에 아무런 장애물이 없는 공중에 떠 있었다.

당연히 피할 거라는 예측을 하더라도, 피할 방향까지는 예측하지 못했을 터.

마치 《파프니르》의 신장 《재화의 예지》처럼 미래를 예지한 듯한 일격이었다.

"그르…… 아아아?!"

핵까지 닿는 치명상이었는지, 디아볼로스의 움직임이 급속도로 잦아들더니 전신을 경련하며 파란 피를 쏟기 시작했다.

"이 대결— 내 승리인 것 같군? 몰락 왕자여."

그 모습을 확인한 발제리드는 룩스와 크루루시퍼를 향해 만족스럽게 웃었다.

하지만 룩스에게 지금 그런 것은 전혀 중요한 문제가 아니었다.

"……어째서? 나는—."

평소와 다르지 않게 표면상으로는 냉정한 목소리를 유지하고 있었다.

그러나 크루루시퍼는 룩스가 지금까지 본 적 없을 정도로 당황하고 있었다.

아마도 《파프니르》의 신장 《재화의 예지》를 통한 미래 예지를 별안간 사용할 수 없게 되었기 때문일 것이다.

게다가 발제리드가 조종하는 《아지 다하카》에게 환신수를 빼앗기고 말았다.

있을 수 없는 두 사건이, 냉정하고 완벽한 소녀의 얼굴을 동요로 일그러뜨렸다.

"크하하하핫! 역시 이 내게 맞설만한 자는 없는 것 같구나, 룩스 아카디아."

발제리드의 듣기 싫은 웃음소리가 사방에 울려 퍼졌다.

확실히, 그는 강하다.

과연 『왕국의 패자』라 불릴 정도로 빼어난 실력을 지니고 있다고도 생각했다.

하지만.

'뭔가, 이상해—.'

룩스가 아주 잠시 그 위화감 쪽으로 신경이 쏠렸을 때.

"아직 긴장 풀지 마!"

조금 떨어진 위치에서 리샤의 목소리가 들려왔다.

"그, 롸아아아아아아……!"

치명상을 입고 피를 토하며 혼절해있던 디아볼로스.

구멍이 뻥 뚫린 그 가슴이 갑자기 배 이상 부풀어 올랐다.

"……?! 당장 거리를 벌려라!"

그 광경을 본 『기사단』 멤버들이 황급히 소리 질렀다.

『전원, 장벽을 최대 출력으로!』

용성을 통해 리샤의 외침이 다시 한 번 들려온 직후.

환신수의 전신에 붉은 균열이 생기며 빛나기 시작했다.

알려진 환신수 중에는 자폭을 시도하는 개체가 여럿 존재했다.

모든 인원이 방어 태세에 들어갔을 때, 룩스는 옆에 있는 크루루시퍼의 이상을 눈치챘다.

　"어째서…… 움직이지 않는 거야? 내 《파프니르》가―."

　룩스 옆에서, 크루루시퍼의 기체가 덜덜 떨리고 있었다.

　명확한 위험이 닥쳐오고 있는데도 특수 무장 《오토 실드》의 방패는 오히려 《파프니르》의 주위에서 떨어져 내리고 있었다.

　사용자의 정신력 소모로 인한 제어 혼란― 폭주의 징조였다.

　"크루루시퍼 씨?!"

　그 직후, 환신수의 육체가 섬광과 함께 터져나갔다.

　핑음과 동시에 생겨난 작열하는 격류가 비명을 포함한 모든 것을 삼켰다.

　후폭풍과 충격 탓에 숨을 쉴 수 없었다.

　폐와 심장이 짓이겨지는 듯한 고통 속에서, 룩스는 넋이 나간 크루루시퍼를 감싸 안으며 방패 대신 필사적으로 버텼다.

　그리고 룩스는, 어느 순간 의식을 잃었다.

†

　빗소리가 들렸다.

　떠오르는 건, 5년도 더 지난 과거의 기억.

　숲에 가까운 길가 옆 낭떠러지. 그 밑에는 부서진 마차가 나뒹굴고 있었다.

지반이 무너진 것인지, 바퀴가 빠진 것인지, 빗길에 미끄러진 것인지, 원인은 알 수 없었다.

낭떠러지라 해도 그렇게 높진 않았다. 바닥과 위쪽 길 사이의 높이는 기껏해야 4메르 남짓.

그러나 마부와 말은 낙하의 충격 탓에 이미 숨이 끊어져 있었다.

생존자는 단 두 사람. 수수한 드레스를 입은 귀부인— 룩스의 모친도 머리에서 피가 흐르긴 했지만, 숨은 아직 붙어 있었다.

"부탁드려요! 제발 도와주세요! 저희는 황가 쪽 사람입니다! 필렌드령에 사는 아카디아 가문 사람입니다!"

추락할 때 부러진 팔을 누르며 필사적으로 소리 질렀다.

2년 전, 룩스의 외가 일족은 왕가의 눈 밖에 나 궁정에서 쫓겨났다.

어머니의 아버지— 다시 말해 룩스의 외할아버지가 제국의 정치에 쓴소리를 했고, 그로 인해 일대 소란이 일어났던 모양이다. 그렇게 외할아버지는 모욕죄로 감옥에 보내졌고, 룩스와 가족들은 냉대를 받아야 했다.

궁정에서 쫓겨난 후로는 왕도 외곽지역에서 얌전히 살아왔지만, 그 집에서 멀리 외출한 사이에 당한 봉변이었다.

"부탁이에요! 사례는 하겠습니다. 빨리 의사에게 데려가지 않으면, 어머니가—"

절벽 위쪽 길에는 마차가 몇 대씩 오가고 있었다.

빗소리는 강하지 않았다. 안개가 끼긴 했지만 도움을 요청하는 목소리는 충분히 닿았다.

그러나 룩스의 목소리에 응하는 이는 아무도 없었다.

"부탁합니다! 아무나— 윽?!"

대답 대신 내려온 것은, 돌팔매.

룩스의 이마에서 피가 터지며 은발과 얼굴 절반을 빨갛게 물들였다.

올려다본 시선 끝에는, 절망이 서 있었다.

"시끄러! 썩을 꼬맹아!"

"그래! 네놈들 황족이랑 귀족이 우리에게 무슨 짓을 해왔는지 알고는 있냐?!"

"궁정에서 추방당한 떨거지들은 그냥 내버려둬도 죄가 되지 않는다고! 그대로 콱 뒈져버리라지!"

증오로 가득 차 원망과 한탄 섞인 폭언을 내뱉는 시민들의 모습.

룩스가 그 **현실**을 처음으로 알게 된 날.

모든 싸움이, 시작되었다.

†

"응....... 으으......"

고통스러운 신음을 흘리며 룩스는 눈을 떴다.

전신이 으스러진 듯한 둔탁한 통증이 밀려와 움직이려던

몸이 굳어버렸다.

"윽……?! 그렇지, 다른 사람들은―!"

조금 전까지의 일을 떠올린 룩스는 억지로 몸을 일으켰다.

그리고―.

"엑……?"

룩스의 주위는 무성하게 우거진 풀숲으로 뒤덮여있었다.

울퉁불퉁하고 커다란 바위.

나무 사이로 보이는 호수.

그리고, 부드러운 빛으로 지면을 밝히는 천장.

개척되지 않은 숲에서 헤매는 듯한 기분이 드는 이상한 장소였다.

"대체, 여기는……?"

"아마도― 제6 유적, 『모형 정원』 안쪽일 거야."

"우와아악?!"

갑자기 등 뒤에서 들려온 목소리에 룩스는 소스라치게 놀라며 온몸을 파르르 떨었다.

뒤를 돌아보자, 룩스처럼 장의를 입은 크루루시퍼가 허리의 벨트에 기공각검을 차고 서 있었다.

"기분은 알겠는데, 너무 큰 소리를 내지는 말아줬으면 좋겠어. 아직 상황이 파악되지 않아서 위험하다구?"

"아, 죄송합니다……."

여유만만하고 냉정한, 여느 때와 다르지 않은 표정을 보며 룩스는 다소 안도했다.

조금 전까지의 크루루시퍼와는 다른 사람인 양 지금은 침착한 모습이었다.

"대체 어떻게 된거죠? 분명 환신수가 폭발해서—."

"모형 정원이 빛난 직후, 주위에 있던 사람이나 물건이 안쪽으로 끌려들어 간 것 같네. 나도 막 눈을 뜬 참이야."

크루루시퍼는 한숨 섞인 목소리로 대답하며 옆에 앉았다.

"네가 지켜준 덕분에 아무 일도 없었나 봐. 고마워."

"아, 아뇨. 크루루시퍼 씨가 무사해서 정말 다행이에요."

문득 시선을 움직인 룩스는 자신이 쓰러져 있던 자리에서 조사용 도구가 담긴 가방을 발견했다.

전투 중에 잃어버린 줄 알았는데, 아무래도 운 좋게 이것도 유적 안으로 딸려 들어온 것 같았다.

"우리 말고도 『기사단』 멤버가 몇 명 들어온 것 같긴 한데, 자세한 건 나도 잘 모르겠네."

"그리고 보니, 유적 안에 들어왔을 때의 행동 방침이 정해져 있었죠?"

룩스는 가방에서 작전 행동 메모를 꺼냈다.

『모형 정원』은 일정 시간마다 문이 열리고 닫히는 구조로 되어 있다.

출입용 문은 정육면체의 벽면마다 존재했으며, 개폐에 맞춰서 외부에 있는 것들은 안으로 빨려 들어가고, 내부에 있는 것들은 밖으로 배출됐다.

"『모형 정원』의 내부에 성공적으로 침입했을 경우, 우선 중심부의 제단을 목표로 행동. 그다음 제단 안에서 최대 2시간 가량 조사를 진행하며, 종료 후에는 내벽에 존재하는 문으로 이동. 개폐 시기를 기다려 바깥으로 귀환한다. 절차대로라면 이렇게 됐을 텐데 말이지."

작전 내용을 암기해두었는지 크루루시퍼는 낭독하는 것처럼 술술 말했다.

"네. 하지만— 지금은……."

이미 예기치 못한 사고가 일어나 평상시의 조사와는 상황이 달랐다.

예상 밖의 환신수에게 공격당하는 바람에 멤버도 뿔뿔이 흩어진 긴급사태였다.

다른 단원이 몇 사람이나 들어왔는지도 모르는 지금 상황에서는 『기사단』의 안전 확보가 최우선 사항일 터이다.

"그럼— 내일은 중심 제단으로 향하자. 틀림없이 다들 그곳으로 모일 거야."

크루루시퍼는 몹시 침착한 모습으로 브리핑을 끝냈다.

"몸 상태는 괜찮아? 룩스 군."

"아, 네에, 그럭저럭—. 아니 그보다, 괜찮으세요?!"

"뭐가?"

진지한 얼굴로 그녀가 되묻자 룩스는 멈칫했다.

그리고 당황한 것처럼 수중의 메모와 크루루시퍼의 얼굴을 번갈아서 바라보았다.

준비가 완벽히 갖춰진 상황이라면 이대로 유적 조사를 속행하는 것이 당연한 선택이리라.

그러나 부상자가 발생하거나 멤버들이 심하게 지쳤을 경우, 조사를 중지하고 후퇴한다는 결단도 내릴 줄 알아야 할것이다.

그 경우에는 중심부인 제단으로 향할 것이 아니라, 처음부터 내벽 쪽 문 근처에서 야영하며 문이 열리기를 기다렸다가 탈출해야 한다.

즉, 이번 케이스는―.

"무리는, 하지 않는 게 좋을 거예요. 그― 우리는 내일 밤, 문제의 결투도 치러야 하니까……. 크루루시퍼 씨도, 지치지 않으셨나요……?"

조금 전에 보여준 《파프니르》의 폭주.

항상 여유와 냉정함을 잃지 않던 크루루시퍼의 실수.

크루루시퍼가 바라는 것은 의지와는 관계없이 억지로 떠맡게 된 약혼 문제의 해소일 것이다.

그렇다면 이 임무에서 괜히 무리할 게 아니라 힘을 온존하여 발제리드 페어와의 결투에서 승리하는 것이 이상적이었다.

하지만 크루루시퍼는 조금 전 무리해서 환신수를 쓰러뜨리려 했다.

너무나도 그녀답지 않았던 그 모습에 룩스는 불안을 느꼈지만―.

"난 멀쩡해. 그때는 살짝 피곤했을 뿐이고, 다친 데는 없어. 너는 어때?"

막상 변함없이 침착한 목소리와 시선이 자신을 향하자, 아무 말도 꺼낼 수 없었다.

"저는, 괜찮지만……. —아."

자신의 몸을 더듬어보는 와중에 깨달았다.

허리춤에 꽂아둔 《와이번》의 기공각검. 그 도신이 빛을 잃었다.

이는 대응하는 기체가 『대파』 상태임을 나타내는 신호였다.

이래서야 장갑을 두르기는커녕 소환조차 할 수 없다.

《바하무트》의 흑검(黑劍)은 건재했지만, 이것은 거리낌 없이 사용할 수 있는 물건이 아닌 만큼 최후의 수단이 될 것이다.

"나를 감싸주는 바람에 고장 난 거구나."

"아, 아니에요. 둘 다 무사하니까 그거면 됐어요."

당시의 급박한 상황을 생각하면, 이미 기대 이상의 도움이 되어주었다.

다만— 내일 있을 결투를 생각하면, 골치 아픈 문제이기도 했지만.

"여기서 무리하지 말고 문 앞에서 기다리고 있어도 돼. 나는 혼자서 다녀올 테니까."

크루루시퍼는 빈정대거나 도발하는 게 아닌 한없이 진지한 목소리로 말했다.

도리어 그 모습이 룩스의 불안을 자극하고 말았다.

"아, 아뇨—. 저도 갈게요! 어떻게 크루루시퍼 씨 혼자만 보낼 수 있겠어요!"

"……. 고마워."

룩스가 자기 뜻을 강하게 피력하자, 크루루시퍼는 안도의 미소를 지었다.

왠지 모르게 열띤 크루루시퍼의 시선에 룩스가 설렌 순간.

"그러고 보니 룩스 군. 너— 야외 취사는 할 줄 아니?"

"네……?"

크루루시퍼는 뜬금없이 그런 말을 꺼내며 하얀 천장을 올려다보았다.

"어떤 구조인지는 몰라도, 이 『모형 정원』은 바깥 시간과 연동해서 어두워지는 장치가 돼 있는 것 같아. 그러니 아마 머지않아 밤이 될 거야."

"어, 그게, 그러니까—."

"『모형 정원』에 들어왔을 경우 장작 등의 야영 물자는 현지에서 조달할 것. 이것도 적혀 있었지?"

"아, 네……."

순식간에 원래 모습으로 돌아간 크루루시퍼를 보며, 룩스는 뭔지 모를 허무함을 느꼈다.

"그리고— 식수도 확보해야 해. 마실 수 있는 샘물의 포인트는 과거의 조사를 통해 작성한 지도에 표시돼 있을 테니, 그것도 부탁할 수 있을까?"

"아, 그건 알겠는데요. 크루루시퍼 씨는……."

"나는 이 근처에서 짐을 지키고 있을게. 그럼 부탁해, 룩스 군."

"……."

몹시 냉정한 표정으로 말을 끝냈다.

이의를 허용하지 않는 말투로……

"그, 그럼, 금방 다녀올 테니까, 크루루시퍼 씨도 조심하세요—"

"룩스 군은 역시 남자구나. 믿음직스러운걸."

진지하게 그런 말까지 해버리니, 더는 뭐라고 투덜거릴 수도 없었다.

'그, 그래도 뭐, 모처럼 크루루시퍼 씨다운 모습이었으니.'

아직 여기저기 아프긴 했지만, 자신 있게 나선 이상 무를 수는 없다.

남자는 그래야 하는 법이라고 생각했다.

'감쪽같이 크루루시퍼 씨의 의도에 걸려든 것 같긴 하지만……'

룩스는 피로와 통증을 참고 장작과 식수를 구해온 뒤, 그날은 휴식을 취하기로 했다.

…………

『모형 정원』 안에는 태양이 없다.

하지만 마치 해가 저무는 것처럼 천장의 빛이 사라지더니, 주위가 자연스럽게 자남색 어둠으로 뒤덮였다.

물가에 작은 모닥불을 피우고 바위와 나무쪽에 천을 걸쳐서 간이 텐트를 만들었다.

가방에 들어있던 육포와 검은 빵을 씹으며 간단하게 저녁 식사를 마치니, 그제야 안정적인 분위기가 만들어졌다.

"그러고 보니, 다들 무사할까요……?"

룩스는 불안한 목소리로 중얼거렸다.

할 수 있는 거라곤 근처에 있던 리샤 일행도 유적 내부로 빨려 들어왔을 거라는 추측뿐. 제대로 알아볼 길은 없었다.

"《드레이크》의 사용자가 있으면 생체반응이나 기룡의 위치를 탐지할 수 있을 텐데. 이 상황에서는 그것도 불가능하겠네."

"그렇다면, 역시 중심 제단으로 갈 수밖에 없겠네요. 운이 좋으면 거기서 합류할 수 있을지도 모르니—."

"……."

정적이 주위를 가득 메우자, 룩스는 곰곰이 생각하기 시작했다.

크루루시퍼와 에인폴크가의 평범해 보이지 않는 관계.

그녀가 이렇게까지 유적 조사를 고집하는 이유.

그리고—.

"슬슬, 불침번을 정해서 자는 게 좋겠네."

룩스의 사고 속으로 미끄러져 들어가듯 크루루시퍼가 중얼거렸다.

다행히 『모형 정원』 내에는 흉포한 육식 동물이 없어서 짐승에게 습격당할 걱정은 없었다.

하지만 환신수는 『모형 정원』 내에서도 출현할 가능성이 있는 만큼, 아무런 대책 없이 경계를 늦추는 행동은 피해야만 한다.

"그, 그럼, 제가 먼저 설게요."

"알았어. 그럼 조금 있다가 깨워줘."

룩스의 제안에 크루루시퍼는 말없이 고개를 끄덕이고는 그렇게 대답하며 간이 텐트의 시트 위에 누웠다.

"설마 덮치지는 않겠지?"

"그, 그런 짓 안 하거든요?!"

놀리는 듯한 크루루시퍼의 목소리에, 룩스는 자기도 모르게 버럭 소리쳤다.

"그래……. 하지만 네게는 일단 전과가 있으니까."

"그러니까, 그건 오해라고 그랬잖아요?! 저번에 목욕탕에 난입했던 건—"

"그래, 나도 알아. 그렇게 당황하는 모습을 보니 확실히 아무 짓도 못 하겠구나. 그럼 나는 먼저 잘게."

"……."

평소처럼 농락당하고 말았다.

룩스에게서 등을 돌린 크루루시퍼는, 잠시 후 작고 고른 숨소리를 내기 시작했다.

"유적, 이라……."

한숨을 푹 내쉬며 룩스는 시커먼 허공을 올려다보았다.

장갑기룡과 고문서를 기반으로 엄청난 발전을 가져다 준, 세계의 보물 창고라고도 불리는 존재.

그 수수께끼를 밝히기 위한 싸움은, 시간의 흐름과 함께 가속한다.

룩스의 수중에는 후길이 언급했던 물건으로 보이는 환신수를 부르는 황금 뿔피리도 있었지만, 당장은 아무런 반응도 보이지 않았다.

　아이리가 고문서를 해독하여 알아낸, 유적 심층부에 도달하기 위해 필요한 『열쇠』. 그 『열쇠』란 뿔피리가 아닌 다른 무언가일까?

　그리고 내일 밤에는 발제리드와 결투를 해야 한다.

　"이대로, 아무 일도 일어나지 않았으면 좋겠는데……."

　하늘이 보이지 않는 모형 정원의 천장에, 보이지 않는 암운이 드리워진 것만 같았다.

†

　『모형 정원』 안에서 하룻밤을 보내고— 다음 날.

　어느새 잠들었는지 룩스가 눈을 뜨자 모닥불 앞에 앉아 있는 크루루시퍼가 보였다.

　아무래도 룩스 본인도 생각 외로 많이 지쳐있었던 모양이다.

　어제 남겨둔 식량을 마저 먹고, 중심부의 『제단』이라 불리는 장소를 향해 걷기 시작했다.

　기룡을 사용하지 않고 이동하는 이유는 룩스의 《와이번》이 대파당했기 때문이다.

　《바하무트》나 《파프니르》는 사용할 수 있지만, 피로가 남아있는 지금은 유사시를 대비해서 아껴둘 필요가 있었다.

그렇게 생각하면 한시도 방심할 수 없는 상황이었다.

"비가 내릴 것 같네."

앞장서서 나아가던 크루루시퍼가 손으로 자기 얼굴을 가렸다.

"비라뇨? 이 안에서도 비가 내려요?"

"과거의 기록을 보니 그런 것 같아. 원리는 아직 해명되지 않은 모양이지만―. 서두르자구."

크루루시퍼는 발걸음에 박차를 가했다.

그러나 그 직후, 그녀의 날씬한 몸이 갑자기 휘청 기울어졌다.

"위험해요!"

룩스가 황급히 그녀를 부축하며 확인해보니, 열이 펄펄 끓고 있었다.

"크루루시퍼 씨, 설마―"

어젯밤 야영을 하면서 룩스에게 힘쓰는 일을 맡긴 이유.

룩스의 생각이 맞다면, 한시라도 빨리 귀환해야 했다.

"……괜찮아. 어제도 말했잖니. 어쨌거나 도와줘서 고마워."

하지만 크루루시퍼는 꼿꼿하게 앞만 바라보며 걸었다.

그녀의 목덜미에는 땀이 약간 맺혀있었다.

『모형 정원』 내부는 전혀 덥지 않았다.

다리를 다친 게 확실했다.

"그냥 발이 좀 꼬였을 뿐이니까 신경 쓰지 마."

"역시, 이번에는 그냥 돌아가지 않을래요? 제가 《바하무트》

로 내벽 문까지 데려다줄 테니까, 거기서 대기하다 보면—."

"미안해."

크루루시퍼는 괴로운 듯 눈을 내리깔며, 한사코 걸음을 멈추지 않았다.

"무슨 일이 있어도 가야만 해. 흔치 않은 기회이니까—."

"……알겠습니다."

그래서 룩스도 따라가기로 했다.

"대신 제가 앞장설게요."

그 말에는 크루루시퍼도 작게 고개를 끄덕였다.

그렇게 두 사람은 한동안 말없이 전진했다.

"저기, 크루루시퍼 씨."

"……왜 불러?"

룩스는 어색한 분위기를 해소하려는 것처럼 입을 열었다.

"크루루시퍼 씨는, 어째서『검은 영웅』을 찾아다니셨나요?"

그의 질문에 크루루시퍼는 잠시 침묵한 뒤—.

"내가 지금, 제단으로 향하는 것과 같은 이유야. 어떻게든 꼭 알아내고 싶은 게 있거든."

땅으로 시선을 떨어뜨리며 나지막하게 중얼거렸다.

"내 기룡 적성치가 이상할 정도로 높다는 얘기, 다른 사람한테 들어본 적 있지? 장갑기룡은 보통 그 누구라도, 아무리 무리하더라도 연속적인 운용에는 한계가 있는 법이야. 하지만—."

"하지만?"

"『검은 영웅』의 전설이 사실이라면. 하룻밤 사이에 제국군을 괴멸시킬 정도의 인물이라면. 그 기룡사에게는 그런 한계가 없는 거나 다름없겠지. 분명, 나처럼……. 그런 이야기야."

"……."

의미심장한 크루루시퍼의 대답에 아무런 대꾸도 하지 못하고 룩스는 계속해서 걸었다.

그리고 십여 분 뒤.

"여기가, 바로 그—."

크루루시퍼와 룩스는 마침내 유적의 중심, 제단에 도착했다.

원형 바닥 주위에 하얀 원기둥이 늘어서 있었고, 중앙 받침대에 놓여있는 은색 옥석은 신비로운 빛을 띠고 있었다.

어디선가 본 것 같지만 다른 무엇과도 닮지 않은 기묘한 오브제.

『모형 정원』의 벽과 같은 새하얀 금속으로 만들어진 그것은, 말 그대로 제단이었다.

"아무래도 우리가 가장 먼저 도착했나 보네……."

크루루시퍼는 주위를 둘러보며 조심스럽게 그 보옥 쪽으로 다가갔다.

"그럼 여기서 다른 사람들을 기다리—."

룩스가 제안하려는 순간.

『가, 가가가…….』

갑작스럽게 기묘한 소리가 들려왔다.

"……?!"

룩스와 크루루시퍼는 순간적으로 허리에 찬 기공각검에 손을 뻗었지만—.

"환신수…… 가 아니야?! 이 목소리는— 사람?!"

『가, 가가가……! 《열쇠》의 존재를 인식했습니다. 특수 코드 해제를 실행. 문제가 없을 경우, 전송을 시작하겠습니다.』

용성처럼 머릿속에 직접 울려 퍼지는 목소리가 갑작스럽게 들려왔다.

"이 소리는?! 설마, 이 제단에서—?!"

그 순간, 바닥에 그려진 문양에서 눈부신 빛이 뿜어져 나왔다.

"이건—?!"

반사적으로 눈을 감고— 떴을 때는, 모든 풍경이 뒤바뀌어 있었다.

"—아무래도, 내부로 전송된 모양이야."

창백한 금속판으로 뒤덮인, 온갖 잔해가 굴러다니는 무기질적인 회랑.

이야기로만 듣던 제단 내부였다.

"여기가, 나의……."

룩스가 낯선 풍경 앞에서 놀라움을 금치 못하는 사이, 크루루시퍼는 급하게 다리를 움직였다.

그리고 기묘한 상자형 오브제에 손을 대자, 하얀빛이 번쩍였다.

『열쇠의 인증을 확인. 레벨 권한에 따라 제2층 관리실로 향하는 잠금장치를 해제하겠습니다.』

"오브제가, 말했어……?!"

불가사의한 광경을 목격한 룩스는 눈을 크게 뜨며 놀랐다.

오브제에서 나온 기묘한 목소리.

설마, 크루루시퍼에게 반응하고 있는 걸까?

"그래……. 역시 나는, 그런 것이었구나."

작은 한숨과 함께 크루루시퍼의 손이 오브제에서 떨어졌다.

그리고 그녀는 천천히 벽 쪽 선반을 향해 걸어갔다.

"크루루시퍼 씨?! 거기는―."

선반에는 무수한 『박스』가 놓여 있었다.

유적 내에는 기룡의 부품이나 고문서가 들어있는 상자―

『박스』가 존재한다.

다만 단단히 밀봉되어 쉽게 열 수 없는 탓에, 원래는 기룡
으로 상자째 들고 돌아가 시간을 들여서 부수는 것 외에는
개봉할 방법이 없었다.

"……."

『열쇠의 인증을 확인. 레벨 권한에 따라 개봉 가능합니다.』

크루루시퍼는 진지한 표정으로 박스 가장자리에 살며시 손
을 대더니, 공간을 쓰다듬는 것처럼 손가락을 움직였다.

"앗……?!"

고작 그것만으로, 열릴 리 없는 상자가 작은 소리를 내며
모조리 열렸다.

그 안에는 무수한 범용기룡의 무장과 부품.

그리고 고대 문자로 작성된 종이 다발이 있었다.

크루루시퍼는 고문서의 페이지를 넘기며 빠르게 훑어보았다.

그때마다 "아니야……." 하고, 조용히 고개를 저으며 안쪽 문으로 걸어갔다.

겹겹이 쌓인 금속 벽은 그녀가 손을 대기만 해도 자동으로 열렸다.

그 뒤에는 더 깊은 지하로 내려가는 계단이 있었다.

"아직, 몰라. 좀 더…… 좀 더 찾아봐야 해. ―윽!"

홀로 중얼거리며 활짝 열린 안쪽 문에 손을 댄 순간, 크루루시퍼는 맥없이 쓰러졌다.

"크루루시퍼 씨!"

"으……."

크루루시퍼는 고통을 떨치려는 듯 머리를 흔들며 일어서려 했다.

하지만 몸을 제대로 가누지 못했다.

룩스에게 부축받는 그녀의 육신은 고열을 앓고 있었다.

"이 열은, 설마……?"

"……괜찮아, 아직은―."

『가가가…… 삐삐삐삐―!』

크루루시퍼가 그렇게 대답한 순간 쿠궁, 주변으로 진동이 확산됐다.

"지진?! 아니―."

『위험. 진동으로 인하여 내부가 붕괴. 안전한 방으로 대피

해주십시오.』

오브제에서 음성이 나온 직후, 한 치의 오차도 없이 천장이 무너져 내렸다.

"……윽!"

이제는 꼼짝도 하지 못하는 크루루시퍼를 부축하며, 룩스는 간신히 근처에 있는 방으로 들어갔다.

흔들림이 가라앉자 주변에는 다시 정적이 돌아왔다.

…….

"문밖은 잔해로 막혀버렸나 보네."

룩스는 어쨌거나 파묻힐 뻔한 상황을 회피한 것에 안도의 한숨을 내쉬며 중얼거렸다.

붕괴 규모는 크지 않았지만, 이 층은 역시 위험할 것 같았다.

그것은 분명 먼저 온 손님들이 기룡 혹은 그와 관련된 물자를 얻기 위해 건물을 부숴가며 파 내려온 결과이리라.

유적이 있는 장소가 장소인만큼 그에 따른 원인도 있겠지만, 상대적으로 무너지기 쉬운 부분도 있는 것 같았다.

"잠시 쉬고 계세요. 그 몸으로 《파프니르》를 사용하는 건 무리예요. 제가 가서 주변 상황을 보고 올 테니까—."

붕괴의 진동이 잦아든 뒤, 룩스는 고개를 숙인 크루루시퍼에게 그렇게 말하며 일어섰다.

충격 때문인지 주변에서 빛이 거의 사라져서, 시커먼 어둠이 주위를 뒤덮고 있었다.

"……미안해."

고개 숙인 소녀에게서 꺼질 듯한 목소리가 흘러나왔다.

"아녜요. 신경 쓰지 마세요. 그보다— 어?"

룩스가 크루루시퍼의 몸 상태를 물어보려는 순간, 그녀의 가녀린 손가락 끝이 룩스의 손을 살며시 붙잡았다.

"조금만 더, 이기심을 부려도 될까? 내 이야기를 들어줬으면 해."

"……."

"나는, 이 세계의 인간이 아니야. 유적의— 생존자야."

"생존자……?"

난데없는 그녀의 한마디에, 룩스는 자기도 모르게 말을 잃고 말았다.

†

"과연, 그래서— 그녀가 『열쇠』로써 기능하는 모습은 확인했나?"

같은 시각, 성채 도시.

부유층 거주구역에 있는 저택의 어떤 방에 두 사람이 마주보며 앉아있었다.

『왕국의 패자』라 불리는 발제리드 크로이처와 칠흑의 로브를 두른 존재였다.

"그래. 구경 좀 해보겠다고 억지로 동행했는데, 그 여자를 환신수의 폭발에서 보호하려고 유적이 빨아들이는 모습을 확인했지. 네가 굳이 유미르 교국의 여자를 아내로 맞이하라는 이야기를 꺼냈을 때는 대체 왜 그러나 싶었지만— 이번 일로 이해가 됐어."

발제리드는 흡족하게 대답하며 들고 있던 와인잔을 기울였다.

"그 『열쇠』만 있으면, 유적의 심층부에 들어갈 수 있어. 멋지군. 나는 이제 『최강의 힘』과 『최고의 재보』를 손에 넣게 되겠지."

"그건 기쁜 소식이로군. 그렇다면 그녀를 쉽게 제어할 수 있도록 특별한 약이라도 줄까? 자네에게 순종하는— 살아있는 인형을 만들 수 있을 거야."

로브를 두른 존재가 입가에 곡선을 그렸다.

후드에 가려져 눈조차 보이지 않았지만, 그 목소리는 끝없는 악의로 일그러져 있었다.

"안타깝게도 나는 그런 수단은 사용하지 않아서 말이지."

하지만 발제리드는 침착하게 고개를 저으며 웃음을 돌려주었다.

"그 여자가 마음에 들었어. 이 나의 손으로 직접 굴복시키지 않으면 직성이 풀리지 않을 거야. 그 여자가 쌓아온 자존심, 긍지, 그 모든 것을 강제로 굴복시켜서 내 것으로 만들겠어. 이 나라에서 여자 따위는 우리 남자들이 높은 곳으로 올라서기 위한 발판일 뿐이지. 그 사실을 철저하게 이해시켜야 하지 않겠나. 기룡사로서의 실력도 우수하고, 게다가— 밤의 장난감으로도 오랫동안 가지고 놀 수 있을 것 같군."

"참 고상한 취미를 갖고 있군, 『왕국의 패자』."

로브를 두른 존재는 그 의도를 이해하고 만족스럽게 끄덕였다.

"하지만 그녀와의 약혼을 위해 묘한 결투를 하게 됐다지? 승산은 있는가?"

"우문이로군, 동지여."

발제리드는 즉답하며 허리에 걸려 있는 기공각검 자루를 손가락으로 슬쩍 건드렸다.

"네게서 사들인 《아지 다하카》의 신장은 최강이다. 어떤 녀석을 상대한다 해도 지지 않아. 설령 그— 전설의 『검은 영웅』이 나타나더라도, 지금의 나를 상대할 수는 없을걸."

"아아, 그러고 보니— 거기에 대해서 한 가지 해주고 싶은 이야기가 있는데. 크로이처 경."

로브를 두른 존재는 가벼운 목소리를 진지한 톤으로 바꾸며 운을 뗐다.

그림자로 가려진 잿빛 눈동자를 극한까지 부릅뜨며 남자는 비릿하게 웃었다.

"구제국의 전설— 『검은 영웅』의 정체와 그의 신장. 그 정보를 사지 않겠나?"

†

"나는, 이 세계의 인간이 아니야. 유적의— 생존자야."

크루루시퍼의 고백에 룩스의 몸은 의지와 관계없이 굳어버렸다.

붕괴로 인하여 꼼짝도 할 수 없게 된 제단의 독방에서 조용한 목소리가 울렸다.

"유적의 인간이라니…… 설마—."

"나는, 유미르 교국의 유적—『제4 유적·갱도』라고 불리는 장소에서 발견됐어. 아니, **발굴**되었다고 하는게 더 어울리겠네."

"그건, 무슨 뜻인가요?"

"조금 전의『박스』, 기억나? 구시대의 유산이 잠들어 있는 보물 상자. 그것과는 또 다른 형태의 상자 속에 내가 들어있었나 봐. 몇 살 되지도 않은 어린아이였던 내가. 당시 유적을 조사하던 에인폴크가의 가장— 지금의 양아버지가, 나를 발견하셨지."

"그럼, 에인폴크가에는……."

"물론, 부유한 집안이니까 양녀로 받아들였다— 라는 건 아니야. 아마도 모종의 기대를 하고 있었겠지. 유적과— 그리고 잃어버린 과거와 연결되는 단서로써 나를 원했을 테지. 과거의 기억이 전혀 없었던 나는 그런 내막은 하나도 모르는 채 에인폴크가에서 자란 거야."

"……."

"철이 들 무렵에 알게 된 사실은, 내가 양녀였다는 것. 부모님, 형제자매, 하인. 그들 모두가 왠지 모르게 서먹서먹했으니까 자연스럽게 눈치챘지. 나는— 이 집의 사람들과는 다르다는 것을. 그래서 피나게 노력했어. 모두의 마음에 들 수 있도록, 언젠가는 나를 가족으로 인정해줬으면 좋겠다는 일념으로. 정말로 그 어떤 힘든 일이라도 참고 견디면서, 끊임없이 노력했어."

"크루루시퍼 씨……."

"그러다 보니 어느 틈에 나는 천재라고 불리게 되었지. 공부든 예의범절이든…… 기룡사로서도 일류로 인정받았어. 하지만…… 가장 원했던 것은 결국 손에 들어오지 않았지."

"……."

기사와 기룡사의 명문, 에인폴크.

그 피를 물려받지 못한 소녀는 자신이 있을 곳을 찾아 싸워왔다.

그리고 세월의 흐름과 함께 실력과 성과를 쌓아올린 그녀는 정상에 올라섰다.

하지만—.

"아니. 가까워지기는커녕 오히려 멀어져가고 있었어. 내가 노력하면 할수록, 그들과의 거리는 점점 멀어졌지. 이 나이에 신장기룡이 주어질 정도의 실력을 손에 넣은 나는, 어느새 형제들에게 따돌림당하게 됐어. 역시 자신들과는 다른 생물이라면서. 그러던 어느 날, 오빠와 아버지가 나누던 대화 내용을 우연히 듣고 말았어."

담담하게 풀어나가는 크루루시퍼의 목소리에는 체념과 고독이 섞여 있었다.

"그리고 끝으로는, 보다시피 집에서도 멀어졌지. 유미르 교국에서 발생한 유적 폭주 사건. 그 사건 뒤, 나는 재앙신 취급을 받으며 이렇게 타국으로 보내졌어. 신장기룡을 빼앗기지 않은 건 순전히 상품으로써의 가치를 더하기 위해서였겠지."

"그래서 이 유적을 조사하는 것에 그렇게 매달린 거였나요?"

"그래……. 줄곧 확인하고 싶었어. 내가 정말 유적 출신 인간인지를. 어쩌면 지금까지 들어온 이야기는 뭔가의 착오였을 뿐이고, 진짜 나는 어디서나 볼 수 있는 평범한 인간— 에인폴크가의 사람일지도 모른다고 기대했어. 하지만—"

유적에 잠들어 있는 비보(秘寶)와 기술.

그녀는 많은 사람이 원하는 그런 것에는 흥미가 없었을 거라는 사실을 룩스는 이해했다.

"나는, 역시 유적의 인간이었구나. 유적이 내게 보이는 반응을 보고 확신했어. 하지만— 과거의 내 모습이나 기억은 하나도 떠오르질 않네."

조용히 시선을 내리깔며 크루루시퍼는 한숨을 내뱉었다.

"그, 그건 아직 모르는 일이에요! 당장 여기만 해도 전부 조사해본 것도 아니고, 어쩌면 유미르에 있는 유적에 다른 단서가 있을지도—"

"아냐, 이젠 됐어."

"네……?"

갑자기 튀어나온 말에 룩스는 자기도 모르게 눈을 의심했다. 크루루시퍼의 가냘픈 몸이, 조금씩 떨리고 있었다.

"이제는, 무서워……. 왜일까? 에인폴크가의 가족들을 그토록 싫어했는데……. 진실을 알고 싶다고 생각해왔는데, 내가 정말로 다른 사람과 『다르다』는 것을 알게 되니까 무서워서 못 견디겠어. 만약 이 유적을 계속해서 탐색한 끝에 나 같은 유적 출신 인간도, 나를 있는 그대로 받아들여 주는 사람도 찾아내지 못한다면— 그렇게 생각하면……."

"크루루시퍼…… 씨."

허무함이 깃든 크루루시퍼의 옆얼굴에 룩스는 살짝 손을 뻗었다.

"미안해. 내 억지 장단에 맞춰달라고 해서. 누구인지도 모를 이런 사람을 위해서—"

"그런 소리 하지 마!"

룩스는 버럭 소리치며 크루루시퍼의 손을 움켜쥐었다.

"룩스…… 군?"

"유미르 교국도, 에인폴크가도 관계없어. 크루루시퍼 씨는 우리의 동료고, 그리고 지금은— 내 연…… 파트너잖아! 그러니까, 그런— 그런 슬픈 말은, 하지 말아줘……."

뜨거운 자신의 목소리가 괜스레 창피하진 룩스는 슬그머니 눈을 피했지만, 그럼에도 여전히 손을 붙잡고 있었다.

"……."

크루루시퍼는 몇 초 정도 멍한 얼굴로 룩스를 바라본 뒤—.

"후, 후후후……."

무언가를 참는 듯한 얼굴로 웃었다.

"……어?"

"룩스 군. 하나만 충고할게. 여자의 약한 소리는 너무 진지하게 받아들이지 않는 게 좋을 거야."

"에, 에에엑……?!"

갑자기 쿨한 표정으로 돌아온 그녀는 놀리는 듯한 말투로 충고해주었다.

"그럼, 아까 한 말은 거짓말이었어요?!"

룩스가 당황한 것처럼 크루루시퍼의 손을 놓자—.

"불행을 자랑하는 사람을 섣불리 동정하지 마. 네 유일한 약점은, 타인에게 무르다는 점이니까. 한번 시험 삼아 꺼내본 건데, 예상 이상의 반응을 보여주는구나. 부디 결투 때는 조심하라구."

"……아, 아하하."

아무 일도 없었다는 듯한 크루루시퍼의 말투에, 룩스는 잠시 쓴웃음을 지었다.

"하지만 정말이지, 어쩜 이렇게 사람이 좋은지 모르겠네. 그 악명 높은 구제국의 왕자님 출신이면서—."

"사람이 좋은지는 모르겠지만, 분명 그런 운명이라서 그런 걸 거예요."

크루루시퍼의 혼잣말에, 룩스는 아련한 눈빛으로 대답했다.

"응……?"

"제 어머니와 동생인 아이리와 함께 궁정에서 추방당한 건, 외할아버지의 간언이 원인이었어요. 외할아버지께서는 전직 영주로, 왕족 교육담당을 맡으신 적도 있었으니 제국의 만행을 보고 잠자코 계실 수 없었을 겁니다. 하지만—."

당시의 황제와 재상은 그의 외할아버지를 투옥했고, 형벌로써 룩스 가족도 궁정에서 추방했다.

그리고 그 후로 2년이 지난 어느 날, 사건이 일어났다.

룩스 가족이 탄 마차가 절벽 밑으로 추락했을 때, 백성들은 구제국의 학대에 시달리며 쌓아온 원한으로 부상당한 룩스의 어머니를 죽게 내버려두었다.

아무도, 도와주지 않았다.

왕가의 분노를 사 궁정에서 추방당했으니 아버지인 황제도 장례식에 참석하지 않았다.

룩스와 가족들은 왕가와 백성 양쪽 모두에게 소외당했고, 철저하게 버림받은 것이다.

"정말 비극적인 이야기구나……. 너는 아무도 원망하지 않았니?"

"왜 안 했겠어요."

룩스는 어색하게 웃으며 대답했다.

"아버지인 황제, 황족, 구제국, 백성들, 주위에 있는 모든 사람을 원망했습니다. 아마도, 이 세계마저 저주했을 거예요.

자포자기했었죠. 모든 것이 꼴도 보기 싫어졌습니다. 하지만—."

"하지만?"

"피르히가, 구해줬어요. 황족이라는 가치도 거의 없어진 제 곁에 늘 함께 있어주었죠—. 집을 빠져나와서 매일 만나러 와 준 거예요. 그러다 결국 미아가 되는 바람에 제가 피르히를 찾으러 가야 했지만요."

룩스는 쓰게 웃었지만, 크루루시퍼는 웃지 않았다.

"그때 깨달았습니다. 저는 사실 아무도 미워하고 싶지 않았다는 것을. 소중한 사람들을— 소중하게 될지도 모르는 사람들을, 제국 때문에 미워하고 싶지는 않았어요."

"……."

"그래서, 나라를 바꾸고 싶었던 거예요. 사랑하는 사람들을 미워하지 않아도 되는 그런 나라를 만들고 싶었습니다……. 아시다시피 저도 혈통 뿐이기는 하지만, 일단은 황족의 말석에 있었으니까요."

거기까지 말하고, 크루루시퍼를 향해 웃어 보였다.

"—너는, 고결한 사람이구나."

"그렇지 않아요. 결국, 저는……."

크루루시퍼의 진지한 한마디에, 룩스는 그렇게 답했다.

"네가 만약 신왕국의 왕자님이 되었더라면— 너는, 나도 구해주었을까?"

"네……?"

"아무것도 아냐."

크루루시퍼의 얼굴에 다시 평소와 같은 미소가 돌아온 순간.

"어이―! 이 밑에 있는 거냐?! 룩스! 크루루시퍼!"

위층에서 금속이 마찰하는 소음과 함께 리샤의 목소리가 내려왔다.

"리샤 님?!"

쾅직! 근처의 천장을 뚫고 네 기의 기룡이 낙하했다.

"오오, 찾았다 찾았어! 여기 있었구나, 룩스!"

부서진 천장을 올려다보니, 《키메라틱 와이번》을 장착한 리샤와 각자의 범용기룡을 장비한 트라이어드 삼인조가 있었다.

《키메라틱 와이번》의 오른팔에 장착된 드릴로 근처까지 파내려온 모양이었다.

"여러분, 저희를 구하러 오신 건가요?!"

"Yes. 제 《드레이크》로 두 분의 위치를 감지할 수 있었기에 ― 무사하셔서 천만다행입니다."

녹트의 대답에 룩스는 안도의 한숨을 내쉬며 가슴을 쓸어내렸다.

"이제 곧 문이 열릴 시각이다. 부축해줄 테니 어서 가자꾸나."

리샤가 그렇게 재촉하며 《키메라틱 와이번》의 왼손으로 가장 먼저 룩스를 안아 들려 했지만―.

"크루루시퍼 씨부터 부탁드리겠습니다. 다치신 것 같아요."

냉정한 녹트는 거침없이 지적했다.

"……뭣?! 하, 하지만…… 가만 생각해보니, 내 오른팔은 드릴이라 부상자를 부축해주기엔 영 안정감이 없구나. 어이, 샤리스. 양손을 다 쓸 수 있는 네게 크루루시퍼를 맡기마."

"이거 참, 못 말리는 공주님이란 말이야."

리샤의 명령에 쓴웃음을 지으며 《와이번》을 장착한 샤리스가 내려왔다.

"이미 나머지 멤버들은 발굴해낸 고문서나 기룡 부품을 가지고 『문』쪽에서 대기 중이다. 그러니 너희만 무사하면, 이번 작전은 성공이라고 할 수 있겠어."

샤리스는 그렇게 말하며 크루루시퍼를 안아 올렸다.

"다행이야~. 다들 무사해서. 그럼, 이만 돌아갈까?"

마지막으로 티르파가 그렇게 덧붙인 뒤, 다 같이 이동하기 시작했다.

다행히 『문』으로 이동하는 도중에 환신수는 출몰하지 않았고, 그들은 무사히 유적에서 탈출할 수 있었다.

†

"그래서 결국, 『열쇠』에 대해서는 아무런 성과도 얻지 못했다는 건가요? 《와이번》도 만신창이로 만들어놨으면서—."

여자 기숙사로 돌아가 의사에게 진찰받은 룩스는 당분간 『절대 안정』을 취하라는 지시를 받았다.

해 질 녘 의무실에는 아이리와 룩스 말고는 아무도 없었다.

룩스는 눈에 띄게 다친 곳은 없었지만, 타박상 따위의 부상과 기룡 조작이 유발하는 피로가 누적됐으니 당분간 전투는 하지 말라는 당부를 받았다.

동행했던 크루루시퍼나 다른 『기사단』 멤버들도 치료를 마치고 지금은 휴식 중이었다.

"아니, 그러니까 미안하대도."

"제가 화내는 이유는 오빠가 아무것도 반성하지 않았기 때문이에요. 그렇지 않아도 유적은 위험한 곳인데, 또 그렇게 무리를—."

그 문제라면, 무너져 내리는 유적 속에서 크루루시퍼를 감싸는 와중에 이곳저곳 부딪친 거라 어쩔 수 없는 일이었지만.

"결국— 그 뿔피리는 『열쇠』가 아니었던 거죠?"

"응. 그 상황에서 사용하기는 두려웠고, 유적 내부에 장식해봤을 때도 딱히 눈에 띄는 반응은 보이지 않았어."

유적의 심층부에 도달하기 위한 가능성이었던 물건.

하지만 다른 『열쇠』를 발견했다는 사실은 아직 말할 수 없었다.

크루루시퍼— 유적 출신 소녀의 힘 덕분에 문으로 가는 길은 이미 열렸다는 것을.

"그런가요……. 진전이 없는 건 조금 안타깝긴 하지만, 어쩔 수 없네요."

이것으로 아티스마타 신왕국이 보유하고 있던 유적 조사권은, 한 번씩 전부 사용하고 말았다.

유적을 다시 조사하려면 장갑기룡이 출전하는 이웃 국가와의 교외 대항전에서 승리하여 그 권리를 따낼 필요가 있었다.

한 달 뒤에 개최될 교외 대항전에 대비하여 일주일 뒤부터는 교내 선발전이 시작된다.

룩스도 그 싸움을 앞두고 어떻게 할 것인지 결정해야만 했다.

하지만 그 전에…… 꼭 해야만 하는 일이 있었다.

"그럼 오빠. 이것 좀 마셔보세요."

룩스가 어렵사리 상반신을 일으키자, 아이리는 다갈색 액체가 담긴 잔을 룩스에게 내밀었다.

"이건—?"

"탕약이에요. 그 결투까지 시간은 충분하니까, 적어도 지금만이라도 좀 쉬세요."

"……응. 고마워."

룩스는 탕약이 들어있는 잔을 받아 단숨에 쭉 들이켰다.

"……음, 우으."

잠시 후, 룩스는 그대로 눈을 감고서 약하게 신음을 흘렸다.

이윽고 잠들었는지, 작은 숨소리를 내기 시작했다.

"—이제 만족하셨나요? 크루루시퍼 씨."

"응, 고마워."

그 직후, 크루루시퍼가 의무실에 들어왔다.

그리고 침대에 누워있는 룩스를 보며 작게 한숨을 내쉬었다.

"이걸로, 일단은 안심이네."

평소와 다르지 않은 쿨한 표정.

"이래도 괜찮겠어요? 오빠에게 부탁하면 얼마든지 같이 싸워주셨을 텐데요."

아이리가 의아한 표정으로 질문하자—.

"분명, 그렇겠지. 하지만—."

크루루시퍼는 망설임이 깃든 눈을 내리 깔며 중얼거렸다.

룩스에게 수면 작용이 강한 탕약을 먹여 재우고, 그 사이에 결투를 끝낸다.

그러기 위한 탕약의 조합도, 크루루시퍼가 아이리에게 부탁한 일이었다.

"이 이상 네 오빠를 내 문제에 끌어들일 수는 없어. 도움이라면 이미 차고 넘칠 정도로 받았으니까."

"어차피 오빠가 오늘 밤에 싸우는 건, 무리였을 거예요."

아이리는 잠든 룩스의 얼굴을 바라보며 조용히 동의했다.

"유적 조사를 하며 입은 부상이나 피로만이 아니라,《와이번》도 심하게 파손됐죠. 약간 손보는 정도로는 제대로 싸우지도 못할 거예요. 하물며 결투에서, 두 명의 실력자를 상대해야 한다면……."

"그렇겠지."

크루루시퍼는 알고 있었다는 듯한 태도로 발길을 돌렸다.

어쨌거나 룩스에게는 싸우기 위한 장갑기룡이 없는 것이다.

"그리고— 다른 누구도 아닌 오빠이니까, 여차하면《바하무트》를 사용하려 했을지도 몰라요."

5년 전, 구제국을 파멸로 이끈 『검은 영웅』.

《바하무트》를 사용하면 두 사람이 그의 정체를 알아차릴지도 모른다.

그렇게 된다면 룩스는 결투에서 승리하더라도, 그것과 맞바꿔서 자신의 신변에 더욱 큰 위험을 불러들이게 될 것이다.

그래서 크루루시퍼는 고심한 끝에 이렇게 하기로 마음먹었다.

룩스에게 부탁하지 않고, 혼자서 자신의 운명에 도전해보겠다는 길을.

"그럼, 그를 잘 부탁해. 이런 말 안 해도 다 알고 있을 테지만, 만약에 그가 눈을 뜬다면 결투는 취소되었다고 전해주길 바라—. 이 의뢰도, 내일이면 끝이니까."

근처에 있던 테이블에 의뢰서를 내려놓고, 크루루시퍼는 의무실에서 나갔다.

그녀의 발소리가 사라진 뒤, 아이리는 긴 한숨을 내뱉었다.

"역시, 당신은 아직 오빠가 어떤 사람인지 하나도 모르는군요……."

포기한 듯, 질려버린 듯한 목소리로 다소 자포자기한 사람처럼 중얼거렸다.

갑자기 똑똑, 문을 두드리는 소리가 들리더니 리샤가 들어왔다.

"이봐, 룩스. 다친 곳은 좀 괜찮으냐? —뭐야, 여동생도 있었나.”

리샤는 약간 아쉬운 표정으로 아이리를 바라보았다.

“어쩐 일로 오셨어요? 리즈샤르테 님.”

“아니, 저번에 룩스가 부탁한 일을 내 권한으로 좀 조사해 봤다만. 그 발제리드라는 남자— 냄새가 좀 나더군. 야심도 가득하고, 아무래도 과거에 여러 번 도적 떼를 사병으로 고용했을 가능성이 있어.”

“그건, 확실히 이상하네요.”

“허나 상황은 훨씬 더 나빠. 조금 전에 여왕 폐하께서 보내신 서한에 적혀 있었다. 발제리드를 쓰러뜨리면 안되는 이유와 놈의 목적. 이 신왕국의 위기가—.”

그리고 리샤는, 잠든 룩스의 옆에서 이야기를 시작했다.

이번 사건 뒤에 숨겨진 『왕국의 패자』의 계략을.

Episode 4 　결투

　　7년 전, 룩스의 기억.

　　어머니의 장례식에 황가 쪽 사람들은 아무도 오지 않았다.

　　궁정에서 추방당한 신분 탓인지, 도저히 황후 중 한 명이었던 사람의 장례식이라고 생각할 수 없을 정도로 초라했다.

　　그래도 룩스에게는 아무래도 좋을 일이었다.

　　앞으로 어떻게 해야 할까. 병으로 드러누운 아이리를 어떻게 지켜줘야 할까.

　　룩스는 그저 교회 안에서, 하염없이 스테인드글라스를 바라보았다.

　　잠시 후, 돌아가기 위해 교회 밖으로 나왔다.

　　몇 안 되는 친인척들도 이미 돌아가 버린 무덤 앞에, 누군가가 서 있었다.

　　검은색 예복을 두른 은발 사내.

　　차분하게 행동하던 그 남자는, 기억 속에 어렴풋이 남아 있었다.

　　"어머님 일은 유감이다."

　　사내의 이름은, 후길 아카디아. 룩스의 배다른 형이었다.

궁정에서 지낸 시간이 짧아 권력다툼에서마저 소외당한 룩스조차 무의식중에 느끼고 있었다.

이 남자는— 다른 황족과는 뭔가 다르다고.

"아우야. 네가 만약 황족으로서 무언가를 행하고 싶다면, 나를 찾아오려무나. 궁정에서 추방당한 황족에게도 나름대로 특권이 있어. 너 혼자서는 어려울지언정 내가 거들어준다면 두 가지 정도는 배울 수 있을 거다."

배울 수 있는 두 가지란, 전술이나 정치를 포함한 다양한 학문. 그리고 장갑기룡.

허울뿐이든, 외교를 위한 도구든, 황족의 기초적인 교양으로써의 『질』을 높이는 것은 책망당하지 않는다.

"험난하고도 먼 여정이 될 테지. 하지만 너의 일념이, 어쩌면 제국을 바꿀 수 있을지도 모른다. 시험해보지 않겠니?"

"……부탁드립니다."

그날부터 룩스와 후길의 관계가 시작됐다.

왕립 도서관 출입 권한과 장갑기룡 지도. 그리고—.

그날 이후 7개월이 지난 어느 날. 후길은 어떤 광경을 목격했다.

"이건 어떻게 된 거냐? 아우야."

제도 내에 있는 기룡 연습장 중 한곳.

그 구석에는 부서진 《와이번》이 몇 기나 쌓여있었다.

당시 룩스가 장갑기룡을 운용하는 자금은 후길이 지원해

주었지만, 종자를 통해 거듭되는 부상과 기룡의 파손 소식을 듣고서 직접 상황을 보러 온 것이었다.

"죄송해요. 살짝 실수하는 바람에—."

"너답지 않구나. 지금까지 기룡사로서 천부적이라고 할만한 재능을 보여주던 네가 조작 미숙이라니—. 음……?"

뭔가 이상하다는 것을 깨달은 후길은 도중에 눈을 크게 떴다.

부서진 《와이번》에는 기묘한 공통점이 있었다.

블레이드를 휘두르는 오른팔에서 등의 날개까지 걸친 장갑이 이상한 형태로 찌그러진 채 부서져 있다는 점.

다른 한편으로는 강철판으로 보강된 벽의 일부가 산산이 부서져서 사라져 있었다.

검으로 벽은 벨 수 없다. 포격으로도 저렇게 완전히 박살내는 것은 불가능하다.

"이건, 평범한 방법으로 장갑기룡을 움직인 게 아닌 것 같구나. 뭔가 특수한 조작법이라도 시험해 본 거냐?"

말도 안되는 상황임을 파악한 후길은 놀라움을 감추지 않고 물어보았다.

"네."

룩스는 무감정한 표정으로 짤막하게 대답했다.

"『평범한 힘』으로는 또다시 후회하게 될 테니까요. 소중한 존재를 지키려면, 좀 더 강한 힘이 필요해요."

기억이 퇴색되며, 점점 희미해져 간다.

그렇다. 절대로 잊을 수 없었다.

자신에게는 맹세와 약속이 있다.

그리고 룩스는, 눈을 떴다.

†

크루루시퍼는 달이 떠오른 밤하늘 밑에 서 있었다.

결투 장소로 선정된 옛 교회터는 성채 도시 3번 지구의 변두리에 있었다.

약 2년 전. 유적에서 출몰한 환신수와의 전장이 되어 파괴됐고, 이제는 잊힌 폐허.

무수한 잔해가 굴러다니는 대지. 사방에 부서진 외벽이 남아있는 그 장소는, 생동감이 느껴지는 거리까지 최소 1키르는 떨어져 있었다.

게다가 감시용 기룡사까지 배치해서 관계없는 사람들을 몰아낸 무대.

거기에 발제리드와 알테리제가 서 있었다.

"시간에 딱 맞춰서 도착했군. 미래의 내 아내여. 무사히 유적 조사의 사명을 마치고 귀환하리라는 것을, 나는 믿고 있었어."

발제리드가 거창한 태도로 입을 열자, 그와 대치중이던 크루루시퍼의 눈썹이 미미하게 꿈틀거렸다.

"헌데― 그대가 연인이라고 소개해준 그 남자는 어떻게 됐지? 무사히 유적에서 돌아왔다고 들었는데, 피로를 이기지 못하고 쓰러졌나? 아니면― 겁에 질려서 달아나버린 건가?"

"내가 돌려보냈어."

크루루시퍼는 그의 끈덕진 도발에도 동요하지 않았다.

한 귀로 듣고 흘려 넘기는 듯한 태도로 대답하며, 그 싸늘한 안광을 두 사람에게 보냈다.

"이런 시시한 촌극에, 이 이상 그를 말려들게 할 순 없으니까―."

그리고 조용히, 허리에 차고 있던 기공각검을 뽑아들었다.

그 모습을 본 발제리드는 입가에 웃음을 걸고서 드높이 소리쳤다.

"개시 시각은 지금 이 순간부터. 종료는 장착한 기룡이 해제되거나 결투 상대인 두 사람이 항복을 인정할 때까지."

계속해서 에인폴크가의 종자인 알테리제도 기공각검을 뽑았다.

"결투 장소인 이곳 교회터에서 의도적으로 도망치는 것은 패배로 간주합니다. 그 외의 규칙은 이 나라의 왕도에서 시행하는 공식 모의전에 준거하겠습니다. 괜찮겠사옵니까, 아가씨."

"그래, 각오라면 해두었어. 훨씬 전부터―."

"……."

어딘가 숨은 뜻이 있는 듯한 크루루시퍼의 발언.

알테리제는 미약한 동요를 억누르며 숨을 들이쉬었다.

"—오라, 불사를 상징하는 용. 연쇄하는 대지의 송곳니로 화하라. 《엑스 와이엄》!"

영창부(詠唱符)와 동시에 무수한 빛의 입자가 춤을 추었고, 강화형 육전기룡 《엑스 와이엄》이 소환됐다.

신장기룡을 지니지 못한 유능한 기룡사에게 수여되는 최대의 전력.

알테리제의 장갑기룡을 발제리드는 감탄하며 바라보았다.

"역시 에인폴크가. 집사 기룡사마저 특급 계층의 실력자였을 줄이야. 너와의 약혼이 점점 더 기대되는걸, 크루루시퍼."

"이제 그만, 속이 뻔히 보이는 행동은 그만두면 안될까? 시간 낭비야."

발제리드의 찬사를 크루루시퍼는 쌀쌀맞게 맞받아쳤다.

"나는 고아야. 오랫동안 타인의 집에서 얹혀살다 보니 금방 눈치챌 수 있겠더라구. 상대가 실제로는 자신을 어떻게 생각하고 있는지 정도는."

"호오……?"

발제리드가 나직하게 중얼거린 직후, 크루루시퍼는 검을 들고 준비자세를 취했다.

"—전생하라. 재화에 사로잡힌 재앙의 거룡. 끝없는 욕망의 대가(對價)가 되어라, 《파프니르》."

그 직후, 주위의 공간이 왜곡되며 무수한 빛의 입자가 모여들기 시작했다.

형성된 것은 얼음 조각상을 생각나게 하는 거대한 백은빛 기룡.

그것이 바깥쪽으로 열리며, 순식간에 크루루시퍼를 뒤덮는 장갑으로 변했다.

소환 과정을 본 발제리드가 히죽 웃었다.

그리고 그 자신도 《아지 다하카》를 몸에 두르고, 알테리제를 힐끗 바라보며 그녀에게 시합 신호를 재촉했다.

"그러면— 결투, 개시!"

알테리제가 소리친 직후, 크루루시퍼의 《파프니르》가 비상했다.

발제리드를 노리고 기룡조인을 투척, 재빨리 특수 무장— 《프리징 캐논》을 준비했다.

크루루시퍼의 전투방식인 원거리 고속 정밀사격.

발제리드가 대거를 튕겨내고자 장벽을 강화한 순간, 크루루시퍼는 바로 방아쇠를 당겼다.

피하면 피하는 방향으로, 맞으면 그 틈을 노려 저격한다.

냉기를 띤 푸른 섬광이 캄캄한 밤을 꿰뚫으며 발제리드에게 착탄했다.

그러나—.

"기습 공격이라. 재미는 부족하지만, 그 판단과 수완은 칭찬해주지, 크루루시퍼."

발제리드의 태연한 목소리에 크루루시퍼는 전율했다.

"……윽?!"

얼어붙은 것은 《아지 다하카》가 눈앞에 내민 잔해 덩어리였다.

과거에는 교회가 존재했던 이 장소에 떨어져 있는 무너진 건물의 잔해.

그것을 할버드로 깨부수며 튀어 오른 파편을 또 하나의 방패 삼아 《프리징 캐논》을 막아낸 것이다.

단순히 흙을 퍼올리기만 해서는 질량이 부족해, 평소에는 활용하기 어려웠다.

결투 장소로 이 옛 교회터를 지정한 것도 발제리드의 계략에 포함된다는 것인가.

"생각이 짧았네. 이렇게 빨리 대책을 세울 줄이야. 네가 꾸민 일이려나? 알테리제."

《프리징 캐논》의 유일한 약점과 그 대응책.

유적 조사 중에 일어난 교전을 목격한 발제리드 본인이 생각해냈을 가능성도 있었지만, 처음부터 알고 있는 사람이 언질을 주었다고 한다면─.

"무슨 말씀이신지요?"

공중을 돌아다니는 크루루시퍼를 향해 알테리제의 《엑스와이엄》이 도약했다.

날카롭게 파고드는 쌍검을 크루루시퍼가 가까스로 피했을 때, 알테리제가 웃음을 보였다.

"실력이 떨어지셨군요, 아가씨."

"──!"

공중에서 기룡의 동체를 회전하며, 그녀는 다른 쪽 블레이드를 휘둘렀다.

하지만.

"어설픈 건 네 쪽이야."

참격은 사용자의 의지와 관계없이 작동하는 자동식 특수 무장—《오토 실드》에 가로막혔다.

그러나 그 순간, 《아지 다하카》의 양쪽 어깨에서 뻗어나온 《데빌즈 글로우》가 크루루시퍼를 정조준했다.

"그 특수 무장으로 이것도 막아낼 수 있을까?"

투쾅! 두 줄기의 포격이 《파프니르》를 향해 발사됐다.

이 공격 자체는 《오토 실드》으로 막을 수 있었다.

하지만 그렇게 하면 무너진 자세 위로 알테리제가 추격을 시도하리라.

이대로라면 방어 일변도를 벗어나지 못하고 상황이 점점 악화될 것이다.

'역시— 도박을 할 수밖에 없겠네.'

두 사람의 움직임을 파악하며, 크루루시퍼는 그렇게 판단했다.

유적 조사로 인한 상처와 피로가 남아있는 만큼, 장기전에 돌입하게 되면 불리해지는 사람은 자기 쪽이다.

그래서 그녀는 《파프니르》의 신장 《재화의 예지》를 발동시켰다.

반경 수십메르 내에서 일어나는 몇 초 뒤의 미래를 감지하는 예지능력.

그 신장으로 포격을 피한 다음, 크루루시퍼는 자신이 이길 방법을 찾기 시작했다.

"과연— 강하군. 확실히 강해."

발제리드는 멀리 떨어진 위치에서 감탄한 것처럼 연신 중얼거렸다.

"하지만 말이다, 크루루시퍼여. 그냥 순순히 내 여자가 되라. 그편이 네게는 더 행복할 거다. 실수로라도 너를 다치게 하고 싶지는 않군. 그러니 이렇게 기회를 줄 때 항복하지 않겠나?"

속내를 숨기고 꼬드기는 발제리드를 보며, 크루루시퍼는 한숨을 내쉬었다.

"공교롭게도— 말 많은 남자는 내 취향이 아니거든."

그리고 대답과 동시에 움직이기 시작했다.

"……윽?! 빨라!"

코앞에 있는 알테리제를 내버려두고 《파프니르》가 가속했다.

비행 장치의 출력을 최대로 높이고, 눈에도 비치지 않을 속도로 발제리드를 강습했다.

"육전기룡인 《아지 다하카》를 상대로 일부러 접근전에 도전하는 거냐? 재미있군."

발제리드는 대담하게 웃으며 할버드를 준비했다.

그를 상대하는 크루루시퍼도 중형 블레이드를 높이 들어

올려서 그대로 내리쳤다.

찔러 올리는 궤도의 할버드를 두려워하는 기색도 없이 크루루시퍼는 돌격했다.

"동귀어진을 노리는 거라면, 내 승리다."

《아지 다하카》의 장갑과 장벽이 타의 추종을 불허하는 방어력을 자랑한다는 것은 크루루시퍼도 알고 있었다.

쌍방의 무기가 교차하려는 찰나—.

"그건— 어떠려나?"

불현듯 크루루시퍼가 웃었다.

"뭣……?!"

그 직후, 발제리드는 눈을 부릅떴다.

신장기룡 《아지 다하카》의 오른쪽 어깨에 설치된 특수 무장인 캐논이, 부서져 있었다.

처음부터 어깨의 특수 무장과 환창기핵을 노리고 공격을 시도한 것이다.

그리고 근접 전투에는 우위에 서 있을 터인 발제리드의 일격은, 실낱같은 차이로 피해냈다.

"미래를 아는 힘, 그것이 네 신장이었지……."

《재화의 예지》에 의한 미래 예지.

그 덕분에 발제리드의 공격을 피하면서 성공적으로 카운터를 넣을 수 있었다.

"훌륭하구나, 크루루시퍼. 완전무결진 않았지만 내 오른쪽 어깨를 망가뜨린 그 실력은 멋지다고 인정해주마."

"칭찬해주는 건 고마운데, 아직 그렇게 대단한 행동은 하지도 않았거든?"

"크로이처 경! 거리를 벌리십시오! 그 간격은 위험합니다!"

멀리 후방에서 알테리제가 부르짖는 소리가 들려왔다.

하지만, 너무 늦은 경고였다.

《재화의 예지》의 미래 예지를 통하여, 접근해서 주고받는 공방을 크루루시퍼는 하나도 놓치지 않고 예측해냈다.

그리고 사방에 잔해가 파묻힌 이런 땅 위에서는, 알테리제의 《엑스 와이엄》이 그들에게 따라붙을 때까지 최소 3초는 필요했다.

원거리에서 날아오는 포격도 《오토 실드》로 방어할 수 있다.

모든 것은 크루루시퍼의 계산대로였다.

"그럼, 안녕히."

마지막 순간까지 조금도 방심하지 않았다.

부서진 어깨의 포대, 그 밑에 있는 환창기핵을 크루루시퍼의 블레이드가 부수려고 한 바로 그 순간─.

"네 힘으로 이 나를 쓰러뜨릴 수 있을 거라고, 진심으로 그렇게 생각했나?"

"─아?"

갑자기 크루루시퍼의 시야에서 미래를 알려주던 이미지가 사라졌다.

예지했던 발제리드의 공격이 안개처럼 흔들리더니, 《아지 다하카》의 왼쪽 어깨에 설치된 특수 무장이 초근접거리에서 캐논을 발사했다.

《오토 실드》가 즉각 발동했고, 일곱 개의 방패 앞에서 충격과 불꽃이 튀었다.

크루루시퍼는 작게 신음하며 폭염으로 가려진 눈앞을 노려보았다.

"크……?! 어째서 또, 《재화의 예지》가—!"

아직 자신의 체력과 정신력은 다하지 않았을 터.

물론 결투 전부터 이미 지쳐있던 것은 사실이지만, 그래도 신장이나 특수 무장의 사용에 지장이 생기지 않을 정도의 안배는 해둔 상태였다.

그럼에도 불구하고—.

"그건 말이지, 네가 오판했기 때문이다. 이 나의 실력을."

"……윽?!"

기둥처럼 일어선 불꽃과 연기.

그 그림자에 숨다시피 발제리드의 《아지 다하카》가 《파프니르》의 측면으로 파고들었다.

절묘한 각도로 할버드가 날아왔다.

《오토 실드》가 기동하여 그 공격을 자동으로 막으려 했지만—.

빠각!

공중에서 결합한 일곱 개의 방패가 튕겨져 나가며 할버드가 동체에 꽂혔다.

"으, 큭……!"

아무리 장벽 위라고 해도, 무게가 고스란히 실린 그 일격을 완벽하게 막아낼 수는 없었다.

《파프니르》째로 나가떨어진 그녀는 폐허의 지면 위를 나뒹굴며 그대로 잔해의 산에 처박혔다.

"카흑……! 우, 아……."

크루루시퍼는 언제나 냉정함을 잃지 않던 얼굴을 고통으로 일그러뜨리며 몸부림쳤다.

"어이쿠, 이거 미안하군. 언젠가 내 아이를 잉태할 귀중한 배인데, 조금 더 부드럽게 다뤄줘야지."

발제리드는 말과는 정반대로 죄악감의 편린조차 보이지 않는 표정으로 웃고 있었다.

'이상해. 어째서, 자꾸 이런 일이―.'

신장 《재화의 예지》의 미래 예지 능력이 사라진 것과 절대 방어를 자랑하는 《오토 실드》가 돌파당한 것.

크루루시퍼의 실수나 피로 탓에 일어난 일은 아니다.

자신의 여력 정도는 정확하게 계산해두었으니까.

그런데, 이 현실은 무엇이란 말인가.

그리고 기룡 적성치가 낮아 힘이 금방 소모될 터인 『남자』 ― 발제리드는 여전히 지친 기색 하나 보이지 않았다.

『왕국의 패자』라고 불리는 그 실력만이 아니라, 기룡 적성 재능도 보통 이상은 된다는 걸까.

'하지만― 아직, 나는…….'

전의를 잃을 것만 같은 절망적인 상황 속에서, 크루루시퍼는 애써 고통을 삼키며 몸을 일으켰다.

"더 할 생각인가? 그 정신력은 칭찬할 만하지만, 그대에게는 이미 승산이 없어."

"해보지 않으면, 아무것도 알 수 없는 법이야."

심호흡하며 마음을 다스린 뒤, 크루루시퍼는 포물선 궤도로 날아올라 블레이드를 높이 치켜들었다.

"《재화의 예지》."
와이즈 블러드

그리고 《파프니르》의 신장을 다시 사용해서 몇 초 뒤의 미래를 읽었다.

배후에서 알테리제의 포격이 날아오리라는 것을 읽고 피한 다음, 참격으로 눈속임한 《기룡포효》를 《아지 다하카》에게 퍼부으려 했으나—.
하울링 로어

"같은 말을 두 번 하게 하지 않았으면 좋겠군."

"윽—?! 또, 예지가……."

다시 《재화의 예지》의 미래 예지 효과가 사라지며 《아지 다하카》의 왼쪽 어깨에 있는 캐논이 불을 뿜었다.

포격은 《하울링 로어》의 충격을 상쇄하며 저 멀리 뒤쪽의 잔해를 분쇄했다.

"어째서, 방금 그 공격이—."

원래는 투척 공격을 튕겨내는 목적으로 사용하는 《하울링 로어》.

의표를 찌른 크루루시퍼의 공격에 대응하여 적은 정확하게 캐논을 발사했다.

마치— 모든 것을 예지하고 있었던 것처럼.

"네 움직임을 내가 파악하지 못할 거라고 생각했나?"

목소리와 동시에 할버드가 다시 그녀를 노리고 휘둘러졌다.

"큭……?!"

견고한 《파프니르》의 장갑을 삐걱대게 하는 일격이, 조금 전과 완벽하게 같은 부위에 꽂혔다.

그녀는 또다시 옆으로 나가떨어지며 무너진 벽에 등을 부딪쳤다.

"카, 학……!"

온몸을 강타하는 충격 탓에 한순간 호흡이 멎었다.

그럼에도 이를 악물고 응전하려 했지만, 《프리징 캐논》을 쥔 《파프니르》의 장갑 팔이 할버드에 얻어맞아 눈 깜빡할 사이에 떨어져 나갔다.

"꼴사나운 모습이로군—. 날 실망시키지 말라고, 미래의 아내여. 그대는 승산 없는 싸움을 위해 발악하는 모습은 보이지 않을 거라고 믿고 있으니까."

발제리드는 갑자기 그녀를 설득하려는 듯한 말을 꺼냈다.

알테리제도 그와 같은 뜻이리라.

그녀는 《엑스 와이엄》으로 추가적인 공격을 가하는 대신, 그 자리에서 상황의 흐름을 지켜보고 있었다.

이곳에 만약 다른 관객이 있었다면, 누구라도 승부는 끝났다고 생각했을 것이다.

　그러나—.

　"안됐지만— 나는, 뻔히 보이는 거짓말이나 해대는 남자는 별로 안 좋아하거든."

　크루루시퍼는 얼음장 같은 표정을 보이며 의연하게 선언했다.

　"뭐라고……?"

　"내 모습에 실망해? 아니, 당신은 즐거웠을 거야. 이렇게 나를 괴롭히는 것 자체가— 이 예상대로의 전개가 말이지."

　엷게 웃고 있던 발제리드의 표정이 순식간에 싸늘하게 얼어붙었다.

　"당신은, 내 신장을 무효화 하고 있어. 아마도 그것을 위해— 내 능력을 정복하기 위해, 그 유적 조사에도 동행한 거겠지. 내가 신붓감으로 마음에 들었다는 말도 거짓말. 순전히 나를, 도구로 써먹을 수 있을 것 같았기 때문이지?"

　"……."

　담담하게 계속되는 크루루시퍼의 설명을 발제리드는 막으려 하지도 않고 말없이 듣고 있었다.

　"그리고— 부유층 거주구역에서 도적 기룡사들에게 습격당한 것. 그것도 당신이 꾸민 짓 아냐? 그런 족속들이 그 구역에 들어가려면 권력자의 도움이 필요하거든. 거기서 내《파프니르》의 능력을 봐두면 시간을 절약할 수 있을 테니까 그런 거겠지."

"……핫!"

크루루시퍼가 이야기를 마치는 동시에 발제리드는 사악한 미소를 떠올렸다.

그리고 《아지 다하카》의 튼튼한 팔로 《파프니르》에게 압력을 가했다.

"큭, 으으……!"

육체는 절대로 파괴되지 않을, 하지만 고통은 충분히 느낄 수 있는 강도. 후방에서 대기 중인 알테리제조차 눈치채지 못할 정도로, 천천히 힘을 가했다.

"역시나 그 유적의 『열쇠』가 될 소녀다. 용케도 거기까지 파악했군."

"윽……?! 당신은―?!"

유적 출신이며 『열쇠』의 능력을 지니고 있다는 것.

비밀이었을 자신의 정체가 그의 입에서 나오자 크루루시퍼의 얼굴이 새파랗게 질렸다.

"가여운 크루루시퍼. 이 얼마나 불행한 소녀인가. 에인폴크의 도구 신세였으며― 지금은 이 내게 팔려온 물건이, 이렇게나 총명한 두뇌를 겸비하고 있다니."

한탄하는 듯한 말투로 발제리드는 이야기를 계속했다.

"그래. 네 말대로다. 크루루시퍼."

발제리드는 속삭이는 듯한 목소리로 중얼거렸다.

"내가 이 모든 일을 꾸몄다. 유적을 열 『열쇠』의 일족인 네 이야기를 듣고 저 집사에게 약혼 이야기를 꺼낸 사람도. 방해꾼이 먼저 끼어들긴 했지만, 도적놈들을 움직인 사람도. 그때 유적 앞에서 새로운 환신수를 불러낸 사람도. 전부 다 나란 말이다—."

"……."

"그만 받아들여라. 진실을 알아내더라도 너는 어차피 아무것도 할 수 없어. 이 세계에서는 『도구』에 지나지 않는 너는, 이 현실을 눈곱만큼도 바꿀 수 없단 말이다."

멸시의 눈초리와 일그러진 입가.

그것을 통해 발제리드 크로이처의 본성이 드러나고 있었다.

"—도구."

거칠게 밀어닥친 그 단어를 되뇌며 크루루시퍼는 살짝 몸을 떨었다.

기룡사로서의 실력도, 믿었던 《파프니르》마저도 꺾이고 말았지만.

그럼에도 벗겨지지 않았던 크루루시퍼의 가면이, 서서히 무너지기 시작했다.

유적의 생존자로서 에인폴크가에 입양됐고, 채울 수 없는 가족의 유대를 얻기 위해 지금까지 피나는 노력을 계속해왔다.

하지만 아무리 많은 영예를 얻어도, 그녀가 원했던 가족의 마음은 점점 멀어질 뿐이었고—.

'아니, 아니야—. 처음부터, 내게 그런 건 존재하지 않았어…….'

"이해했겠지. 크루루시퍼. 너 같은 도구 따위가 내게 거역해서는 안된단 말이다."

얼음장처럼 싸늘한 감각이 전신에서 온기를 앗아간다.

자신을 인정해주는 동료가 유적에 있을지도 모른다.

자신이 지금 시대의 인간이라면, 가족들이 받아들여 줄지도 모른다.

오로지 그 가능성만을 좇으며, 지금까지 필사적으로 진실을 갈구해왔다.

"나는 유적의 기술과 재보를 모조리 손에 넣은 뒤, 머지않아 이 나라의 정점에 설 것이다. 너는 그 목적을 이루기 위한 도구다. 얌전히 내 말에 따르면, 앞으로 얼마든지 귀여워해주마."

그는 들고 있던 할버드를 내리며 기룡의 손끝으로 크루루시퍼의 배를 쓰다듬었다.

"이제는 알았겠지. 이 세계에 너를 구해줄 사람 따위는 단 한 명도 없다는 것을. 그러니 받아들여라. 주인인 내게 모든 것을 바친다는, 그 운명을─. ……큭?!"

말하는 도중에 《아지 다하카》의 장갑 팔이, 크루루시퍼의 복부에서 멀어졌다.

찰나의 시간이 흐른 뒤, 번뜩이는 칼날이 공간을 가르더니 지면에 대거가 꽂혔다.

"웬 놈이냐?!"

발제리드가 후퇴하며 밤하늘을 올려다보았다.

거기에는 한 마리의 용이 있었다.

보는 이를 압도하며, 극한의 두려움을 안겨주는 파멸의 상징.

창백한 달을 등지고, 《바하무트》에 올라탄 룩스가 여유로운 모습으로 전장을 내려다보고 있었다.

"어떻, 게……?"

"—늦어서 죄송합니다, 크루루시퍼 씨. 자초지종은 아이리한테 들었어요."

룩스는 침착하게 웃으며 입을 열었다.

하지만.

『아니야! 나는 이 이상, 너를 말려들게 하고 싶지 않았어!』

크루루시퍼는 용성을 통해 비통한 목소리로 외쳤다.

『어째서, 《바하무트》를 장착하고 온 거야?! 그러면, 네 정체까지—.』

《와이번》은 유적 조사 임무 때 대파되어 사용할 수 없었다.

룩스 자신도 크루루시퍼를 감싸주며 입은 상처 탓에 기력이 떨어지고 말았다.

그리고, 그의 정체가 『검은 영웅』이라는 사실을 지금 이 두 사람에게 알려서는 안됐다.

그것을 알기 때문에 룩스를 약으로 재우고 홀로 결투에 나선 것이건만—.

"결투 참가자인 룩스 아카디아입니다. 현 시각을 기해 전투에 참전하겠습니다."

룩스는 결의가 깃든 목소리로 그렇게 선언한 뒤, 크루루시퍼 앞으로 나와 그녀를 가리고 섰다.

"칠흑의 신장기룡……? 그는 대체―."

알테리제는 당혹스럽게 중얼거리며 쌍검을 세게 움켜쥐었다.

구제국을 하룻밤 사이에 멸망으로 이끈 전설―『검은 영웅』의 이야기는 알테리제도 들어보았다.

하지만 결국은 타국의 뜬소문일 뿐.

심지어 실물이 바로 눈앞에 있는데도, 그 정체를 당장은 연결짓지 못했다.

"하하하하! 하하하핫―!"

동시에 발제리드가 웃음을 터뜨렸다.

진심으로 유쾌한 듯한 표정으로 룩스를 노려보았다.

"이야, 이거 참 내가 잘못 생각했군. 영락없이 달아난 줄로만 알았다. 하지만 고작 한 여자를 구하기 위해 정체를 드러낼 줄이야―. 예상 이상으로 어리석은 남자였군, 『검은 영웅』은."

"……!"

발제리드의 지적에 룩스의 표정이 순간적으로 험악하게 일그러졌다.

"―『검은 영웅』?! 설마, 이런 소년이……?!"

알테리제도 동요하며 소리쳤지만, 룩스는 미동도 하지 않았다.

그저 말 없이, 결투 상대인 발제리드를 응시하고 있었다.

"아니면 소문처럼 『자칭 영웅』이라고 해줄까? 무의미한 짓은 집어치워라. 상처와 피로를 무릅쓰고 싸워봤자, 이 여자는 네게 아무런 이득도 가져다주지 않는다는 것을 알 텐데?"

"……윽!"

크루루시퍼는 그 지적에 내심 이를 악물었다.

미약하게 어긋난 룩스의 무게중심을 통해 그의 현재 상태를 간파해낸 것이리라.

오만불손하지만, 역시나 사대귀족의 일원이자 『왕국의 패자』라고 불리는 기룡사.

그 실력도 단순한 겉치레는 아니었다. 하지만—.

"거절하겠습니다. 크로이처 경."

룩스는 흔들림 없는 태도로 발제리드를 노려보며 입을 열었다.

"뭐라고……?"

"당신은 그녀의 가치를 전혀 몰라보고 있군요."

말하는 동시에 칠흑의 대검을 준비했다.

그리고 일직선으로 달려들기 위해 다리에 힘을 주었을 때—.

"기다리십시오!"

휘이잉! 돌풍을 일으키며 알테리제가 룩스를 향해 뛰어들었다.

"크로이처 경은 아가씨와 전투를 치르며 힘을 소모하셨습니다. 이건 2대2의 정식 결투이지요? 먼저 제가 상대해드리겠습니다."

《엑스 와이엄》으로 강화된 완력을 최대한 활용하여, 알테리제는 《바하무트》를 향해 쌍검을 휘둘렀다.

의표를 찌른 전광석화 같은 공격.

"룩스 군?!"

후방에서 크루루시퍼가 그의 이름을 부르짖었을 때, 승패는 이미 판가름나 있었다.

"아니……?! 이건—?!"

《엑스 와이엄》이 들고 있던 쌍검이 부러졌고, 게다가 오른쪽 손목은 파괴돼있었다.

《바하무트》의 신장, 《폭식》을 사용한 카운터 일섬. 리로드 온 파이어

자신의 시간을 일시적으로 감속, 그 뒤에 몇 배까지 가속한다.

압축 강화의 신장을 사용해 알테리제를 단숨에 꺾었다.

"……크, 하, 하지만!"

두 개의 무장을 잃은 알테리제는 룩스에게서 거리를 벌렸다.

"아직, 끝난 건 아닙니다!"

그리고 남은 왼팔로 캐논을 들고서 전투를 속행하려 했을 때.

"알테리제 님."

뒤에 있던 발제리드가 침착하게 그녀를 부르며, 그 어깨 위에 《아지 다하카》의 손을 올렸다.

"네……?"

그 직후, 《엑스 와이엄》의 장갑과 환창기핵에서 빛이 사라

졌다.

　에너지가 고갈된 것인가. 아니면 강제적인 시스템 다운인가.

　원인이 무엇이든 《엑스 와이엄》의 에너지는 급속도로 줄어들었고, 알테리제는 한쪽 무릎을 꿇었다.

　"어, 어째서 이런……?! 기룡의 시스템이—."

　전혀 예기치 못한 현상이 일어나자 냉정하던 알테리제는 당황한 기색을 보였다.

　그러자 발제리드는 차가운 목소리로 입을 열었다.

　"여기는 내게 맡겨줬으면 좋겠군. 지금의 당신에게는 승산이 없어 보이니까. 그리고 무엇보다도— 그가 봐준 시점에서 승부는 이미 끝났어."

　"……큭!"

　룩스가 《엑스 와이엄》의 한쪽 팔만을 파괴한 이유는, 그녀의 입장과 프라이드를 배려해주었기 때문이었다.

　유미르 교국에서도 열 손가락 안에 들어가는 실력자에게 보내는 경의.

　그리고, 친구인 크루루시퍼를 생각한 힘조절.

　진실을 깨달은 알테리제는 이를 악물었지만, 현실을 받아들이고 그대로 물러났다.

　"설마 정말로, 그가 전설의—."

　일찍이 구제국을 멸망시킨 『검은 영웅』이란 말인가?

　초일류를 뛰어넘은 전설급 실력의 소유자.

　하지만—.

"그가 어째서…… 아가씨를 위해서……."

홀로 의문을 곱씹으면서, 알테리제는 폐허에서 벗어나 전선을 이탈했다.

그리고 전투가 끝난 뒤에 느껴지는 것과는 다른 기묘한 피로감과 함께, 장갑이 해제되었다.

"그리고, 뭐지……. 이 감각, 은……."

알테리제는 그대로 주저앉으며 의식을 잃었다.

"조심해, 룩스 군. 저 《아지 다하카》의 능력은 미지수이니까."

무너진 벽에 등을 기댄 채, 크루루시퍼가 주의할 것을 당부했다.

"알겠습니다."

룩스가 가볍게 고개를 끄덕이는 동시에—.

"작전 회의는 끝났나? 그럼, 각오해라! 『검은 영웅』!"

발제리드는 대지를 박차고 일직선으로 달려들었다.

육전기룡형 《아지 다하카》는, 다리에 달린 바퀴를 고속으로 돌리며 순식간에 거리를 좁혀들었다.

그리고 손에 쥔 대형 할버드로 눈앞을 후려쳤다.

"……윽?!"

룩스가 몸을 뒤로 빼며 간발의 차이로 공격을 피하자, 발제리드는 무기를 휘두른 반동을 이용해서 그를 추격했다.

가로 베기에서 세로로 내려찍기.

쇳덩어리의 중량이 고스란히 실린 일격이 룩스의 《바하무트》를 찍어누르려는 순간.

《폭식(暴食)》."
리로드 온 파이어

《바하무트》의 기체가 빛을 발하며 초고속 참격을 휘둘렀다.

자신의 시간을 먹고, 몇 배 이상 가속하는 압축 강화의 신장.

룩스가 휘두른 대검이 《아지 다하카》의 장갑을 분쇄하기 일보 직전.

"핫……!"

비웃는듯한 목소리와 동시에 검끝이 하늘을 갈랐다.

"——?!"

할버드를 내려찍으려는 것처럼 페인트를 넣은 뒤, 룩스의 눈앞에서 펼친 최대 출력의 장벽.

대검의 날은 삼중으로 펼쳐진 빛의 장벽을 통과하지 못했다.

합계 일곱 번의 참격을 발제리드가 모조리 막아낸 직후.

"—죽어라."

붉은 빛을 띤 할버드가 《바하무트》의 머리를 노리고 떨어져 내렸다.

"룩스 군!"

저 멀리 뒤쪽에서 크루루시퍼의 비명이 터져 나왔다.

굉음이 울리고 충격이 대기를 뒤흔들었다.

주위에 짙은 흙먼지가 피어올랐을 때, 룩스는 상공으로 몸을 날렸다.

"……."

"호오. 자랑하는 신장이 간파당했는데도, 안색 하나 변하지 않는 건가. 과연 『검은 영웅』이라고 불릴 정도의 남자로군. 허나―."

그가 말하는 도중에 룩스는 다시 《폭식》을 발동하여 검을 휘둘렀다.

상대를 카운터로 끝내는 『즉격』을 노리지 않고, 본신의 초가속 참격으로 선공에 나섰다.

《아지 다하카》가 만들어내는 강력한 삼중 장벽.

그것을 한 장씩 찢어발기려는 것처럼 룩스는 대검 끝에 에너지를 주입했다.

그러나 마지막 한 장을 돌파하지 못한 채 다시 간격을 벌려야만 했다.

"역시, 그런가……. 그렇게 된 거였군요."

"호오? 뭐냐, 마치 이해한 것처럼 말하는군. 핑계라도 댈 셈이냐?"

"《아지 다하카》의 신장은, 다른 기룡의 힘을 빼앗는 거였군요."

"――."

룩스의 한마디에 발제리드의 표정이 험악하게 일그러졌다.

"설마……!"

크루루시퍼는 반사적으로 탄성을 내뱉었다.

"『왕국의 패자』에 대한 소문은 저도 많이 들어봤습니다. 야심이 가득하고 대담한 성격도 그렇지만, 본디 기룡 적성이 높지 않은 남자의 몸인데도 위협적인 지속력을 자랑한다고."

"하지만, 말도 안돼. 기룡 적성이 없으면 에너지가 금세 고갈되고 말 텐데. 소모가 격심한 신장기룡을 사용하면, 그건 더욱―."

"네. 그래서 힘을 흡수하는 거예요. 주위에 있는 다른 기룡이나 상대에게서. 싸우면서 에너지를 빼앗을 수 있다면, 소모로 인한 약점은 벌충할 수 있겠죠. 그리고, 어쩌면 신장도 빼앗을 수 있을지도 몰라요. 조금 전에 그는, 확실하게 제 움직임을 읽고 있었거든요."

"……그럼, 그건 나의―."

"네. 《파프니르》의 신장, 《재화의 예지》를 빼앗아서 사용한 거겠죠. 접근하는 것만으로 기룡의 에너지를 빼앗고 접촉하면 일시적으로 신장기룡의 능력마저 빼앗아서 사용한다……. 그것이 《아지 다하카》의 신장―《천 가지 마술^{아베스타}》의 정체입니다. 제 말이 틀렸나요?"

전선을 이탈한 알테리제의 《엑스 와이엄》이 시스템 다운을 일으키고, 격심한 소모에 시달린 것도 그 탓이리라.

"……."

발제리드는 룩스의 대답을 부정하지 않았지만, 그래도 여전히 여유로운 태도를 잃지 않았다.

"호오, 눈썰미가 제법 뛰어나군. 간파해낸 점은 칭찬해주마. 하지만― 알아내 봐야 네놈은 어차피 내게 이길 수 없다."

그는 갑자기 룩스를 노려보더니 특수 무장인 왼쪽 어깨의 캐논, 《데빌즈 글로우》를 기동했다.

그 포구는 룩스가 아니라, 이미 움직이지 못하는 크루루시퍼를 노리고 있었다.

"으……?!"

"그렇게 약해진 상태로는 막아낼 수 없으려나. 뭐어, 저 여자의 거동이 다소 불편해지긴 하겠지만 나는 눈곱만큼도 개의치 않거든."

비웃는듯한 목소리와 동시에, 포격을 시행했다.

"크윽—!"

룩스는 《파프니르》 앞을 가로막으며 장벽을 최대 출력으로 펼쳐서 포격을 방어했다.

굉음과 폭염.

그 소용돌이에 휩쓸린 룩스는 이상함을 느꼈다.

《아지 다하카》의 와이어 테일이, 《바하무트》의 오른손에 휘감겨 있었다.

"걸렸구나, 『검은 영웅』."

"룩스 군……!"

크루루시퍼가 그의 이름을 부르는 동시에 룩스는 대검으로 와이어를 끊어냈다.

하지만, 만약에 이것도 기룡간의 접촉으로 간주한다면…….

"엇차. 유감이다만— 이미 늦었다. 네 《바하무트》의 신장은, 이것으로 내 손에 들어왔다."

발제리드는 끊어진 와이어 테일을 내던지며 흉포한 미소를 떠올렸다.

크루루시퍼를 노린 것은 룩스에게 빈틈을 만들기 위한 작전.

"……."

"영웅놀음에 빠진 사이비 왕자놈. 너의 무의미한 싸움을 지금— 끝내주마."

《아지 다하카》의 장갑 다리가 폐허의 거친 지면을 힘껏 밟았다.

승리를 확신한 듯한 발걸음으로, 구태여 시간까지 들여가며 룩스에게 중압감을 선사해주었다.

"이대로 싸우면 너는 죽을 텐데, 그래도 상관없나? 패배를 인정하고 싹싹 빈다면 여기서 눈감아줄 수도 있다만."

달콤하게 꼬드기는 것처럼 발제리드는 룩스의 뜻을 물어보았다.

그러나.

"거짓말이로군."

룩스는 흔들리기는커녕 약간의 빈틈도 보이지 않으며 발제리드를 응시했다.

"뭐라고……?!"

《폭식》이라는 최강을 이룩하기 위한 신장을 빼앗겼고, 《아지 다하카》에게 에너지를 흡수당했다. 크루루시퍼가 보기에도 암담한 상황이었지만, 그럼에도 룩스는 웃고 있었다.

그는 보는 이의 등줄기에 전율이 일게 하는 싸늘한 눈빛과 목소리로 고했다.

"약혼을 맺고 알테리제 씨가 귀국하면 부하를 보내서 나를 암살할 생각이지? 더욱 확실하게 자신의 손을 더럽히지 않고, 꼬투리가 잡히지 않는 방법으로. ―질리도록 봐왔다고, 발제리드. 구제국 황족들과 전혀 다를 게 없는 그 방식은."

"……."

지금까지 보여온 것과는 완벽하게 다른 룩스의 태도에, 발제리드는 아주 잠시 입을 다무는 것 같았지만.

"크…… 하하하하핫!"

느닷없이 껄껄대며 웃기 시작했다.

"보면 볼수록 재미있는 남자로군. 좋다, 『검은 영웅』! 이 상황에서 네놈이 무엇을 할 수 있을까? 어디 한번 힘껏 발버둥 치면서 나를 즐겁게 해보아라!"

《아지 다하카》의 기체가 희미한 빛을 머금었다.

동시에 룩스의 《바하무트》가 지면을 박차고 강습했다.

룩스는 몸을 비틀며, 에너지로 뒤덮인 대형 블레이드를 발제리드를 향해 힘껏 휘둘렀다.

하지만.

"그렇게 큰소리치더니, 고작 이 정도냐?"

견고하게 펼쳐진 《아지 다하카》의 삼중 장벽은, 역시 완전히 돌파할 수 없었다.

상대의 장갑에 닿기 전에 위력이 줄어들어, 대검의 도신 째로 튕겨 나갔다.

"그러면 이번엔 내가 가마. 《폭식》!"

"……큭!"

직후, 《아지 다하카》의 신장 《천 가지 마술》에 빼앗긴 《폭식》이 발동했다.

눈에 비치지도 않을 정도로 빠르게 할버드가 휘둘러졌고, 《바하무트》는 나가떨어졌다.

"컥……!"

폐허에 남아 있던 기둥을 부러뜨리며 잔해의 산에 격돌했다.

그 뒤를 쫓아 발제리드는 《아지 다하카》의 바퀴를 가속했다.

"크크큭! 정말 멋진 힘이야!"

환희의 함성을 내지르며 발제리드가 추격해왔다.

자신의 시간을 몇 분의 일까지 감속한 뒤에 터뜨리는 몇 배의 초가속.

룩스는 수천 번의 전투를 치르며 연마해온 눈썰미로 공격을 회피하며 품속으로 파고들었지만, 발제리드는 그 굳건한 장갑과 장벽으로 공격을 받아내며 연격을 퍼부었다.

반면에 《폭식》으로 강화된 적이 상대인 이상 룩스는 즉격을 사용할 수 없었다.

발제리드의 《폭식》 사이의 빈틈을 노려 반격을 시도했지만, 룩스의 공격은 모조리 《아지 다하카》의 삼중 장벽에 차단당했다.

"그나저나 이 시간을 가속하는 능력은 다루기 어려운걸. 이 나조차 하루 이틀 사이에 마스터하긴 힘들 것 같아."

발제리드는 그렇게 탄식하더니 갑자기 속도를 떨어뜨렸다.

동시에 피로가 몰려왔는지 《아지 다하카》의 삼중 장벽이 얇아졌다.

"……흡!"

순간 룩스는 미끄러지듯 날아오르며 고속 찌르기를 시도했다.

대검 끝에 에너지를 집중한 뒤, 일점 돌파로 장벽을 꿰뚫는 것처럼 보인 찰나.

"一바보냐."

발제리드의 대담한 웃음과 함께 이변이 일어났다.

얇고 약해진 삼중 장벽은 룩스의 검이 닿기 직전에 두께와 빛을 증폭, 검의 일격을 막아내는 데에 그치지 않고 돌진해 온 《바하무트》그 자체를 날려버렸다.

"그, 악……?!"

순식간에 후방으로 수십메르를 나가떨어진 룩스는 건물 잔해에 등부터 처박혔다.

비록 장갑은 부서지지 않았지만, 전력으로 돌격하던 기세 그대로 튕겨 나간 탓에 신음이 약하게 흘러나왔다.

"크크큭, 이 신장은 내가 더 잘 다루는 것 같은데. 『검은 영웅』이여."

"설마…… 기룡의 장벽을 강화한 거야?"

그 광경을 본 크루루시퍼가 아연하게 중얼거렸다.

《폭식》은 압축 강화의 신장.

리로드 온 파이어

룩스는 초인적인 눈썰미와 공격 동작을 읽어내는 능력을 살려서 시간 가속에 사용했지만, 발제리드는 아무래도 《아지 다하카》의 삼중 장벽을 압축 강화한 것 같았다.

《파프니르》의 신장 《재화의 예지》와 병용하여 몇 초 뒤의 미래를 예지하면, 공격에 닿는 순간에 강화한 삼중 장벽으로 맞받아치는 것이 가능하다.

보통은 그렇게 힘을 사용하고 신장까지 병용하면, 사용자에게 말도 못할 부담과 피로가 걸려서 이내 힘이 다하고 말 것이다.

하지만 발제리드는 룩스에게서 기룡의 에너지를 빼앗아오는 덕분에 연속적으로 행동할 수 있었다.

그러니 《천 가지 마술》의 사정거리에서 벗어나는 것이, 최선의 방법이었지만—.

"—어째서, 달아나지 않는 거야……?"

크루루시퍼는 그 이유를 이미 알고 있었다.

혹시라도 룩스가 거리를 벌리고 시간을 끌기 시작한다면, 발제리드는 다시 크루루시퍼를 공격할 것이다.

그래서 더욱 이해할 수 없었다.

룩스는 왜 자기가 『검은 영웅』이라는 사실을 밝히면서까지, 아무런 관계도 없는 크루루시퍼 자신을 위하여 싸우는 것인가.

『그것이 오빠의 좋은 점이지만, 나쁜 점이기도 해요.』

그렇게 생각했을 때, 크루루시퍼에게 용성을 통한 목소리가 닿았다.

룩스의 여동생인 아이리의 목소리가.

『너는─.』

『아직, 알아차리지 못한 것처럼 행동해주길 바라요. 크루루시퍼 씨.』

지극히 냉정한 목소리로 아이리가 부탁했다.

『바야흐로 지금, 오빠의 계획이 실행되려는 참이니까 조금만 더 기다려주세요. 그리고─.』

아이리는 잠시 뜸을 들인 뒤, 이어서 말했다.

『의식을 잃지 말고, 지켜봐 주세요. 당신을 위한 싸움을─.』

†

무기와 무기를 맞부딪치기를 십여 번.

보이지도 않을 정도로 빠른 참격은, 무자비하게 《바하무트》의 장갑에 상처를 새겼다.

"하아…… 하아……."

그때마다 《아지 다하카》에게 흡수당해, 룩스의 호흡은 점점 거칠어져 갔다.

그래도 익숙하지 않은 《폭식》을 사용하는 발제리드와 막상막하의 접전을 벌이고 있었지만, 끝내 룩스의 몸에도 한계가 찾아오고 말았다.

"—크으!"

어깨를 들썩이며 호흡하는 룩스에게 맞춰서, 《바하무트》의 기체도 덜커덕덜커덕 작게 떨렸다.

"폭주의 조짐이 찾아왔나. 슬슬 결말이 보이는구나, 『검은 영웅』."

발제리드는 웃음이 가시지 않는 여유로운 표정으로 룩스를 향해 걸어갔다.

《폭식》을 잃은 룩스의 공격으로는 《아지 다하카》의 삼중 장벽을 도저히 돌파할 수 없다는 것을 내다봤기 때문에 가능한 행동이었다.

"이제 그만 패배를 인정하지 않겠나. 『검은 영웅』."

계속해서 싸우며, 발제리드는 지긋지긋한 듯한 말투로 참견했다.

"흔한 기회는 아니니, 좋은 이야기를 하나 해주마. 너는 왕자로서 속죄를 위해 싸우고 있는 모양인데— 그건 그냥 헛수고일 뿐이다. 아니, 역효과라고 하는 게 차라리 낫겠군."

"……"

그와 대치하는 룩스는, 침묵.

어깨를 위아래로 들썩일 정도로 힘겹게 호흡하며, 조용히 발제리드를 응시했다.

"이 나는…… 『왕국의 패자』는, 이 나라의 미래를 지키려 하고 있다. 알고 있나 모르겠군, 룩스 아카디아. 현재 이 나라를 향해 다가오는 위기— 라그나뢰크라고 불리는 것을."

"—알고 있어."

룩스는 짤막하게 대답했다.

구제국이 남겨놓은 비극적인 유산. 그것이 다른 열강과 함께 신왕국을 위협하는 재앙으로써 밀어닥치려 하고 있다는 이야기는 잠에서 깬 뒤에 리샤를 통해 들었다.

신왕국의 재상이 발제리드에게 위해를 가할만한 행동을 그만두도록 지시를 내렸다는 사실도.

"그렇다면 이야기가 빠르겠군. 지금 이 신왕국에는, 그 괴물을 토벌할 수 있을 만한 기룡사가 없다. 이 나를 제외한다면."

크루루시퍼에게까지 들릴 정도로 발제리드는 크게 말했다.

"나는 이 신왕국을 지키기 위해 그 녀석과 싸우려는 거다. 그러려면 유적에서 더욱 강한 무력을 손에 넣을 필요가 있지. 그래서 그 녀석을 아내로 들이려는 거다. 한시라도 빨리 그 여자를 사용해서 학자들이 몸뚱이를 구석구석 조사하게 한 다음, 유적에서 새로운 무장과 기술을 파내야 한단 말이다."

"……윽?!"

크루루시퍼는 그 말을 듣고 겁에 질린 표정을 보였다.

"몰락 왕자여. 너라면 알아줄 테지? 이것은 필요한 행동이다. 신왕국의 미래를 위한 일이다. 희생 없는 승리 따위는 존재하지 않는 법이지. 내 수중에 타국 소녀 한 명만 들어오면, 이 나라는 구원받을 수 있단 말이다. 그런데도 너는 끝까지 나를 방해하려는 거냐? 이 나라를 지키는 것을 실패한 결과, 너는 또다시 자기 손으로 이 나라를 위기에 빠뜨릴 속셈이냐?"

"……."

기만으로 가득한 연설을 듣는 크루루시퍼의 표정이 어두워졌다.

발제리드는 룩스를 이용해서 크루루시퍼의 마음을 꺾으려 하고 있다.

절망으로 밀어 넣어 굴복시키기 위해, 룩스 본인이 그녀를 버리도록 종용하고 있었다.

너를 구해줄 사람 따위는, 아무도 없다고.

룩스는 그것을 알기에 저항 의지를 보였다. 그리고 바로 그 때—

"이젠 됐어. 룩스 군."

"……크루루시퍼 씨?"

숨을 거칠게 헐떡이는 룩스를 향해 크루루시퍼는 솔직하게 말했다.

"이 정도면 충분해. 너는 내 의뢰를 정말 잘 수행해주었어."

"그러지 마세요. 아직, 끝나지 않았─."

"아니, 괜찮아. 지금이니까 하는 이야기이지만─ 나는 너를 이용했어. 처음부터 그것만을 노리고 네게 접근한 거야. 그러니 이 이상 책임이나 의리를 느낄 필요는 없어."

크루루시퍼는 여느 때처럼 쿨하게 웃으며 말을 이어갔다.

"그러니까, 이제 그만 포기해. 너는 이런 곳에서 죽으면 안 돼. 너는, 네가 이상적이라고 생각하는 나라를 위해 싸우는 거잖아?"

크루루시퍼는 피를 토하는 듯한 심정으로 이야기했다.

자신을 이대로 내버려주길 바란다고.

얼음 같은 표정으로, 이야기를 멈추지 않았다.

"내게, 너는 단순한 도구일 뿐이었어. 그러니까 너도 그렇게 불러줬으면 좋겠네. 나를 도구라고. ……처음부터 그렇게 못 박는다면, 『어쩌면』 같은 어쭙잖은 기대는 하지 않아도 될 테니까. 이런 마음을, 느끼지 않아도 될 테니까—."

또르륵.

크루루시퍼의 뺨을 따라, 끝내 참지 못한 눈물 한 방울이 흘러내렸다.

고독하며 고결한 얼음 소녀.

누구에게도 약한 모습을 보이지 않으며 미소 짓던 그녀가 진정 바라고 있던 것은.

어쩌면, 가족이 될 수 있을지도 모른다는.

단 하나의 마음을 가슴 속에 품고, 고독한 싸움을 계속해 왔다.

『네가 만약 신왕국의 왕자님이 되었더라면— 너는, 나도 구해주었을까?』

크루루시퍼가 숨겨왔던 본심을, 지금이라면 확실하게 이해할 수 있었다.

그래서, 룩스는 단호하게 말했다.

"당신은— 제 연인입니다. 그러니까, 기필코 구해드릴게요."

그리고 발제리드를 향해 돌아서며 매섭게 노려보았다.

"호오? 승산이라곤 눈을 씻고 찾아봐도 없을 텐데, 더 해볼 셈이냐? 허나 네 『연인』 나부랭이는, 그러길 바라지 않는 것 같군? 애초에 나를 쓰러뜨리면 신왕국의 위기는 어떻게 해결할 생각이지?"

"당신 따위보다 훨씬 자격 있는 사람을 찾아서 설득할 겁니다. 만약 찾아내지 못한다면— 그때는, 제가 나가겠습니다."

철커덕, 대검을 흔들며 룩스는 선언했다.

"어째서, 대체 왜……."

눈동자에 물기를 가득 담은 크루루시퍼를, 룩스는 한차례 돌아보며 미소 지었다.

"저도 아직 크루루시퍼 씨의 수업을 더 받고 싶거든요. 저에게 상냥함을 한껏 베풀어준 당신의 힘이 되고 싶습니다. 부디 싸우게 해주세요. 저의 소중한, 당신을 위해서—."

그리고 보는 이를 위축시키는, 바닥을 알 수 없는 잿빛 눈동자를 발제리드에게 향했다.

"—이만 끝내자. 발제리드."

그 어린 날 맹세했던 단 하나의 소망.

그것을 이루겠다는 일념으로 자신의 마음을 죽이고, 극한까지 자신의 검을 갈고 닦아왔다.

조금씩 떨리던 룩스의 《바하무트》가 더욱 강하게 삐걱대기 시작했다.

기체에 새겨진 선이 곧 붕괴하려는 것처럼 붉은빛을 띠며, 폭주를 일으킬 조짐을 보였다.

룩스는 그것을 억누르듯이 어깨를 떨면서 대검을 하늘 높이 들어 올렸다.

"핫! 시시하군. 네놈의 따분한 이야기 따위—."

순간, 룩스는 중얼거리는 동시에 움직였다.

지금까지 당장에라도 폭주하려는 것처럼 진동하던 《바하무트》가 붉게 빛나는 검을 휘둘렀다.

하지만.

"어리석은! 네놈의 힘으로 이 장벽을 부술 수 있겠냐!"

갑자기 《파프니르》가 지닌 특수 무장 《오토 실드》가 《아지 다하카》 앞에 방패의 벽을 만들어냈다.

"윽……?! 내 특수 무장까지 빼앗아 간 거야?!"

지금까지 알려지지 않았던 《아지 다하카》의 신장.

다른 기룡의 특수 무장 지배권마저 일시적으로 빼앗는 능력.

발제리드는 거기에 더해 《폭식》을 발동했다.

절대 방어의 《오토 실드》와 압축 강화된 삼중 장벽.

왕도의 공식 토너먼트는 물론 환신수나 신장기룡을 상대하면서도 흠집 하나 나본 적 없는 패자의 장갑.

그 절대적인 방패를 활용해서 룩스의 검을 받아낼 생각이
었다.

"죽어라! 영웅놀음에 취한 몰락 왕자놈!"

《재화의 예지》를 통한 미래 예지로 공격 타이밍을 간파,
《폭식》으로 강화된 장벽이 룩스를 분쇄하려 들던 바로 그 순
간—

"나는 영웅 따위가 되려는 게 아냐. 하지만—."

달 밑에서 엇갈리는 찰나, 룩스의 혼잣말이 조용히 울려 퍼
졌다.

"제국을 멸망시키겠다고 맹세한 그날부터— 싸울 각오라면,
해두었어."

끼기이이이이이익!

붕괴를 알리는 불협화음이, 밤의 교회터에서 울려 퍼졌다.

"—아닛?!"

회전을 섞어서 날카롭게 휘둘러진 룩스의 참격.

신속제어^{퀵 드로우}보다는 느린 그 일섬은, 《오토 실드》를 어렵지 않게 사방으로 튕겨냈다. 그리고 몇 배로 강화된 삼중 장벽을 쉽게 꿰뚫더니, 튼튼한 장갑을 자랑하는 《아지 다하카》 본체에 직격했다.

"크, 캬아아아아아아아아아아아아아악!"

어깻죽지에 칼날이 닿자 그 접점에서부터 몇억 개의 바늘이 확산하는 듯한 충격이 관통하며 붕괴하기 시작했다.

등 뒤에 존재하던 잔해의 산, 거칠고 단단한 지면마저 충격의 여파로 산산이 부서졌다!

그 파괴 공간의 중심에 있던 발제리드의 전신에서 피가 터져 나왔고, 그는 피를 울컥 토하며 끔찍한 고통으로 인해 거의 기절하기 일보 직전이었다.

"말도 안돼……! 어째서 이런…… 이런 일이이이이!"

목이 찢어지도록 절규하며 몸부림치던 발제리드는, 그럼에도 어떻게든 할버드를 휘둘러보려고 이를 악물었다.

하지만 높이 쳐든 할버드와 기동시킨 양쪽 어깨의 《데빌즈 글로우》에도 균열이 일어나더니, 연동해서 분쇄되고 말았다.

장갑기룡도, 신장도, 그 모든 것이 남김없이 사라져 갔다.

『가르쳐 드릴까요? 크로이처 경.』

치명적으로 파괴당한 《아지 다하카》를 향해, 아이리는 용성으로 음성을 전송했다.

『이것이— 오빠가 고안해낸 두 번째 오의, 『강제초과(强制超過)』예요. 자신의 기룡을 의도적으로 폭주, 자기붕괴가 일어나기 직전의 부하와 맞바꿔서 시전하는 막강한 절기죠.』

강제초과는, 두 종류의 조작계통의 타이밍을 일치시키는 신속제어와는 정반대의 과정을 통해 사용하는 기술이다.

육체 조작을 통한 전력 행동을, 자신의 정신 조작으로 억눌러서 극한까지 힘을 축적하는 오의.

전력을 다한 공격과 그것을 저지하는 명령.

모순되는 강력한 조작을 동시에 실행하여 의도적으로 기룡을 폭주, 막강한 일격을 가한다.

《바하무트》의 환창기핵에서 흐르는 에너지를 완벽하게 통제하지 못하면, 도중에 폭주하여 주위나 자기 자신마저 치명적인 위험으로 내몰게 되는 금단의 기술.

그 위력은 정상적인 컨디션에서 전력으로 휘두르는 일격의 십여 배 이상을 자랑했다.

그래서 절대 방어의 특수 무장과 견고한 장벽을 겸비한 《아지 다하카》의 『벽』조차, 일격으로 파괴할 수 있었던 것이다.

"우, 웃기지 마라! 이럴 리가 없어! 이런— 쿨럭! 이런 일이—!"

"결과가 나온 것 같군요. 그럼—."

룩스는 침착하게 선언하며, 끝으로 발제리드의 얼굴을 주시했다.

"만약 그녀를 비롯한 모든 학원 사람들에게 다시 손을 댄다면, 그때는 용서하지 않을 겁니다. —약속, 해주시겠습니까?"

"……큭! 하하하하핫!"

그 말을 들은 발제리드는 잔악한 웃음을 보이며 뒤로 훌쩍 몸을 날렸다.

이이이이이이!

반파된 《아지 다하카》가 귀에 거슬리는 포효를 터뜨렸다.

"방금 그건—."

"크, 크크크……! 단순한 신호일 뿐이다. 결투 장소에 구경꾼이 들어오는 걸 막기 위해 배치해둔 내 사병— 기룡사 부하들에게 보내는!"

"……처음부터 이럴 계획이었다는 이야기입니까?"

룩스는 조용히 발제리드를 응시하며 질문을 던졌다.

알테리제가 도중에 기절한 지금 목격하고 증언해줄 사람은 없다.

룩스만 **불행한 사고**를 당했다고 처리해버리면, 크루루시퍼 정도야 협박해서 입을 막아버릴 수 있다.

처음부터 그럴 작정으로 결투 장소를 마련한 것이다.

"이것도 훌륭한 책략이라고, 영웅. 승부란 이런 것이다! 『왕국의 패자』에게 패배 따위는 있어서는 안 된단 말이다! 너도 제국의 왕자라면 알고 있을 텐데!"

발제리드는 자신의 승리를 장담하는 것처럼 웃고 있었다.

이미 오의를 사용한 룩스와 크루루시퍼의 체력은 한계를 넘어선 상황.

발제리드의 사병을 쓰러뜨릴 여력은 남아있지 않을 것이다.

그래서 준비해둔 최후의 책략.

"알고 있습니다. 구제국의 방식은, 어렸을 때부터 신물이 올라올 정도로 봐왔으니까요."

"크크크크…… 각오는 돼 있다, 그런 소리냐? 그럼―."

발제리드가 사병에게 용성을 보내려고 한 순간―.

"―네 사병이라는 게 이놈들이냐? 거참 믿음직스러운 패거리들이로구나."

"케엑……!"

콰장창! 하늘에서 《엑스 와이번》을 장착한 남자 한 명이 룩스 일행 근처로 내던져졌다.

"이게 무슨……?!"

발제리드가 눈을 부릅뜨며 상공을 올려다보자, 그곳에는 붉은 거룡이 있었다.

신왕국의 공주인 리샤와 신장기룡 《티아마트》.

왕립 사관 학원에서도 내로라하는 강자가, 구름이 흐르는 밤하늘을 등지고 떠있었다.

"다, 다른 녀석들은 어디 있느냐?! 용병까지 포함해서 50기는 있을 텐데! 빨리 이 녀석을―."

"루우. 무사해?"

발제리드의 외침에 대답하는 것처럼, 뒤쪽에서 축 늘어지는 목소리가 들려왔다.

"뭣……!"

장갑이 해제된 십여 명의 사병을 들고 나타난 것은, 신장기룡 《티폰》을 장착한 피르히.

"안됐지만 귀공의 간계는 하나도 빠짐없이 잘 들었다. 크로이처 경."

게다가 《와이번》을 장착한 샤리스가 나타나며 그렇게 선언했다.

"응응. 뭐~ 이제 와서 무슨 낯으로 변명하겠어—. 나도 다 들었는데. 이만 단념하라구."

《와이엄》을 조종하는 티르파가 맞장구를 쳤고, 그 뒤에 있던 녹트도 기룡의 팔을 들어 올려 보였다.

"Yes. 제 《드레이크》의 도청 기능으로 사정권 내에서 대화 내용을 녹음해두었습니다. 학원의 학생인 크루루시퍼 씨를 협박한 것. 당신이 도적을 고용했다는 혐의. 그리고 결투 규칙 위반 및 상대를 의도적으로 살해하려 한 혐의. 이 모든 내용을 동행한 군 관계자분들께 확인시켜드렸으므로—."

"으, 크…… 으!"

샤리스의 부친은 신왕국의 군인으로 현직 부사령관이다.

그 인맥을 이용해서 성채 도시의 위병에게 동행을 요구, 근처에 대기시켜둔 것이다.

발제리드는 간섭을 피하기 위해 사병을 배치해서 결투 장소에 아무도 들어오지 못하도록 했지만, 그런 방해공작은 리샤와 피르히 덕분에 어렵잖게 돌파할 수 있었다.

"단념해라, 『왕국의 패자』인가 뭔가."

《티아마트》를 장착한 리샤가 상공에서 엄숙하게 선언했다.

"―후."

이제는 발제리드 개인의 문제가 아니었다.

자신의 패배를 의식함과 동시에 그는 최후의 행동을 실행했다.

이미 무장을 모조리 잃은 《아지 다하카》가 룩스 일행에게 등을 보이고 달리기 시작했다.

"멈춰라! 달아날 셈이냐?!"

교회터 바로 옆에는 무성하게 우거진 숲이 펼쳐져 있었다.

도주 경로를 준비해둔 것인가.

성채 도시를 빠져나가 자신의 영지에 돌아가서, 권력을 동원해 이번 일을 흐지부지 덮어버릴 속셈인가.

아니면, 외국의 조직에 몸을 맡기고 복수를 꾀하려는 것인가.

최후의 승부― 거기에 도전했을 때.

"―어설프네."

투명한 목소리와 총성이, 교회터에 울려 퍼졌다.

"크…… 컥!"

직후, 《파프니르》의 특수 무장인 《프리징 캐논》의 총탄이 《아지 다하카》의 장갑을 얼려버렸다.

"크루루시퍼…… 씨?!"

훨씬 전에 힘이 다했을 거라고 생각했던 소녀의 정확하기 그지없는 일격에, 룩스가 눈을 동그랗게 떴다.

"말했잖아. 나를, 쉽게 보지 않는 게 좋을 거라고."

그녀는 평소처럼 쿨하게 웃으며 혼잣말처럼 작게 속삭였다.

크루루시퍼는 학원 내에서 가장 높은 기룡 적성치를 보유한 인물이다.

즉 《아지 다하카》의 에너지 흡수만 어떻게든 막아내면, 한 번 정도는 반격할 힘을 모을 수 있다는 이야기이다.

이미 치명적인 손상을 입은 《아지 다하카》는 넘어지면서 완전히 분쇄되었고, 사용자인 발제리드는 의식을 잃었다.

"결국, 너뿐이었네. 마지막 순간까지 나를 버리지 않고 곁에 있어준 사람은—."

크루루시퍼는 어딘지 모르게 달관한 듯한 모습으로 룩스를 향해 중얼거렸다.

크루루시퍼라는 소녀를 『최고의 도구』라고 평가했지만, 그것을 버리고 도주한 발제리드.

"그렇지 않아요."

감상적인 모습을 보인 그 순간, 룩스는 홀연히 크루루시퍼를 향해 웃어 보였다.

"……응?"

"제가 결투에 나가겠다고 얘기했을 때, 다들 도와주었거든요. 리샤 님도, 피르히도, 트라이어드 여러분도……. 그러니까—."

룩스가 옆에 내려온 리샤를 보며 진상을 밝혔다.

"그런 거였어……?"

"어, 뭐, 그렇게 됐다……."

뜬금없이 대답을 강요당한 그녀는 살며시 뺨을 붉히며 시선을 피했다.

"요전번에 나를 구출할 때 힘을 보태주었다고 들었다. 게다가— 룩스의 부탁이었으니 말이다. 그런 고로 저 남자의 사병을 죄다 쓰러뜨려 줬으니, 의뢰가 끝나는 내일부터는 내게 꼭 돌려달라고?"

"절반 이상은, 내가 해치웠는걸?"

그 뒤에서 피르히가 불쑥 중얼거리자, 리샤는 "아 진짜, 시끄럽다!" 하고 버럭 소리 지르며 대충 얼버무렸다.

크루루시퍼는 그 모습을 보며 피식 웃었다.

서로 장갑을 해제하고서, 룩스는 크루루시퍼의 손을 잡았다.

"그러면, 돌아갈까요? 우리의 학원으로."

"응."

그렇게 이번 사건은, 조용히 막을 내렸다.

"오빠. 좀 나와보세요. —오빠?"

똑똑. 여자 기숙사의 어떤 방문에서 가벼운 노크 소리가 들렸다.

깊은 수마에 빠져있던 룩스가 살짝 눈을 뜨자, 늘 보던 2인실의 가구가 눈에 들어왔다.

오늘은 확실히, 휴일이었을 텐데.

"미안, 아이리……. 역시 오늘은 좀 피곤해서—."

그렇게 대답하며, 룩스는 웬일로 이불 속으로 달아나려 했지만—.

"—오빠가 여기서 피르히 씨랑 잔다는 사실을, 반 전체에 퍼뜨려도 좋다 이거죠?"

"억……?!"

악마같은 목소리가 들려서 룩스는 벌떡 일어났다.

허둥지둥 문을 열자 아이리가 진지한 표정으로 들어왔다.

"저기…… 아이리? 심장에 안 좋으니까 그런 농담은 좀 참아줄래?"

"저는 진심인데요?"

"……."

방긋. 거리낌 없는 웃음과 함께 돌아온 대답에 룩스는 아무 말도 할 수 없었다.

"오빠는 요즘 저한테 너무 심하게 기대는 거 아니에요? 저번 일만 해도 저는 계속 반대했었잖아요. 오빠가 애걸복걸하니까 하는 수 없이—."

"아, 그건 정말 감사하고 있어. 고마워, 아이리."

그날, 유적 조사에서 돌아온 뒤.

룩스는 크루루시퍼가 홀로 결투에 나서리라는 상황을 예측하고, 아이리에게 미리 그것을 막아달라고 부탁해두었다.

즉, 아이리가 조합한 약의 수면작용은 아주 약했다.

그럼에도 아이리는 룩스의 안전을 생각하며 마지막까지 어떻게 할지 망설였다.

"늘 걱정하고 있는 제 기분도 모르면서……."

"응?"

작은 혼잣말에 룩스가 반응하자, 아이리는 "아, 아무것도 아니에요!"라며 살짝 허둥댔다.

"애초에 어떻게 이럴 수가 있어요? 데이트 준비 좀 도와달라고 저한테 부탁까지 해놓고서, 부탁한 것 자체를 잊어버리다니—."

"미, 미안. 그게 바로 어제 일이다 보니 조금 피곤해서……. 그건 그렇고, 데이트 아니거든?"

"비슷한 거잖아요?"

아이리는 어쩐지 불쾌한 것처럼 짤막하게 대답하고서—.

"하여간 빨리 갈아입어 보세요. 시간 없잖아요?"

아무렇지도 않게 흘려넘긴 뒤 룩스를 재촉했다.

크루루시퍼가 선물해준 예복을 입고 아이리에게 점검받은 룩스는 여자 기숙사를 나섰다.

교문 근처에는 연하늘색 드레스를 입은 크루루시퍼가 서 있었다.

"그럼, 출발할까? 오늘은 마차를 불러뒀으니까—."

역시 기룡으로 날아가기엔 분위기 문제도 있었고, 피차 피로가 쌓인 상태라 그렇게 할 수도 없었다.

"어이, 거기 두 사람! 잠깐 기다려봐라!"

예정대로 마차에 타려고 하는데, 교문 앞에 리샤가 나타났다.

"어라? 리샤 님, 어쩐 일이세요?"

평소에는 공방에 있지 않았나— 룩스는 고개를 갸웃거렸다.

"나도 같이 가겠다. 예의 에인폴크가의 집사를 만나러 가는 거지? 그리고 둘 다 기공각검을 놔두고 가니 호위가 필요하지 않겠느냐."

그렇게 말하는 리샤의 허리춤에는 기공각검이 꽂혀있었다.

"그, 그야 그렇긴 하지만—."

"아— 리샤 님께서 말이지, 두 사람 사이가 신경 쓰이신다면서—."

어느새 그들을 배웅하러 나온 티르파가 해맑게 웃으며 사실을 밝혀버렸다.

"머, 멍청아! 오해의 소지가 있는 말은 하지 마라! 나는, 그냥—."

티르파의 폭탄 발언을 리샤가 허둥지둥 수습하려는 모습을 보며 크루루시퍼는 피식 웃었다.

"그럼, 그 제의를 감사히 받아들이도록 할까?"

"아, 네…… 그러네요."

룩스는 어색하게 끄덕였고, 그렇게 세 사람은 마차에 올라탔다.

행선지는 원래부터 약혼을 맺기 위한 장소로 지정된 고급 상업지구였다.

휴일이라 그런지 마차 창문으로 보이는 거리는 정말로 밝고 활기가 가득했다.

간밤의 결투를 통해 생긴 상처와 피로를 치료하는 것처럼, 룩스는 흘러가는 풍경을 바라보았다.

—모든것이 해결된 그 날 밤.

『사대귀족』의 적통, 발제리드 크로이처가 죄를 짓고 체포당한 사실은 아직 공표되지는 않았다.

발제리드는 도적으로 위장한 사병을 부려서 그의 아버지나 일족들 모르게 유적을 도굴하거나 대립하는 사람에게 압력을 넣는 등의 뒷공작을 벌여온 것 같았다.

아니— 그것이 정말로 발제리드 한 사람이 독단으로 벌인 일인지는 확실하지 않았지만, 어쨌거나 모든 조사가 끝난 뒤 무거운 형에 처해질 것이 결정돼 투옥당한 것은 사실이었다.

　그리고, 『검은 영웅』의 정체.

　룩스가 《바하무트》의 사용자라는 사실이 알려지게 된 문제는, 라피 여왕이 손을 써준 덕분에 비밀이 유지된 것 같았다.

　어쨌거나 발제리드의 죄는, 아무리 사대귀족이 힘을 쓰더라도 최소 5년은 바깥세상에 나올 수 없을 정도였다.

　'그것 자체는 크게 걱정되지 않지만―.'

　발제리드의 소유물에 환신수를 부르는 뿔피리는 존재하지 않았다.

　그러나 그때 유적 앞에 강력한 환신수― 디아볼로스가 의도적으로 소환된 것은 틀림없는 사실이었다.

　요컨대 발제리드의 행동을 부추겼으며, 보이지 않는 곳에서 환신수를 부리는 존재가 있을 가능성이 높았다.

　그 존재가 룩스가 추적 중인 제국을 무너뜨린 형― 후길인지는, 아직 불명이었지만.

　"다 도착했어."

　"아……."

　생각에 잠겨있는 사이에 목적지에 도착한 것 같았다.

　약혼에 관하여 이야기를 나눌 예정인 고급스러워 보이는 레스토랑.

　마차에서 내려, 가게 앞에서 기다리던 알테리제와 함께 안으로 들어갔다.

미리 가게를 빌려두었는지, 가게 안에는 여성 점장 한 사람밖에 보이지 않았다.

"먼 길 오시느라 수고하셨습니다, 아가씨. 룩스 아카디아 님. 그리고, 어어—?"

알테리제는 인사하다 말고 멈칫, 룩스 옆쪽으로 눈길을 주었다.

침착한 성격의 여집사로서는 드물게 당황한 표정이 떠올라 있었다.

"나는 이 녀석들의 호위다. 무슨 문제라도 있나?"

"아, 아니요, 실례했습니다……."

"흐음. 뭐, 여기까지 왔으면 자객에게 습격당할 걱정도 없겠지. 나는 밖에서 감시하고 있으마."

그렇게 말하며 웬일로 배려심을 발휘한 리샤는 가게 밖으로 나갔다.

자리에 앉아 헛기침을 한 번 한 뒤, 알테리제는 자세를 가다듬고 고개를 숙였다.

"이번 사건은 크로이처 경의 흉계도 알아차리지 못하고 약혼을 추진하려고 한 저의 책임이옵니다. 아가씨와 룩스 아카디아 님께는 정말 뭐라고 드릴 말씀이 없군요. 에인폴크가에 돌아가는 대로 합당한 벌을 받겠습니다. 그러니 이 자리에서는 모쪼록 용서를……."

"……"

그 모습을 본 룩스와 크루루시퍼는 잠시 말문이 막히고 말았다.

크루루시퍼가 이야기 해줘서 알게 됐지만, 알테리제도 에인폴크가가 거둬들인 고아라고 했다.

그녀 나름대로 충의를 다해 명령을 수행하려 한 결과이리라.

룩스는 그런 그녀를 굳이 책망할 마음은 들지 않았다.

"크루루시퍼 씨……."

그렇게 생각해서 룩스가 옆으로 시선을 돌리자—.

"고개를 들어주겠니? 가게 안에서 이런 모습을 보이는 것도, 쑥스러우니까."

크루루시퍼는 쿨한 표정으로 대답했다.

그 태도는 얼핏 얼마 전까지처럼 쌀쌀맞게 보였지만, 그녀의 목소리는 부드러웠다.

"이번 일은 내 실수이기도 해. 너도 고생이 많구나, 알테리제. 그러니— 이번에는 비긴 거야. 사과할 필요는 없어."

아주 잠시 두 사람의 시선이 교차하며 평온한 침묵이 생겨났다.

고아원에서 에인폴크가의 집사로 발탁된 알테리제.

그리고 유적 출신으로서 거둬들여진 크루루시퍼.

비슷한 상황 속에서 노력해온 두 사람은 분명 사이좋게 지낼 수 있을 거라고, 룩스는 그 모습을 보며 실감했다.

그것이, 무엇보다 기뻤다.

"과분한 말씀이십니다. 하오나— 제 사명은 이미 해결된 것 같군요."

그러자 알테리제는 갑자기 그런 이야기를 꺼냈다.

"엑?"

룩스와 크루루시퍼가 동시에 고개를 갸웃하며 이상한 소리를 냈다.

"룩스 아카디아 님의 기룡사로서의 실력. 크로이처 경의 모략을 꿰뚫어보고 덫을 놓은 지혜. 확실하게 확인하였습니다. 게다가 신왕국의 왕녀에게도 인정받았으며, 많은 영주나 귀족들과도 접점이 있지요. 우리 에인폴크가의 가주님께서도 약혼자로서 합당하다고 판단하실 겁니다."

"……어?! 저기—."

알테리제의 겸손한 미소를 본 순간, 룩스는 무언가 잘못되었음을 깨달았다.

그는 급하게 옆자리의 크루루시퍼에게 작은 목소리로 속삭였다.

"……저기, 크루루시퍼 씨. 이게 뭡니까? 아직 말 안 했어요?! 우리의 관계가— 연기라는 거."

"그럴 짬이 없었어. 그래서 지금부터 말하려고 했는데—."

예상 밖이었는지, 왠지 모르게 크루루시퍼도 당황한 것처럼 대답했다.

"저, 저기, 알테리제 씨……! 저, 저는, 그러니까—."

"안심하십시오. 여기서부터는 제가 할 일이니까요. 제 주인께 반드시 당신을 약혼자로 인정해주십사, 제가 할 수 있는 모든 노력을 바쳐서 천거하도록 하겠습니다."

"에에에엑?! 자, 잠깐만요, 그건—!"

"그러면— 저는 먼저 물러나겠습니다. 필요한 경비는 다 계산해두었으니, 두 분께서는 오붓한 시간 보내시기를. 제가 할 수 있는 최소한의 사죄이옵니다."

그렇게 짧게 말한 뒤, 알테리제는 조용히 자리에서 일어났다.

"그럼 실례하겠습니다. 아가씨—. 후에 다시 찾아뵙겠사옵니다."

"너도— 건강히 지내."

크루루시퍼의 따스한 미소에, 알테리제는 대답하는 대신 가볍게 고개를 숙였다.

그녀의 몸짓에는 여느 때와 같은 고지식함이 돌아와 있었지만, 표정에는 미처 숨기지 못한 웃음이 희미하게 떠올라 있었다.

"—기, 기다려주세요! 알테리제 씨……."

룩스가 뒤늦게나마 쫓아가려고 했을 때는, 이미 훌쩍 떠난 뒤였다.

"가버렸네. 유미르로 돌아가서도 건강하게 잘 지냈으면 좋겠는데."

"그러게요…… 가 아니라, 이젠 어쩔 거예요?! 약혼 이야기!"

"룩스 군만 괜찮다면, 나는 정식으로 약혼할 생각이 있는데?"

크루루시퍼가 짓궂게 웃으며 말하자, 룩스의 얼굴이 불덩이로 변해버렸다.

"노, 놀리지 마세요. 그리고 이제 곧 의뢰도 끝날 테니까—."

"그러네— 이걸로 너와의 계약도, 일단락을 맺겠구나."

렐리 학원장의 변덕이 만들어낸 특별한 의뢰서.

그날부터 정확히 일주일이 지나, 크루루시퍼의 의뢰가 끝나려 하고 있었다.

『연인이 되어줬으면 좋겠어.』라는 크루루시퍼의 의뢰.

룩스로서도 첫 체험이었던 만큼, 난감했던 적이 한두 번이 아니었지만—.

'제대로, 해낸 걸까?'

그 의뢰가 이제 곧 끝난다는 것에 약간의 아쉬움을 느꼈다.

"정작 상대가 저 같은 애라서 하나도 안 어울렸을지도 모르지만, 그래도 즐거웠어요."

룩스는 크루루시퍼를 보며 잔잔한 미소를 보내주었다.

그것은 의심의 여지가 없는 룩스의 본심이었지만—.

"그러네. 하지만 안타깝게도— 역시 우유부단한 남자는 내 취향이 아니야."

"네……?"

"너랑 일주일 동안 『연인』으로 행동하면서, 새삼 실감했어."

"아, 아하하……."

룩스는 약간 씁쓸한 표정으로 웃었다.

'의, 의외로 충격이 큰데……!'

애초에 연인 흉내였을 뿐이니 이렇게 될 거라는 정도는 알고 있었지만―.

맥없이 고개를 숙인 룩스의 뺨 가까이, 크루루시퍼는 살그머니 얼굴을 가져갔다.

"하지만 진정한 네 모습은 정말로 과감한 사람이었지. 그러니까― 나는 그런 과감한 너를, 정말 좋아해."

"네……? ―읍."

크루루시퍼의 속삭임에 룩스가 고개를 들어 올린 순간, 그의 입술이 가로막혔다.

값비싼 향수의 향기와 달콤하고 부드러운 입술.

"잠까……?!"

아주 살짝, 닿기만 했을 뿐인 입맞춤에 룩스의 온몸이 순식간에 새빨갛게 달아올랐다.

"끝까지 의뢰를 완수해준 것에 대한, 약소한 보답이야. ―부족했니?"

변함없이 표정은 쿨했지만, 그녀의 뺨에도 어렴풋한 붉은 빛이 떠올라 있었다.

"그, 그런 게 아니―."

"그럼, 조금만 더―."

당황하는 룩스의 입술에 크루루시퍼는 다시 쪽쪽 소리를 내며, 부리로 쪼는 듯한 입맞춤을 몇 번이나 해주었다.

마지막 키스를 끝낸 뒤, 그녀는 입술을 스릅 핥아 올렸다.

"저, 점원이 보고 있다니까요?! 크루루시퍼 씨?!"

"닿는 것도 아닌데, 뭐 어때? 만약 룩스 군이 진짜로 나와

약혼해준다면— 이다음 것도 해줄 수 있어."

　이제는 완전히 혼란의 도가니에 빠져버린 룩스의 뺨을, 크루루시퍼는 손끝으로 살며시 건드렸다.

"이봐! 너희 지금 무슨 짓을 한 거냐?!"

　가게 안으로 난입한 리샤는 황급히 두 사람 사이를 비집고 들어갔다.

"어쩔 수 없네. 아무튼, 약혼 이야기는 한번 생각해보라구."

"뭐……? 어이! 설명해라, 룩스! 약혼이라니 이게 무슨 소리냐?!"

"자, 잠깐 진정 좀 하세요! 이건 그러니까—."

　성채 도시에 떠들썩한 일상이 되돌아왔다.

■작가 후기

오랜만입니다. 아카츠키 센리라고 합니다.
덕분에 2권이 나왔습니다! 감사합니다.

참고로 편집부에서 2권 내용에 대해 회의를 하다가, 제가
데뷔하기 전에 몰래 쓰던 판타지 소설 이야기가 나왔습니다.

담당 "그나저나, 어떤 이야기였나요?"
아카츠키 "주인공은 머리에 뿔이 난 소녀인데요, 그 소녀가
마을 밖 동굴에 숨어 사는 용과 만나는 이야기였어요."
담당 "그렇군요, 그래서요?"
아카츠키 "소녀는 뿔 때문에 마을 주민들에게 박해받는 데
다가 불치병을 앓고 있고요, 용도 과거에 인간이 섞은 독에
당하는 바람에 시력을 잃어서 말이죠. 요즘 이런 이야기가
먹히려나요?"
담당 "턱도 없네요."
아카츠키 "역시 그렇죠—."

뭐, 그것 말고도 내용에 관계없는 부분에서 결점이 산더미

처럼 많았지만, 본작 『바하무트』와는 전혀 다르니 생략하겠습니다. 그 이후로 벌써 12년 정도 지났네요……

그러면 감사의 말씀을 드려볼까 합니다.

일러스트레이터 카스가 아유무 님, 이번에도 여러 멋진 일러스트를 그려주셔서 감사합니다.

권두 그림에 들어갈 속옷 색상을 세 종류 정도 생각했는데, 러프를 세 장이나 보내주셨을 때는 흥분했습니다(이상한 의미가 아닙니다)!

담당 사토 님, 매번 신세를 지고 있습니다.

좀 더 빨리 원고를 완성할 수 있도록 노력하겠습니다(7회째).

그리고 본작을 손에 들어주신 독자 여러분께, 진심으로 감사드립니다.

다음 권은 좀 더 여러모로 움직여볼까 합니다.

그럼 이만!

2013년 10월 모일 아카츠키 센리

■역자 후기

　안녕하세요, 새 작품으로 찾아뵙게 된 역자 원성민입니다. ……사실 1권에 들어가야 할 멘트인데, 1권은 역자 후기가 생략됐죠(…). 뭐 그러니 1권에서 넣으려던 이야기도 섞어서 끄적여볼까 합니다.

　이번 작품은 제목에서부터 너무나도 뻔히 보이는(?), 최약이라면서 사실은 최강인 주인공과 다양한 스타일의 여성 캐릭터들이 풀어나가는 판타지 배경의 기갑 액션물입니다. ……뭐 상대적으로 비중이 높을 것 같은 캐릭터들이 보이긴 하지만 그런 건 사실 중요하지 않죠. 그저 자기 마음에 드는 캐릭터를 응원하면 되는 거니까. 1권 기준으로는 개인적으론 크루루시퍼에게 호감이……. 그리고 2권을 본 뒤, 최애캐는 크루루시퍼로 확정! 마지막 삽화에서 함락당하고 말았습니다.

　그나저나 이번 작품처럼 A라고 쓴 다음 B라고 읽는 표기법이 많은 작품은 처음 맡아보는지라 여러모로 고생이었습니다. 정말 사소한 단어까지 그런 스타일로 쓰는 것을 보니 그저 한숨만 푹푹(…). 다행히 단어 자체가 어려운 것은 아니지만, 개수가 많다 보니 여러모로 손이 많이 가더군요. 뭐, 뭐든지 어려운 건 처음뿐이니 다음부턴 쉽게쉽게 할 수 있겠죠.

그러고 보니 1권에서 캐릭터 이름을 잘못 번역했더군요. 세리스티아 라르그리'즈'가 아니라 라르그리'스'입니다. ……어째타 작품에서도 완전 동일한 실수를 한 적이 있는 것 같은데 (...). 다음부터는 이런 실수가 없도록 주의하겠습니다.
그럼 3권에서 뵙겠습니다.

최약무패의 신장기룡 2

1판 1쇄 발행 2015년 4월 10일
1판 5쇄 발행 2021년 4월 15일

지은이_ Senri Akatsuki
일러스트_ Ayumu Kasuga
옮긴이_ 원성민

발행인_ 신현호
편집부장_ 윤영천
편집진행_ 김기준 · 김승신 · 원현선 · 권세라 · 유재슬
편집디자인_ 양우연
관리 · 영업_ 김민원 · 조인희

펴낸곳_ (주)디앤씨미디어
등록_ 2002년 4월 25일 제20-260호
주소_ 서울시 구로구 디지털로 26길 111 JnK디지털타워 503호
전화_ 02-333-2513(대표)
팩시밀리_ 02-333-2514
이메일_ lnovelpiya@naver.com
ㄴ노벨 공식 카페_ http://cafe.naver.com/lnovel11

원제 SAIJAKU MUHAI NO BAHAMUT 2
Copyright ⓒ 2013 Senri Akatsuki
Illustrations copyright ⓒ 2013 Ayumu Kasuga
All rights reserved.
Original Japanese edition published in 2013 by SB Creative Corp.

This Korean edition is published by arrangement with SB Creative Corp., Tokyo
in care of Tuttle-Mori Agency, Inc., Tokyo.

ISBN 978-89-267-9900-0 04830
ISBN 978-89-267-9873-7 (세트)

값 6,800원

*잘못된 책은 구매처에 문의하십시오.